HEYNE <

Das Buch

Keine wagt erotische Fantasien wie Luna. Wer hätte beispielsweise gedacht, dass Zugfahren bei Nacht so aufregend sein kann?

»›Streichen Sie jetzt langsam an den Rändern Ihres Slips entlang.‹ Seine Stimme hatte ihren ruhigen Klang nicht verloren, und mit geschlossenen Augen ließ sie die Finger den schmalen Gummibündchen folgen. Streifte ihren Bauch, die warme Haut ihrer Oberschenkel, den Ansatz ihrer Pobacken. Sie fragte sich, ob er riechen konnte, dass sie schon feucht wurde.«

Die Autorin

Luna, geboren 1970, arbeitete als Make-up-Artistin unter anderem für *Playboy* und *Vogue.* Die Autorin des erfolgreichen Erzählbands *Saftig* lebt mit ihrem Ehemann auf Ibiza.

Weitere Informationen unter

www.luna-von-eisenhart-rothe.de

Lieferbare Titel

Saftig

LUNA

Ganz nackt

Erotische Storys

WILHELM HEYNE VERLAG
MÜNCHEN

FSC
Mix
Produktgruppe aus vorbildlich bewirtschafteten Wäldern und anderen kontrollierten Herkünften
Zert.-Nr. SGS-COC-1940
www.fsc.org
© 1996 Forest Stewardship Council

Verlagsgruppe Random House
FSC-DEU-0100
Das für dieses Buch verwendete
FSC-zertifizierte Papier *Holmen Book Cream*
liefert Holmen Paper, Hallstavik, Schweden.

Vollständige deutsche Originalausgabe 05/2009

Printed in Germany 2009
Umschlagfoto: © BEAUTY ARCHIVE (JI) Jupiterimages
Umschlaggestaltung: © Nele Schütz Design, München
Satz: KompetenzCenter, Mönchengladbach
Druck und Bindung: GGP Media GmbH, Pößneck
ISBN: 978-3-453-54526-7

www.heyne.de

Inhalt

Liebesdienst

Es ist ein gesichtsloses, graues Hochhaus. Unzählige Reihen lebloser Fenster, eine marmor-kahle Eingangshalle, Batterien von Briefkästen. Corinna blickt auf das Stück Papier mit der hingekritzelten Adresse in ihrer Hand: neunter Stock.

Weit entfernt schlägt eine Kirchturmuhr drei Mal.

Ihr Stringtanga kneift.

Neun Stockwerke lang starren sie aus dem Spiegel im Fahrstuhl ihre aufgerissenen Augen an. *Wie ein Schaf auf dem Weg zur Schlachtbank*, denkt sie. *Ein geschminktes Schaf im sexy Kostümchen.*

Der Aufzug hält, und sie muss sich einen Ruck geben, um auszusteigen. Lange, neonbeleuchtete Flure verströmen Krankenhaus-Charme, in geisterhafter Nachmittagsstille reiht sich Tür an Tür. Keine Namen, nur Nummern, schlichte Metall-Lettern, steril und anonym. *Wie passend*, findet Corinna.

Wieder ein Blick auf den Zettel. »Apartment 9 F«, liest sie und marschiert den nach Essigreiniger riechenden Gang entlang. Ihr Stechschritt in den schwarzen Pumps, deren Absätze für diese Tageszeit eigentlich viel zu hoch sind, wirkt eher energisch als elegant. Damit versucht sie sich selbst zu überlisten, weil sie nicht weiß, wo ihr flauer ist: ums Herz oder im Magen.

Corinna erreicht die bewusste Tür: 9 F. Sie atmet tief durch, zwingt sich in eine lässige »Baby-ich-hab'-schon-alles-gesehen-Haltung« und setzt dazu ein gelangweiltes Gesicht auf. Wie es sich für einen Profi geziemt. Lediglich der leichte Vibrationsalarm in ihren Kniescheiben stört das Bild.

Der verdammte Stringtanga zwickt.

Sie sollte einfach wieder kehrtmachen. Zurück zu ihrem Auto stöckeln und auf dem schnellsten Weg nach Hause fahren.

Aber Wettschulden sind nun mal Ehrenschulden!

Zögernd streckt Corinna die Hand nach der Klingel aus, tippt sie nur kurz an. Trotzdem ist das nervenzerreißende elektronische Schrillen bestimmt noch drei Wohnungen weiter zu hören.

Warum muss sie bloß immer so große Töne spucken? Ohne ihr vorlautes Mundwerk wäre sie jetzt nicht hier, um … tja, um ihren Körper zu verkaufen.

Die aufdringliche Kadenz der Türklingel verstummt.

Schuld an allem ist ihr Freund Thorsten. Der fing neulich mit dieser schwachsinnigen Diskussion an, dass Frauen gar nicht wüssten, was Spaß ist, weil sie beim Sex immer einen auf Liebe machen müssten – im Gegensatz zum männlichen Geschlecht, das mit diesem Thema ja viel entspannter umgehe. Als schlagenden Beweis führte Thorsten die promiskuitiven Gepflogenheiten der Schwulenszene an, wo der Befriedigung rein körperlicher Gelüste keinerlei Gefühlsduselei im Wege stehe. Nur aus diesem Grund könnten die Jungs es so unbeschwert in Saunen, Darkrooms oder – Himmel, hilf! – durch ausgesägte Löcher in Toilettenkabinen treiben.

Thorsten war natürlich selber schwul und wusste – zumindest in diesem Punkt – genau, wovon er sprach. Corinna argwöhnte, dass sein reger Kondomverbrauch das Fortbestehen zahlreicher Arbeitsplätze in der latexverarbeitenden Industrie sicherte.

Ob sie persönlich die Idee so prickelnd finden sollte, sich durch die vollgekrakelte Resopalwand einer öffentlichen Bedürfnisanstalt von einem Fremden begatten zu lassen, den sie nicht mal sehen konnte, war mehr als ungewiss. Sie fand, diese Vorstellung tauge allerhöchstens für einsame erotische Fantasien in besonders bedürftigen Nächten, denn in der Realität müsste man sich doch fragen, warum der Typ auf der anderen Seite es nötig hatte, sich nur auf seinen Schwanz zu reduzieren – und ob er im Ganzen nicht vielleicht furchtbar eklig war.

»Aber«, teilte sie Thorsten hochmütig mit, »das Gerücht, dass Frauen nur dann mit einem Kerl ins Bett gehen können, wenn dabei große Gefühle im Spiel sind, hat mich immer schon genervt!« Schließlich konnte sie selber einige Erlebnisse der unverbindlichen Art vorweisen: heißer Sex – und Punkt. Kein Austausch von Telefonnummern, kein Wiedersehen, keine Verpflichtung, keine Liebe!

So wie damals auf dieser Techno-Party, wo ein wirklich süßer Typ sie angesprochen hatte, um ihr einen Wodka-Irgendwas zu spendieren. Corinnas Bemühungen, daraufhin ein wenig Konversation zu betreiben, führten in dieser dezibelstarken Geräuschkulisse allerdings lediglich dazu, dass sie sich gegenseitig anbrüllten und trotzdem nichts verstanden. Irgendwann zog er sie dann einfach auf die Tanzfläche, wo die nonverbale Kommunikation vorzüglich klappte – sie knutschten bald wie die Wilden, und Corinna hätte ihm fast sein Zungenpiercing rausgelutscht. Es war eine irre Party: Überall im Raum hingen hohe Käfige, in denen sich spärlich kostümierte Go-go-Tänzerinnen mit neonfarbigen Afro-Perücken wanden, Laser-Spots schnitten grüne Leuchttunnel in die dicke, rauchige Luft, und Tausende Menschen zuckten im gleichen, aufpeitschenden Rhythmus. Dazwischen Corinna und ihr Verehrer, scharf wie zwei Einmal-Rasierer. Zu stampfenden Beats und tobendem Stroboskop-Gewitter rieb sich der Typ an ihr, und das harte Ding, das sie dabei zu spüren bekam, war eindeutig nicht nur der Reißverschluss seiner Jeans! Eng umschlungen verließen sie schließlich den Club, um fummelnd in der Tiefgarage zu verschwinden, wo sein Auto, ein kleiner Renault, sich als echtes Platzwunder entpuppte, als sie auf dem Rücksitz gierig übereinanderherfielen. Nur ein einziges Mal hatte Corinna sich ernsthaft den Kopf gestoßen, nämlich als sein Zungenpiercing anfing, Billard mit ihrer Klit zu spielen! *Nummer Acht, versenkt!* Unter den voyeuristischen, rot blinkenden Augen der parkhauseigenen Überwachungskameras ging es so richtig zur Sache, und der Nachtwächter an seinen Monitoren konnte sich über Langeweile sicher nicht beklagen; zumindest bis die Scheiben des Renaults beschlugen. Und – o ja! – sie hatte sehr viel Spaß dabei gehabt, obwohl sie NICHT verliebt war!

Thorsten entlockte sie mit dieser Geschichte jedoch nur ein müdes Lächeln. Zwar fand er so einen One-Night-Stand »nicht schlecht für ein Mädchen«, aber weil sie den Typen ausgesprochen süß gefunden hatte, gab er ihr bereits Punkteabzug. Und Corinnas Versuch, sich erst mal mit dem potenziellen Beischläfer zu unterhalten, deutete Thorsten als Hinweis, dass auch sie im Grunde nur auf der Suche nach dem künftigen Vater ihrer Kinder war, der ihr eines Tages in einer lauschigen, hypothekbeladenen Doppelhaushälfte den Kuschelbär machen würde. Idiot!

Aber so ging es immer weiter. Egal, was sie sagte, Thorsten zerpflückte es und drehte ihr die Worte im Mund herum. *Kein Sex ohne Gefühl*, darin seien alle Frauen gleich, und sie bilde keine Ausnahme. *Amen.*

»Was ist dann mit Prostituierten?«, fragte Corinna hinterhältig und läutete damit unwissentlich ihr Schicksal ein.

»Für die ist das ein Job. Der hat noch nicht mal was mit erotischer Anziehungskraft zu tun, geschweige denn mit Gefühlen.«

Thorsten grinste:

»Aber ganz sicher auch nichts mit Spaß«, gab er ungerührt zurück.

Da wurde Corinna zickig:

»*Mir* würde das durchaus mal Spaß machen!«

»Nein, würde es nicht. Du müsstest kotzen«, erwiderte Thorsten lapidar, während er sich in der Betrachtung seiner perfekt manikürten Hände erging.

»Müsste ich gar nicht«, giftete sie. »Es wäre nämlich ein totaler Kick, mich mal für Sex bezahlen zu lassen. Und da könnte der Typ von mir aus auch aussehen wie Quasimodo.«

Corinna hatte zwar keinen Schimmer, was das eigentlich noch mit dem Ausgangspunkt ihrer Diskussion zu tun haben sollte, aber sie war sicher, ihren besten Freund mit diesem Argument endlich schachmatt gesetzt zu haben.

Geistesabwesend ergötzte Thorsten sich weiter am Anblick seiner polierten Fingernägel, dann hob er langsam den Kopf.

»Wetten wir um dein Prada-Täschchen, dass du das nicht bringen würdest?!« Sein mutwilliger Blick verhieß nichts Gutes, aber Corinna überhörte das hektische Schrillen der Alarmglocke in ihrem Kopf.

»Wetten doch!«, schnappte sie. Und saß in der Falle.

Hinter der Tür mit der Nummer 9 F rührt sich nichts.

Corinna lauscht angestrengt, ihr Herz klopft, und ein Fünkchen Hoffnung glimmt auf, dass *Quasimodo* – ein Versicherungsmakler mit Hormonstau – sie versetzt haben könnte.

Widerwillig klingelt sie ein zweites Mal. Nur falls er sie nicht gehört hat. Schließlich soll Thorsten nicht behaupten können, sie hätte im letzten Moment gekniffen!

Kaum ausgesprochen, bereute Corinna ihre Worte auch schon. Hatte sie soeben allen Ernstes versprochen, sich zu prostituieren?

Offensichtlich. Und das Stinktier, das sich als ihr bester Freund ausgab, grinste breit von einem Ohrring zum anderen. Wahrscheinlich freute er sich schon auf das Prada-Täschchen!

»Was kriege ich denn, wenn ich's tue?«, fragte Corinna arglistig. Sie hatte selbstverständlich nicht eine Sekunde lang vor, diese Wette auf ehrliche Weise anzutreten.

»Hm«, Thorsten schürzte nachdenklich die Lippen, »wie wär's mit dem Schokoladen-Dildo, den ich von Martin zum Geburtstag bekommen habe?«

»Bisschen mickrig«, befand Corinna.

»Was heißt hier mickrig?«, entrüstete sich Thorsten. »Martin hat selber dafür Modell gestanden – und zwar im wahrsten Sinn des Wortes!«

Martin war Thorstens Exfreund, in eingeweihten Kreisen wurde er auch »der schwarze Hengst« genannt.

»Trotzdem …«, Corinna wedelte ungeduldig mit der Hand, »was soll ich denn damit? Das Ding schmilzt ja bei allem, was Spaß macht.«

Thorsten verzog das Gesicht, als habe er einen Löffel Hustensaft geschluckt. Außer einer Knutscherei beim Flaschendrehen in der fünften Klasse hatte er noch nie etwas mit einer Frau gehabt, und die Vorstellung, womit Corinna den Schoko-Schniedel seines heiß geliebten Ex zum Schmelzen bringen könnte, schien ihm einiges Unbehagen zu bereiten.

»Ein bisschen mehr musst du mir schon anbieten«, beharrte sie. »Schließlich soll ich für einen wildfremden Kerl die Beine breit machen. Gefühle hin, Liebeslohn her.«

»Ja, aber was denn?« Thorsten sah sie ratlos an. »Einen Monat lang täglich Rückenmassagen? Feinkost auf Rädern? Oder soll ich deine Wohnung renovieren?«

O Gott, sie konnte sich schon vorstellen, wie das aussehen würde: ein Traum in Rosa, mit Sternenhimmel, Regenbogen und Discokugel. Lieber nicht. Außerdem schwebte ihr etwas anderes vor.

»Nein, nichts davon.« Corinna schüttelte den Kopf, »Wenn ich die Wette gewinne, will ich … dass du mit mir schläfst.« Ihre Augen funkelten boshaft. »Auch wenn ich – ich betone – *nicht* in dich verliebt bin.«

Thorsten wurde vor Schreck ganz blass, er starrte sie fassungslos an, und sein Adamsapfel hüpfte wie ein Jojo, als er schwer schluckte. Dann schien er sich jedoch seiner Überzeugung zu erinnern, diese Wette gar nicht verlieren zu können.

»Okay«, stimmte er heldenhaft zu, und Corinna verkniff sich mühsam ein Kichern.

Thorstens Taille war schmaler als ihre eigene, er zupfte sich die Augenbrauen, *und* er stand auf Männer. Sie dachte nicht im Traum daran, mit ihm ins Bett zu gehen – aber das musste sie ihm ja nicht gerade jetzt auf die Nase binden. Sollte dieser Homo-Chauvi ruhig ein bisschen schwitzen, bis sie sein angestaubtes Frauenbild zurechtgerückt hatte!

Im Geiste begann Corinna schon an dem saftigen Märchen zu basteln, das sie Thorsten auftischen wollte. In der Hauptrolle: ein erfundener Freier, zum pekuniären Lustobjekt degradiert von ihr, der unnahbaren Männerfresserin.

Auf einmal dringen Geräusche aus dem Apartment 9 F. Etwas, das wie ein gemurmelter Fluch klingt, eine zuschlagende Tür, barfüßige Schritte. Dann eine Männerstimme, die ruft: »Moment noch, bin gleich da!«

Corinnas Herz kommt ins Stolpern. Quasimodo ist *doch* zu Hause!

Verdammt, jetzt gibt es kein Zurück, schießt es ihr in den Kopf, und sie muss spontan aufs Klo. *Panik-Pipi.*

Dummerweise zauberte Thorsten, der seine Brötchen bei einer namhaften Versicherungsgesellschaft verdiente, unerwartet einen hetero Arbeitskollegen aus dem Hut, dem er Corinnas Telefonnummer als heißen Tipp unterjubeln wollte. Besagter Kollege reguliere nämlich seinen sexuellen Notstand regelmäßig in den Armen käuflicher Damen und geize danach nicht mit den dazugehörigen Anekdoten.

»So kann ich ganz sicher sein, dass du dich nicht drückst und hinterher versuchst, mir einen Bären aufzubinden.« Thorstens wissender Gesichtsaudruck sprach Bände.

Entrüstet wies Corinna diesen Verdacht weit von sich, während sie überlegte, wo sie Salzsäure herbekommen könnte, um sie in seine Körperenthaarungscreme zu mischen.

»Du musst das nicht durchziehen«, waren seine gnädigen Abschiedsworte gewesen, nachdem er ihr vorsichtshalber direkt die Adresse seines Kollegen notiert und schon mal das Prada-Täschchen Probe getragen hatte, »du bist eben einfach eine Frau, finde dich damit ab.«

Wie hätte sie da noch einen Rückzieher machen sollen?

Die Schritte hinter der Tür kommen näher, und Corinna widersteht tapfer der Versuchung, den Rückwärtsgang einzulegen. Stattdessen putzt sie ihre feuchten Handflächen an den Nadelstreifen ihres hochgeschlitzten Kostümrocks ab und versucht sich davon zu überzeugen, dass sie es *irrsinnig* aufregend findet, ein Mal, ein einziges Mal nur, eine echte Hure zu sein. Wahrscheinlich sollte sie Thorsten sogar auf Knien dafür danken, ihr eine solche Erfahrung ermöglicht zu haben.

Beim Gedanken an ihren besten Freund muss sie grinsen. Der machte sich jetzt bestimmt doch Sorgen um das Einlösen *seiner* Wettschuld!

Geschieht ihm ganz recht, findet Corinna.

Sie kann sich gerade noch die Schadenfreude aus dem

Gesicht wischen, bevor die Tür mit der Nummer 9 F geöffnet wird, und – ihre schlimmsten Befürchtungen sich in Luft auflösen. *Quasimodo sieht richtig gut aus!*

Bucklig ist er auch nicht, sondern hat einen hochgewachsenen, wohlgeformten Körper. Lange Beine, flacher Bauch, männlich breite Schultern, alles bestens zu erkennen, denn er trägt nur ein schmales Handtuch um die Hüften. *DANKE, Thorsten!*, jubiliert Corinna im Stillen, auch wenn es ihr ein Rätsel ist, warum so ein Adonis sich Frauen kaufen muss.

Das dichte, dunkle Haar des Mannes ist nass, einzelne Wassertropfen rinnen über seine Haut, offenbar hat sie ihn aus der Dusche geholt.

»Hallo«, begrüßt sie ihn mit ihrer rauchigsten Stimme und streckt ihm die Hand hin, »hier bin ich. Co … *Coco.*«

»Oh«, antwortet er, »hallo! Ich hatte Sie erst in einer Stunde erwartet.« Ein leicht irritierter Ausdruck liegt auf seinem gut geschnittenen Gesicht, als er ihre Hand ergreift und schüttelt. Vielleicht sind seine Besucherinnen für gewöhnlich weniger wohlerzogen.

»Dann müssen wir uns am Telefon wohl missverstanden haben.« Corinna schenkt ihm einen schwül-erotischen Blick. Sie fängt an, sich in ihre Rolle einzufühlen. Die feinen Härchen an ihren Armen stellen sich auf. Plötzlich findet sie es gar nicht mehr so schlimm, diesen *Liebesdienst* zu verrichten.

»Wenn das so ist«, er tritt einen Schritt zurück und knipst ein Strahlelächeln an, neben dem die Neonröhren über ihren Köpfen verblassen, »kommen Sie bitte herein. Ich glaube nicht, dass diese kleine Abweichung vom Zeitplan unser Vergnügen schmälern wird.«

»Ganz sicher nicht«, säuselt sie.

»Zum Finanziellen ...« beginnt er, sobald sie in seiner kleinen Diele stehen, doch Corinna unterbricht ihn generös.

»Ach, lass uns das doch hinterher erledigen.«

Er sieht sie fragend an, und zu spät fällt ihr ein, dass sie branchengemäß wohl auf Vorkasse hätte bestehen sollen.

»Wenn Ihnen das lieber ist ...« Er nickt.

Zwar behandelt er sie so respektvoll, als er wolle ihr eine Versicherung andrehen anstatt seine einäugige Hosenschlange, aber trotzdem entscheidet Corinna ihrerseits, beim *Du* zu bleiben. Für Höflichkeit wird sie hier bestimmt nicht bezahlt!

Dazu, sich weitere Gedanken zu machen, kommt sie indes nicht, denn schon hat der Mann sie höchst liebenswürdig in sein Schlafzimmer komplimentiert. Eine Jalousie mit schräg gestellten Lamellen vor dem Fenster dämpft das hereinfallende Tageslicht und zeichnet ihr Streifenmuster auf ein breites Doppelbett, das den Raum dominiert. Die gesamte Einrichtung ist nüchtern und geradlinig, aber die wenigen Möbel, der weiche, hellgraue Teppich und die blütenweiße Bettwäsche sehen aus, als kämen sie direkt aus dem teuersten Einrichtungshaus der Stadt.

An der Wand hängen einige schlicht gerahmte erotische Radierungen, die einen Mann und eine Frau in verschiedenen Variationen des Liebesspiels zeigen.

»Die sind sehr ... naturalistisch«, bemerkt Corinna nicht ohne Verlegenheit.

»Ja. Ich habe sie in einer kleinen Galerie entdeckt und konnte nicht widerstehen.« Der Mann beobachtet aufmerksam ihre Reaktion. »Welches gefällt Ihnen am besten?«

»Das hier.« Nach kurzem Überlegen weist Corinna auf ein Motiv, das die Frau auf allen vieren zeigt, während ihr hochaufgerichteter Liebhaber sie von hinten nimmt. Ein Teil seines Phallus ist zu sehen, mächtig und stark geädert, ragt er aus üppigem, dunklem Schamhaar hervor; die Kuppe verschwindet in der prallen, feucht schimmernden Möse seiner Gespielin. Die Wollust auf den Gesichtern des Paares scheint verblüffend greifbar, und die detailverliebte Darstellung der Szene bleibt nicht ohne Wirkung auf Corinna: Da, wo der Tanga zwickt, wird es warm.

»Ich mag dieses am liebsten«, sagt er. Sein Blick führt sie zu einem Bild, auf dem der Liebhaber zwischen den geöffneten Schenkeln der Frau kauert und seinen Mund in ihre Scham wühlt, als lutsche er eine überreife Feige aus.

»Wie finden Sie das?« Er ist dicht hinter Corinna getreten, seine Stimme ist jetzt leise, ganz Samt und Seide. Sie spürt seinen Atem im Nacken und bekommt heiße Ohren.

»Sehr hübsch«, sagt sie betont forsch, um sich daran zu erinnern, dass dieser Mann kein Verführer, sondern ihr Kunde ist. Sie greift nach seiner Hand und führt ihn zum Bett. »Komm, Süßer, lass uns anfangen, Zeit ist Geld!«

»Wenn Sie meinen.« Wieder sieht er irritiert aus, macht aber Anstalten, ihr aus der Kostümjacke zu helfen.

Corinna hält ihn zurück. Sie will sich für ihn ausziehen, wie sie es seit Tagen vor dem Spiegel geübt hat, während ihre Anlage in Endlosschleife »You can leave your hat on« dudelte, das Hohelied eines jeden Wochenend-und-Freizeit-Strippers.

Hier sorgt zwar die Jalousie stilecht für die entsprechende Lichtstimmung, aber leider muss Corinna sich jetzt ganz ohne Musik aus Jacke, Bleistiftrock und Zubehör schälen, weshalb sie es sowohl vermeidet, den Mann dabei anzusehen, als auch einen Blick in die riesigen Spiegeltüren seines Kleiderschranks zu riskieren. Ohnehin rechnet sie fast damit, dort jede Sekunde Thorsten heraushüpfen zu sehen wie einen hohnlachenden Springteufel. Das würde ihm ähnlich sehen, und sofort kommt sie sich noch dämlicher vor, wie sie da in der schwarz-roten Spitzenunterwäsche aus dem Erotik-Versandhauskatalog, den dünnen Nylonstrümpfen und ihren Zicken-Pumps herumtanzt. Bis ihr auffällt, dass das Handtuch um die Lenden des Mannes vorne eine Beule wirft, die aussieht wie ein Maulwurfshügel …

Sie lenkt seinen Blick auf ihren Busen, der fast aus den Körbchen des Push-up-BHs quillt. Mit zärtlichen Fingern streichelt sie darüber, wiegt ihn in ihren Händen. Sie leckt sich die Fingerspitzen ab, schiebt sie unter den Stoff und liebkost ihre Nippel, die hart an der rauen Spitze reiben.

»Weiter«, bittet er heiser, »machen Sie weiter!«

Corinna tastet nach dem Häkchenverschluss auf ihrem Rücken, öffnet ihn, und der BH rutscht ganz langsam von ihren Brüsten, die sie ein bisschen für ihn wippen lässt. Der Mann auf dem Bett räuspert sich.

»Wow, so viel Einsatz bin ich gar nicht gewohnt … Coco!« Seine Stimme klingt belegt.

Um ihr stolzes Grinsen zu verbergen, dreht Corinna sich um, reckt dem Mann ihren Po entgegen und zieht mit einem Ruck den winzigen Slip herunter. Wohlweislich hat sie ihn über dem Strapsgürtel getragen, denn den will sie anbehalten. Symbolisch.

Mittlerweile ist sie ziemlich angeturnt – von ihrem attraktiven »Kunden«, von den pornografischen Kunstwerken an der Wand und auch von dem, was sie tut. Immer noch hat sie dem Mann auf dem Bett den Rücken zugewandt, ihre Finger mit den dunkel lackierten Nägeln zeichnen den Weg der schwarzen Strumpfhalter bis zu den Ansätzen der Nylons nach, wo sie mit glänzend roten Schleifchen verziert sind und ihren Hintern einrahmen wie eine Geschenkverpackung. Mit leicht gespreizten Beinen lässt Corinna ihr Becken kreisen und gewährt ihm tiefe Einblicke in ihre geöffnete Spalte. Sie berührt sich, fühlt Nässe, ist so versunken in ihre Vorführung, dass sie den Mann nicht aufstehen hört.

Dann ist er hinter ihr und presst sie an sich. Sein harter Schwanz drückt sich durch das Handtuch in ihre Poritze, und die großen, sanften Hände, die er über ihren Körper wandern lässt, bringen sie zum Schnurren. Nichts ist dabei von der rohen Gier zu spüren, die sie von einem Freier erwartet hat. Als sie unter das Handtuch greifen will, hält er sie zurück.

»Jetzt bin ich dran!«, murmelt er, drängt sie aufs Bett, schiebt ihr ein dickes Kissen unter den Hintern und kniet sich mit gesenktem Kopf zwischen ihre Beine.

Ein Typ, der fürs Lecken bezahlt … Ich habe echt mehr Glück als Verstand!, denkt Corinna.

Zuerst erforscht sein Mund ihren Schoß ganz behutsam, jedes Fältchen, jede Höhle, jeden Zentimeter Haut sucht er mit seiner langen, elastischen Zunge, doch als ihm ihre wachsende Erregung bewusst wird, kommt ein maßloser Nimmersatt zum Vorschein. Er schlemmt und schwelgt, lutscht und saugt, seine breiten, nassen Zungenschläge werden hungriger, tiefer, bis er ihre Muschi schließlich stöhnend mit dem ganzen Gesicht verschlingt.

Corinna weiß kaum, wie ihr geschieht, sie hat das Gefühl,

mit der Frau auf seinem Lieblingsbild zu verschmelzen – die blicklosen Augen halb geschlossen, den Mund lustverzerrt, nur noch einen Atemzug vom Gipfel der Ekstase entfernt.

»Nicht!«, jappst sie, und einer ihrer Pumps fliegt durch die Luft. »Das geht zu schnell!« Doch da scheint ihr Unterleib auch schon zu einer heißen, feuchten, formlosen Masse zu zerfließen, und sie wird von einem intensiven Orgasmus geschüttelt.

Nicht sehr professionell, rügt sie sich, sobald ihr Gehirn seine Tätigkeit wieder aufgenommen hat, *aber schön!*

»Mehr?« Mit seinem Mega-Watt-Lächeln auf den Lippen streift er ihr den zweiten Schuh vom Fuß. Ausgestreckt legt er sich neben sie auf die Seite; den Kopf in eine Hand gestützt, sieht er sie erwartungsvoll an. Das Handtuch ist ihm bei seiner oralen Glanznummer längst verloren gegangen, und Corinna lässt ihren Blick wohlgefällig zu seinem Geschlecht wandern, das nun halbsteif auf dem Laken ruht.

»O ja«, antwortet sie, »aber diesmal bin *ich* dran!« Corinna hat nicht umsonst beschlossen, diesem Herrn das Beste zu bieten, das er für sein Geld je bekommen hat.

»Gern«, erwidert der besagte Herr, dem ihre Feuchtigkeit noch ins Gesicht geschrieben steht.

Sie greift nach seinem Schwanz. Fest schließt sie die Finger darum und reibt ihn, bis sie eine ausgewachsene Erektion in Händen hält.

»Ja, so mag ich's!«, er langt nach ihren schaukelnden Brüsten.

Corinna wichst ihn härter, findet seinen Rhythmus, lässt ihn dabei nicht aus den Augen. Dann packt sie den Schaft ganz unten, direkt an der Wurzel, und bringt ihren Kopf darüber in Position. Mit nasser Zunge zittert sie federleicht über seine dicke, glänzende Eichel, umkreist sie, benetzt sie mit ihrem Speichel. Gleichzeitig presst sie zwei streichelnde Finger gegen seinen Damm, während ihre andere Hand erneut auf und ab zu pumpen beginnt. Der Mann stöhnt verhalten.

»Sekunde!«, Corinna angelt nach der Tube mit Gleitcreme, die sie gerade neben dem Bett entdeckt hat. Ihr Gastgeber öffnet die Augen und beobachtet mit etwas erstauntem Gesichtsausdruck, wie sie sich das klare Gel in die Hand drückt.

»Äh … die Kondome liegen unter dem Kopfkissen«, informiert er sie eilig, schon bereitwillig den Arm danach ausstreckend.

»Danke, aber so weit sind wir noch nicht«, gurrt Corinna. »Außerdem habe ich selber welche dabei.« Die Rolle des Vorzeige-Callgirls gefällt ihr immer besser.

Großzügig verstreicht sie das Gleitmittel auf seinem Schwanz, um diesen dann schnell und fest zwischen ihren flachen Handflächen zu reiben. *Feuermachen* nennt sich diese Technik bezeichnenderweise in dem Sex-Ratgeber, den sie gewälzt hat.

»O Gott, das ist ja unglaublich«, stößt er hervor, »was sind Sie, eine Hexe?«

Bevor sein bestes Stück tatsächlich in Flammen aufgeht, lässt Corinna den Mann wieder zu sich kommen. Schließlich soll das nicht der letzte Handgriff gewesen sein, mit dem sie ihn zu beeindrucken gedenkt. Sie verteilt reichlich Gleitcreme weit hinten zwischen seinen Beinen, rund um seine Rosette, und in die Lust auf seinem Gesicht mischt sich jetzt deutliche Verblüffung. Er scheint zu ahnen, was sie vorhat – das wohlige Brummen, das aus seiner Brust heraufrollt, verrät ihr, dass er darauf steht.

Sacht gegen die kleine Öffnung drückend, wartet Corinna, bis der natürliche Widerstand langsam nachlässt. Der Mann spreizt die Beine, wölbt sich ihr entgegen, und ihr Zeigefinger flutscht in das enge Loch wie in einen heißen, saugenden Mund.

»Sie sind großartig, Coco!«, raunzt er erregt. »Endlich mal eine, die sich nicht einfach nur auf den Rücken legt.«

Corinna genießt still und heimlich ein leises Triumphgefühl und fängt vorsichtig an, den Finger gleichmäßig in den schmalen, feuchtwarmen Tunnel hineinzustoßen, während ihre andere Hand kräftig seinen Ständer massiert.

Mittlerweile stöhnt der Mann hemmungslos.

Wieder beobachtet sie ihn aufmerksam. Sie sieht den schimmernden Schweißfilm, der sich auf seiner haarlosen Brust bildet, beobachtet seine herumzappelnden Füße, die sich im Bettlaken verheddern, seine Hoden, die sich plötzlich an den Körper drängen und – zieht abrupt ihre Hände zurück.

»Das war knapp!«, ächzt er, nach Luft schnappend. »Aber jetzt weiß ich Bescheid, Sie sind keine Hexe, Sie sind ein Folterknecht!«

»O nein!« Corinna muss lachen und beugt sich über den Rand des Bettes, um eines der farbigen Kondome aus der Tasche ihrer Kostümjacke zu fischen, die achtlos auf dem Boden gelandet ist. »Aber am Telefon haben wir schließlich besprochen, dass du es mir so richtig schön besorgen wirst. Das kann ich mir doch auf keinen Fall entgehen lassen!«

Auf GAR keinen Fall!, denkt sie lüstern.

Mit den Zähnen reißt sie die Verpackung auf und betet,

dass sich ihre Übungseinsätze der letzten Woche bezahlt machen werden, bei denen sie einer unschuldigen Zucchini mehr oder weniger elegant eine ganze Packung Pariser übergerollt hat. Bevor sie jedoch ihre Geschicklichkeit am lebenden Objekt erproben kann, schnappt sich der Mann kommentarlos das Kondom und zieht es ganz lässig selber über.

Nun greift er nach der kleinen Tube, um ihre Muschi mit dem kühlen Gleitgel zu salben. Er tut das mit so viel Fingerspitzengefühl, dass alles Blut aus Corinnas Kopf sich anschickt, südlichere Körperregionen zu überfluten. Sie lässt sich auf den Rücken fallen, seufzt erneut höchst unprofessionell und räkelt sich in Erwartung eines weiteren himmlischen Höhepunkts …

»Wie hätten Sie's denn gern?«, erkundigt er sich da ein wenig atemlos. Selbst mit einer kirschroten Tüte über dem prallen Lümmel bleibt dieser Kerl noch Kavalier.

Das war ebenfalls knapp! Corinna blinzelt ein paar Mal. Ihre Stimme gehorcht ihr nicht ganz, als sie mit verhangenem Blick antwortet:

»Natürlich so, wie es dir am meisten Spaß macht, Süßer!« Wenigstens ihren Text hat sie gelernt …

Er sieht sie mit schräg gelegtem Kopf an, hinter seiner gebräunten Stirn scheint es zu arbeiten, und einen Wimpernschlag später findet sich die überraschte Corinna auf allen vieren wieder. Der Mann kniet hinter ihr, umfasst ihre Taille, nimmt Maß zwischen ihren Schenkeln.

Er hat mich gefragt, welches Bild mir am besten gefällt, damit er es mir auf genau diese Art besorgen kann!, erkennt sie und kommt gerade zu dem Schluss, dass dieser Typ sich eindeutig etwas beweisen muss, als seine Schwanzspitze sich den Weg in ihr Fleisch bahnt.

»Okay, meine Schöne«, raunt er, »es geht los!«

In der verspiegelten Schiebetür des Kleiderschranks beobachtet Corinna den konzentrierten Ausdruck seines Gesichts, das auf ihrer beiden Geschlechter gerichtet ist. Er hält sie mit festem Griff an den Hüften und gibt so das Tempo vor, in dem sie ihn zum ersten Mal spüren darf. Begierig sieht sie zu, wie sich in lustvoller Zeitlupe sein signalfarben verpackter Ständer in ihr versenkt, genießt das Gefühl, wie tief er in sie eindringt. Eine Stimme in ihrem Kopf flüstert: *Du machst es für Geld!* – Ein schmutziges kleines Detail, das Corinnas Erregung zusätzlich mit einer berauschenden Dosis Adrenalin würzt.

Sie stemmt die Arme gegen die Matratze und biegt sich ins Hohlkreuz, um den Stößen des Mannes entgegenzukommen, die von der Gleitcreme und ihren eigenen Säften mehr als glitschig sind. Im Wechsel nimmt er sie mal tief, mal flach, die Kuppe seiner Eichel reizt ihre empfindlichsten Nerven und setzt ihren Unterleib unter Strom.

Corinna wendet den Kopf wieder zum Spiegel, beobachtet hingerissen seine langsamen, geschmeidigen Bewegungen. Es sieht geradezu musikalisch aus, wie er sie vögelt, denn seine Hüften kreisen lasziv wie die von James Brown bei einer unzensierten Bühnenshow. Dann, als der Rhythmus härter und aus dem *Soul* plötzlich *Funk* wird, klappt sie endlich die Augen zu. Es ist so fabelhaft, wie dieser Schwanz mit ihr tanzt, dass sie endgültig ihren Vorsatz sausen lässt, keine echten Gefühle zu zeigen. Sie quiekt und schluchzt wie Michael Jackson in seinen besten Tagen und vergisst völlig, dass sie das Programm eigentlich noch mit einem Streifzug durch die verschiedenen Stellungen des Kamasutra bereichern wollte.

Die Finger des Mannes packen sie fester, abermals verschärft er den Takt seiner Stöße.

Noch nicht!, fleht Corinna im Stillen, weil ihr wieder einfällt, dass es hier nicht um ihre, sondern um seine Befriedigung geht. *Ich bin noch nicht so weit! Bitte, bitte komm' noch nicht!*

Doch als könne er Gedanken lesen, lässt er plötzlich eine Hand an ihrem Bauch nach unten und zwischen ihre Mösenlippen gleiten, um sie mit geschickten Fingern zu erlösen. Erste Kontraktionen steigen in Corinna auf wie ein Donnergrollen, sie drängt sich ihm entgegen, weil sie seinen Schwanz so tief wie nur möglich in sich spüren will, und dann kippt sie wie vom Blitz getroffen vornüber aufs Bett. Damit ist es auch um die Selbstbeherrschung des Mannes geschehen. Er keucht wie ein Marathonläufer kurz vor dem Ziel, bäumt sich auf und nagelt ihr zuckendes Becken förmlich an die Matratze. Sogar seine guten Manieren sind ihm nun endlich abhanden gekommen, denn er entlädt sich mit einem brünstigen Schrei, der mehr nach Urwald klingt als nach Benimmschule.

»Wow«, haucht Corinna, »das war der Wahnsinn!«

Er ächzt zustimmend, schnauft noch ein wenig, dann rutscht er von ihr herunter.

Nach ihren verdrehten Strumpfhaltern tastend, befürchtet sie plötzlich, ihre allzu offenkundige Befriedigung könne ihn womöglich auf die Idee bringen, dieser Spaß sei gratis gewesen. Während sie sich herumwirft und nach ihrem Slip sucht, bestimmt sie deshalb energisch:

»Na, dann lassen wir jetzt wohl mal die Scheinchen knistern!«

Er, der gerade damit beschäftigt ist, das Kondom zuzuknoten, lächelt sie breit an.

»Sicher«, befindet er, »aber nach *dieser* Nummer ist eigentlich ein Rabatt drin!« Er macht ein paar Schritte in Richtung Kleiderschrank.

Sie schlängelt sich in ihren Rock und sieht weg, um sich nicht um den Finger wickeln zu lassen. *Hab' ich's mir doch gedacht!*, ärgert sie sich und beharrt, jede Silbe betonend:

»Dreihundert.« *Wie abgemacht!*

Nach kurzem Zögern nickt er:

»Na gut, weil Sie es sind!« Er nimmt einen dezent gemusterten Kimono aus dem Schrank und schlüpft hinein.

Corinna knöpft indes ihre Jacke zu, dann tritt sie dem Mann mit auffordernd ausgestreckter Hand entgegen. Als dieser sich zu ihr umdreht, steht er ihr gegenüber wie ein Spiegelbild. Perplex starrt sie auf die Hand, die er ihr unter die Nase hält, und auch er schüttelt bei ihrem Anblick verdutzt den Kopf, im Gesicht ein großes Fragezeichen. Bis in seinen Augen auf einmal die Erkenntnis aufblitzt …

»Sag mal, du hast dich nicht zufällig in der Tür geirrt, Kollegin?«, erkundigt er sich feixend, worauf Corinnas Mund sich öffnet und schließt wie bei einem Fisch auf dem Trockenen.

»Apartment 9 F?!«, forscht er weiter. »Nico, Ihr Mann für besondere Stunden?«

»Ja … nein …«, stammelt Corinna und kramt den Zettel aus der Tasche, auf den Thorsten die Adresse seines Arbeitskollegen geschrieben hat.

»Hier: Apartment 9 F! Aber ich wollte eigentlich zu … Wilfried Stempfhuber.« Verwirrt hält sie ihm das zerknitterte Stück Papier hin.

Nico wirft einen Blick darauf und schüttelt den Kopf.

»Du kannst wohl deine eigene Schrift nicht lesen, das ist

keine Neun, sondern eine Vier. Dein Herr Stempfhuber wohnt im *vierten* Stock.«

Als Corinna auf den Fahrstuhl wartet, kichert sie immer noch. Thorsten mit seiner Sauklaue! *Nico, Ihr Mann für besondere Stunden …* Das konnte auch nur ihr passieren!

Deshalb ist sie also die ganze Zeit über das Gefühl nicht losgeworden, ihre einseitige Dienstleistung hätte sich in einen Wettbewerb im gegenseitigen Scharfmachen verwandelt!

Der Lift kommt, und sie steigt ein.

Sie hatten noch gewitzelt, ob sie sich denn nun gegenseitig bezahlen sollten, bevor Nico gespielt vorwurfsvoll erklärte:

»Menschenskind, du hast mich so geschlaucht, dass ich jetzt bestimmt meinen echten Sechzehnuhrtermin nicht mehr schaffe!«

Als Corinna sich diesmal in dem von Halogenlampen beleuchteten Spiegel im Aufzug gegenüber steht, sieht sie nicht mehr aus wie ein furchtsames Schaf. Eher wie eine zufriedene Perserkatze. Eine *explodierte*, zufriedene Perserkatze. Sie zieht die Haarnadeln aus den Resten ihrer Frisur, klemmt sie sich zwischen die Zähne und versucht, etwas Ordnung in die zerzausten Strähnen zu bringen.

»Komm doch mal wieder vorbei«, hat Nico beim Abschied gesagt. *Wer weiß …*

Der Lift legt einen Zwischenstopp ein. Auf der Anzeigentafel blinkt groß die Ziffer »4«, was Corinna daran erinnert, dass sie hier eigentlich aussteigen müsste, weil Thorsten ihr sonst vermutlich kein Wort glauben wird.

Aber jetzt noch einen inzwischen wohl recht missvergnüg-

ten Herrn Stempfhuber beglücken?, überlegt sie in das Quietschen der sich aufschiebenden Fahrstuhltür hinein. *Nein, danke!* Nach dem Erlebnis mit Nico muss sie sich außerdem eingestehen, dass ein bisschen gegenseitige Anziehungskraft doch nichts schadet.

Jemand tritt zu ihr in die kleine Kabine.

Thorsten!

Überrascht starren sie einander an.

»Wasch machschn du hür?«, nuschelt sie durch die Haarnadeln hindurch, während die Tür sich langsam wieder schließt.

»Das frage ich dich!«, gibt Thorsten pampig zurück und drückt hastig auf den Knopf mit der Nummer vier. Die Tür geht wieder auf. »Wieso kommst du jetzt erst?«

Komisch, Corinna hätte gedacht, der drohende Verlust seiner heterosexuellen Unschuld würde ihm mehr zu schaffen machen. Sie nimmt die Haarnadeln aus dem Mund.

»Ich …«, fängt sie an, ohne zu wissen, wie sie ihm das alles erklären soll. »Moment mal!«, hakt sie dann jedoch nach, »Sag' mir sofort, was du hier machst! Wolltest du dich etwa im Schrank verstecken und spannen, oder was?!«

Thorsten zieht wieder sein Hustensaft-Gesicht.

»Igitt!«, spuckt er. »Von wegen! Aber das ist jetzt ja auch egal. Du hast es vermasselt, und ich kriege das Prada-Täschchen.«

»Kriegst du nicht!« Seelenruhig versenkt Corinna die letzte Haarnadel in ihrem Schopf.

»He, Wettschulden sind Ehrenschulden! Wenn du die Tasche nicht rausrücken willst, solltest du Wilfried nicht länger warten lassen, sondern deinen Job machen.« Er sieht sie herausfordernd an und streckt die Hand in die Lichtschranke, um die Fahrstuhltür daran zu hindern, sich erneut zu schließen.

Corinna zieht seinen Arm zurück.

»Das muss ich gar nicht«, sagt sie in bedeutungsvollem Ton. Plötzlich freut sie sich diebisch darauf, ihm die ganze Geschichte zu erzählen. *Später!*

»Wie?«, fragt Thorsten.

Unter nervtötendem Quietschen gleitet die Tür nun endgültig zu, und die Kabine setzt sich surrend wieder in Bewegung, gerade als Corinna ihren schmalen Blazer aufknöpft.

»Riech mal!«, mit den Jackenaufschlägen wedelt sie den unverkennbar schwülen Geruch ihrer Haut in Thorstens Richtung. *L'eau des fick!*

Der bläht ungläubig seine sorgfältigst aller Härchen beraubten Nasenlöcher.

»Du riechst nach Sex!« Er schnuppert heftig. »Wieso riechst du nach Sex?!«

»Ich rieche nach Sex, weil ich an der falschen Tür geklingelt und infolgedessen mit einem *anderen* Mann geschlafen habe«, erklärt Corinna fröhlich.

»Du hast WAS???« Thorsten starrt sie fassungslos an.

Sie betätigt den großen roten Schalter für den Nothalt, und der Aufzug kommt zwischen zwei Stockwerken ruckartig zum Stehen.

»Was machst du?« Thorstens Stimmlage ist vor Schreck eine halbe Oktave nach oben gerutscht.

Corinna lächelt ihn schlitzäugig an und hakt die Fingerspitzen in den Bund seiner Jeans, um ihn näher an sich heranzuziehen.

»Nix da Prada-Täschchen«, schnurrt sie, seinen Hosenknopf öffnend, »jetzt kommt dein Einsatz!« *Zzzzipppppppp*. Der Reißverschluss.

»Nein, Corinna, NICHT!!!«

»Aber, aber, Wettschulden sind Ehrenschulden, schon vergessen?«

Wie ein hypnotisiertes Kaninchen glotzt Thorsten auf ihre dreiviertel nackten Brüste in dem provozierenden BH.

»Mal anfassen?«, triezt Corinna ihn weiter, greift nach seiner Hand und kriegt fast Schluckauf vom unterdrückten Kichern.

»Nein, Corinna, bitte! Das kannst du nicht von mir verlangen!« O weh, er klingt als wolle er gleich in Tränen ausbrechen. »Das war doch alles gar nicht ernst gemeint!« Verzweifelt ringt Thorsten mit ihren Händen, die nun versuchen, ihm die Hose nach unten zu zerren, und spricht hastig weiter:

»Der Wilfried ist kein Arbeitskollege, sondern ein Freund von mir, er weiß Bescheid! Ich wollte dir und deinem losen Mundwerk endlich mal eins auswischen … Deshalb bin ich auch hier! Ich schwöre! Wir haben da oben mit einer Pulle Sekt auf dich gewartet!«

Corinna ist mitten in der Bewegung erstarrt.

»Wie bitte?«

»Du glaubst doch nicht, dass ich dich ernsthaft in so eine Situation gebracht hätte?«, fragt Thorsten ehrlich entrüstet. »Du bist schließlich meine allerbeste Freundin!« Mit diesen Worten schafft er es endlich, ihre zielstrebigen Finger von seiner Körpermitte abzuschütteln. »Es konnte ja keiner ahnen, dass du zu blöd bist, die richtige Tür zu finden, und mit irgendeinem Fremden vögelst!«

Den Rüffel bezüglich seiner unleserlichen Handschrift

verkneift sich Corinna erst mal, weil ihr plötzlich etwas anderes einfällt.

»Da es nun aber passiert ist – was kriege ich denn jetzt dafür?«

Thorsten legt den Kopf schräg, um sie mit seinem treuherzigsten Dackelblick anzusehen.

»Vielleicht doch den Schokoladen-Dildo?«, erkundigt er sich vorsichtig, und Corinna streckt ihm lachend die rechte Hand hin.

»Schlag' ein!«

Das lässt Thorsten sich nicht zweimal sagen.

»Damit muss ich ja wohl zurücknehmen, was ich neulich behauptet habe«, gibt er zu und setzt aufatmend den Fahrstuhl wieder in Bewegung. »Du bist doch ein ganzer Kerl!«

Mit einem zufriedenen Grinsen lässt Corinna das mal so stehen.

Als sie im Erdgeschoss aus dem Lift steigen, betritt gerade eine gepflegte Frau mittleren Alters die Eingangshalle. Ihr Blick irrt abwechselnd zwischen dem Stück Papier in ihrer Hand, den langen Reihen der Briefkästen und ihrer Armbanduhr hin und her.

»Ach bitte«, Hilfe suchend hält sie Thorsten und Corinna den Zettel unter die Nase, »ich habe meine Brille vergessen. Heißt das hier nun 4 F oder 9 F?

Die Turmuhr in der Ferne schlägt vier Mal, und Thorsten hat keine Ahnung, warum Corinna plötzlich Schluckauf bekommt.

Die Mogelpackung

Obwohl völlig verausgabt, schaffte er es, seinen kräftigen Bizeps aus den Kissen zu heben und vor ihrer Nase spielen zu lassen.

»Na, Baby, war das ein Ritt in den Himmel, oder was?«

Ungläubig drehte sie den Kopf und versuchte einen Blick auf die Miene des Mannes zu werfen, der diesen denkwürdigen Satz von sich gegeben hatte. Schweißnass und schwer wie ein gestrandeter Wal lag er auf ihr, augenscheinlich sehr zufrieden mit sich und seiner soeben vollbrachten sexuellen Leistung.

Warum schwitzte der Kerl eigentlich so? Auch mit viel gutem Willen – von dem bei ihr allerdings keine Spur zu finden war – ließ sich nämlich nicht verleugnen, dass er sie kaum länger als vier müde Minuten gevögelt hatte. Vielleicht auch viereinhalb … aber höchstens. Und dilettantisch obendrein. Es war ihr ein Rätsel, wer solche Typen auf ein derart unerschütterliches Selbstvertrauen programmierte.

Genervt schob sie das schlappe Schwergewicht – natürlich alles stahlharte Muskeln – von sich herunter, nahm einen befreiten Atemzug und stellte endlich Blickkontakt zu ihrem Beischläfer her. Auf seinem hübschen, austauschbaren Kataloggesicht lag ein unverkennbar selbstgefälliger

Ausdruck – der eindeutige Beweis dafür, dass es ihm mit seiner offenbar rhetorisch gemeinten Frage nach seinen horizontalen Fähigkeiten wahrhaftig ernst war.

»Weißt du«, entgegnete sie jetzt frostig, »mit meiner Umsatzsteuererklärung hatte ich neulich mehr Spaß.«

Eine Schrecksekunde später sprang der Mann aus dem Bett.

»*Was?*« Seine Mimik war entgleist: Unglauben, gekränkte Eitelkeit und schmallippige Entrüstung wechselten sich in rascher Folge ab.

»Du … du frigide Zicke kannst froh sein, wenn man ihn bei dir überhaupt hochkriegt!«, blaffte er empört, während sein ermatteter, bildschöner Penis im Takt seiner Worte beleidigt vor sich hin wippte. »Sogar eine Spanplatte würde mehr Aktion zeigen als du!«

Sie seufzte. Jetzt kam ihr dieses Sparmodell auch noch mit solchen Allüren … Das kannte sie nun wahrlich zur Genüge, dafür hätte sie sich *den hier* niemals in ihr Bett holen müssen. Nichts wie weg mit ihm!

Volltreffer! Freudige Erwartung lustwandelte ihre Wirbelsäule hinauf, kribbelte wieder herunter und machte eine schwungvolle Kurve, um wie heißes Karamell in ihren Schoß zu tropfen. Diesmal, mit *dem hier*, würde es ganz bestimmt Spaß machen!

Ohne mit der Wimper zu zucken, hatte sie den Stümper von neulich Abend gegen den appetitlichen Kerl ausgetauscht, der ihr nun an ihrem elegant gedeckten Tisch gegenübersaß und mit sichtlichem Vergnügen die hausgemachten Tagliatelle an weißen Trüffeln vertilgte.

Ja, diesmal hatte sie sich tatsächlich ein bisschen in Unkosten gestürzt und beträchtliche Zeit mit der Zubereitung angeblich erotisierender Speisen zugebracht, um der gemeinsamen Wollust von Anfang an stilvoll den Weg zu bereiten. Außerdem gedachte sie auf diese Art schon *vor* der Schlafzimmertür eine Ahnung von den Qualitäten ihres neuen Liebhabers zu bekommen.

Letztendlich war das schließlich alles nur eine Frage des Instinkts, und wenn sie jetzt ihre Klitoris befragte, dann rüstete sich diese eindeutig für multiple Lustbarkeiten …

Bereits bei der Auslese des aktuellen Freudenspenders war sie sorgfältiger vorgegangen als beim letzen Mal: Von den erkennbaren Supermachos – Starkstrom in den Muskeln, aber unterm Scheitel brennt kein Birnchen – hatte sie ein für alle Mal die Nase voll. Stattdessen war ihre Wahl auf einen gefallen, dem man unzweifelhaft den Genießer ansah. Ausgeprägte Genussfähigkeit, so überlegte sie, würde sich auch beim Liebesakt niederschlagen.

Sie hatte vergessen, wie er hieß, aber was interessierten sie Namen. Beglückt wanderte ihr Blick über seine attraktive Erscheinung. Auch *dieser hier* war von der glatten, fast aseptisch wirkenden Schönheit, die sie bei ihren Bettgefährten stets bevorzugte: höchst attraktive Körperlichkeit ohne individuelle Besonderheiten, gepaart mit einem sparsam entwickelten Geist.

Männer diesen Typs ließen sie einfach vergessen, dass tiefere Emotionen nicht ihre Sache waren, und verlangten nie mehr, als sie geben konnte: Sex. Allein darum drehte es sich bei ihr, wie sie irgendwann nüchtern erkannt hatte. Demzufolge war ihre jüngst getroffene Entscheidung, endlich selbst die Initiative zu ergreifen, absolut sinnvoll. Anstatt sich immer nur »hinzugeben«, bestimmte nun *sie*, wie und wann und wie oft künftig ihre Bedürfnisse befriedigt werden sollten.

Zugegebenermaßen war die Premiere dessen – die Nullnummer mit dem übersteigerten Ego von vorgestern – ein echter Reinfall gewesen, aber wenn sie jetzt ihre neue Errungenschaft betrachtete, dieses leckere Bürschchen, das vor ihr saß wie ein Unterhosenmodel von Calvin Klein, dann konnte sie nicht anders, als ihn im Geiste auszuziehen und sich in seinen Armen dahinschmelzen zu sehen.

Begehrlich verfolgte ihr Blick die lange Nudel, die seine wundervoll geformten Lippen soeben kunstvoll einsaugten. Himmel, sie konnte es kaum erwarten, endlich mit ihm zu knutschen!

Er ließ seine wohlgeformte rosa Zunge hervorschnellen, um sich genießerisch die Saucenspuren aus den Mundwinkeln zu schlecken, und sie wollte nichts anderes mehr, als dass er diese mit ihrer Muschi vertauschte.

Die Indizienlage sprach eindeutig für ihn: Er hatte mit so viel Hingabe gegessen, sich den Speisen mit dermaßen leidenschaftlichem Genuss gewidmet, dass er im Bett einfach sensationell sein *musste!*

Wie auf ein Stichwort legte ihr Gegenüber das Besteck nieder und benutzte zum krönenden Abschluss sogar seine Serviette – wobei sie auch nichts dagegen gehabt hätte, den ganzen Kerl einfach sauber zu lecken.

Über den Tisch hinweg musterte er sie mit vielsagendem Lächeln. Sie konnte förmlich spüren, wie sie vor seinem geistigen Auge plötzlich nackt dasaß, denn sein Blick war so unverhohlen lüstern, dass ihre Brustwarzen sich beglückt aufrichteten und zwischen ihren Beinen endgültig der Feueralarm losging.

Den göttlichen Lippen des Mannes entschlüpfte ein herzhafter Rülpser.

War das ein schlechtes Omen?

Nein, nein! Das rundete ein gutes Essen ab. Und geschmatzt hatte er schließlich auch – für sie ein deutliches Zeichen dafür, dass er sie beim Sex ebenfalls mit hemmungsloser Akustik erfreuen würde.

Genug der Spekulationen!

Sie stand auf, ging um den Tisch herum und glitt auf seinen Schoß, wobei sie ihm einen tiefen Einblick in den großzügigen Ausschnitt ihres signalroten Samt-Minikleides gewährte. Sofort wuchs die formidable Beule in seiner Hose, auf der sie hart zu sitzen kam.

»Freut mich, dass es dir geschmeckt hat«, murmelte sie, aber der Klang ihrer Stimme sagte: *Nimm mich.*

Sie legte die Arme um seinen Hals und begann an seinen zarten Lippen zu knabbern, während sie sacht auf seinem glückverheißenden Ständer hin und her schaukelte.

»Ja«, erwiderte er, wobei seine Stimme schon ein wenig belegt klang, »das Essen war sagenhaft. Fünf Sterne! Könnt' ich mich glatt dran gewöhnen, an den Service.«

Anstatt darauf zu antworten, konzentrierte sie sich lieber auf ihren lustvollen kleinen Ritt, dem er mit begehrlichen Stößen seiner Lenden ein schärferes Tempo verlieh.

Sie hörte ihn schwer schlucken.

»Aber du müsstest natürlich immer nackt in Strapsen für mich kochen«, verkündete er heiser, ihr hastig das Oberteil über die Schultern nach unten zerrend. Mit protestierendem Krachen gaben ein oder zwei Nähte nach. *Egal!*

Leidenschaftlich rieb und knetete er ihre Brüste, und sie stöhnte in heftigem Verlangen laut auf; angespornt allerdings auch von der Hoffnung, seine überflüssigen Worte damit übertönen zu können.

»Bin gespannt, ob du auch so eine Gourmet-Möse hast«, fuhr er unbeirrt fort.

Nein! Nein! Nein! Einfach nicht hinhören.

Sie knöpfte sein Hemd auf, das ohnehin fast bis zum Solarplexus offen gestanden hatte, um seinen Bilderbuchkörper intensiver zu spüren.

»Wie weich deine Haut ist«, raunte sie hingerissen, »kein einziges Haar auf der Brust.«

Er grinste erfreut und prahlte:

»Klar Baby, auf Stahl wachsen keine Haare!« Dabei kniff er ihr etwas zu fest in die Nippel.

Einerseits versuchte sie nun krampfhaft, ihre kostbare Erregung vor dem drohenden Exitus zu bewahren, während andererseits immer heftigere Zweifel an der Treffsicherheit ihres »Instinkts« den erotischen Spaßfaktor minderten.

Entschlossen wandte sie deshalb ihre Aufmerksamkeit seinem delikat geformten Ohr zu, übersäte es mit kleinen Küssen, züngelte eine feuchte Spur über die makellose Haut seiner Wangen, bis sie abermals die köstliche Weichheit seiner Lippen erreichte und darin versank. Auf diese Weise konnte der Typ nicht sprechen, und solange er die Klappe hielt, war alles gut!

Ihr Mund labte sich an seinem Keuchen, während er ihrem Körper mit geübten Händen einiges versprach, das er hoffentlich zu halten gedachte.

Sie entspannte sich ... Die Lust hatte sie wieder!

Mit einem Mal – sie saugte gerade so genießerisch an seiner feuchten Zunge wie er zuvor an der Nudel – zog er sich ein kleines Stück von ihr zurück, schnalzte mit besagter Zunge und verkündete gönnerhaft:

»Wenn du genau *das* jetzt mit meinem Schwanz machst, darfst du mich vielleicht sogar vögeln!«

Vorbei!

Sie ertastete ihn sofort, und nur ein leises, eingeschnapptes »*Klack*« war zu hören, als sie den kleinen, hinter seinem rechten Ohr in den Schädel eingepassten Funktionsschalter betätigte.

Augenblicklich fielen die Hände des Mannes leblos von ihr ab, sein Blick wurde leer. Die herrliche Erektion verschwand, und sein gesamter Körper verwandelte sich in eine leblose, hartgummiartige Masse.

Eher wütend als enttäuscht kletterte sie davon herunter, bevor sie energischen Schrittes in der Diele verschwand. Das hatte sie nun von ihrem Geiz. Wie war sie eigentlich auf die idiotische Idee gekommen, den Letzten lediglich per 24-Stunden-Umtauschgarantie durch ein *anderes* Sparmodell ersetzen zu lassen? Ihr Schnäppchen von vorgestern war wohl mitnichten ein misslungenes »Montags-Modell« gewesen, sondern in seiner Eigenschaft als Sonderangebot schlicht eine Niete. Und *dieser hier* taugte genauso wenig.

Auf dem Rückweg in den Wohnraum stieß sie mit den Füßen einen überdimensionalen Karton aus solider Pappe vor sich her, der aufgrund seiner Abmessungen gewisse Ähnlichkeit mit einem Sarg aufwies. Diesen brachte sie neben dem Esstisch so in Position, dass sie den leblosen Männerkörper von seinem Stuhl aus einfach hineinkippen konnte. Sie schob, zog und zerrte so lange, bis sie das untaugliche Spielzeug ausgestreckt in der Kiste zurechtgerückt hatte.

Kurz rang sie mit ihrer Neugier, ob sie nicht wenigstens noch sein »Membrum virile« begutachten sollte, bevor sie den Deckel schloss, entschied sich dann jedoch dagegen. Ganz davon abgesehen, dass sie sich weder heute noch jemals sonst mit diesem Fehlkauf vergnügen würde, fühlte sich seine Haut mittlerweile nicht nur an wie erkaltetes Wachs, sondern sah auch so aus. Und das machte sein Ding ganz sicher nicht schöner – mochte es auch noch so wohlgeformt sein.

Mit einigem Kraftaufwand bugsierte sie schließlich den Karton wieder auf den Flur hinaus; vielleicht konnte sie den Kerl ja wenigstens bei eBay versteigern.

Schlecht gelaunt räumte sie den Tisch ab, verzog sich dann mit einem wohl gefüllten Weinglas auf ihr gemütliches Sofa und angelte nach dem dünnen Hochglanz-Katalog, der dort unter ein paar Zeitschriften versteckt lag.

PERFECT LOVERS

stand in großen, elegant geschwungenen Lettern auf dem Cover, das Titelfoto zeigte ein blendend attraktives, händchenhaltendes Pärchen. Kleiner gedruckt war ein schlichter Werbeslogan zu lesen:

Künstliche Lebensformen höchsten Standards für lustvolle Stunden und mehr.

Sie schlug das Heft auf, wobei sie diesmal die ersten paar Seiten – preisgünstige *Androiden*-Sparmodelle für den kleinen Geldbeutel – mit grimmigem Blick überblätterte. Auch die angebotenen *Gynoiden* aller Preisklassen, eine schöner als die andere, interessierten sie nicht, denn diese waren dem weiblichen Menschengeschlecht nachempfunden, und darauf hatte sie dieser Tage keine Lust. Der Sinn stand ihr vielmehr endlich nach einer virtuosen Nummer mit einem ganzen Kerl.

Ihr Blick wurde erst aufmerksam, als sie sich zur männlichen Mittelklasse durchgearbeitet hatte. Die Preise stiegen von Katalogseite zu Katalogseite.

Nachdenklich nippte sie an ihrem Wein. Ganz offensichtlich zahlte sich falsche Sparsamkeit bei einem so bedeutsamen Kauf nicht aus, wie sie eben erst hatte feststellen müssen. Vielleicht wäre es ausnahmsweise doch lohnenswert, ihren Dispo bei der Bank zu überziehen. Wenn sie dafür in Zukunft ordentlich gevögelt würde …

Beherzt nahm sie noch einen Schluck Wein und blätterte entschlossen weiter zu den Luxus-Androiden, wo sie erstaunt feststellte, dass diese Spitzenmodelle sich bereits optisch ganz unerwartet von ihren preisgünstigeren Brüdern unterschieden.

Über äußerst bewegliche Körper, täuschend echtes Hautgefühl und eine zuverlässige Libido verfügten alle Kategorien der Androiden und Gynoiden. Hier jedoch hatte bei der Konstruktion eindeutig kein stereotypes Schönheitsideal Pate gestanden, denn ausgerechnet die teuren Modelle waren alles andere als makellos. Durchaus anziehend … das schon … aber irgendwie nicht so … austauschbar. Darüber hinaus wies ihre Programmierung natürlich raffiniertere Feinheiten auf, und sowohl Emotions- als auch Intelligenzchip hatten eine deutlich höhere Speicherkapazität. Alles in allem versprachen die verschiedenen Artikelbeschreibungen einzigartige Liebhaber von komplexer Persönlichkeit.

Irgendwo hinter ihrer Stirn schrillte eine kleine Alarmglocke. *Mit so einem Typ lief sie Gefahr, ihren clever kalkulierten Selbstschutz zu unterminieren!*

Resigniert wollte sie gerade den Katalog wieder zuklappen, als es um sie geschehen war. Ihr Schicksal trug den klangvollen Namen *Lorenzo* und würde sie ein Vermögen kosten.

Mit einigen Tagen Verspätung, bedingt durch die große Nachfrage nach dem Modell »Lorenzo«, wurde ihr zum dritten Mal einer der mannshohen Kartons mit neutralem Adressaufkleber geliefert. Ein leicht flaues Gefühl im Magen, schob sie das Seidenpapier beiseite.

Sein Mund war eigentlich ein winziges bisschen zu schmal für ihren Geschmack und seine Nase tatsächlich ein klein wenig krumm … Scheu strich sie darüber, fasziniert von der Anziehungskraft dieses ungewohnt unsymmetrischen Gesichts, das von glänzendem schwarzem Haar eingerahmt wurde.

Sie erinnerte sich an die Produktbeschreibung, in der Lorenzo als kultiviert und gebildet, feinfühlig, sinnenfroh und anspruchsvoll angepriesen wurde.

Mit einem letzten Blick in den Spiegel überzeugte sie sich davon, dass sie fabelhaft aussah, bevor sie hinter dem rechten Ohr des Androiden nach dem Funktionsschalter suchte.

»*Klick.*«

Schon kurz darauf führte sie Lorenzo in ihr Schlafzimmer, denn bereits beim höflichen Beschnuppern – dem einstimmenden Gespräch – hatte er es fertiggebracht, ihr völlig den Kopf zu verdrehen. Er war tatsächlich anders als die anderen, hatte etwas zu sagen, vertrat eine eigene Meinung, stellte etwas dar. Kurz, er war niemand, denn man schnell vergessen konnte.

Lorenzo, der Hauptgewinn. Ihr dämmerte, dass sie sich mit all den Wegwerf-Einheitstypen der Vergangenheit womöglich weniger geschützt als mehr betrogen hatte.

Unzählige Kerzen, vervielfacht durch einen überdimensionalen Spiegel an der Decke, warfen ihr flackerndes Licht über das große Bett, so dass die pfirsicheisfarbene Polyester-Satinbettwäsche viel kostbarer aussah, als sie eigentlich war, und der ganze Raum förmlich nach ausschweifendem Sex zu lechzen schien.

Lorenzo allerdings ließ sich Zeit. Seine Hände glitten so zart über ihren Körper, als ertaste er die Kontur eines Kunstwerks, dann erst öffnete er aufreizend langsam Knopf um Knopf ihres hautengen Kleides und schob den weichen Stoff von ihren Brüsten, die sie ihm sehnsüchtig entgegenstreckte.

Mit seinem unüberhörbar italienischen Akzent flüsterte Lorenzo:

»Wie schön du bist … wie makellos …«, und sie bekam weiche Knie.

Bereitwillig in seinen festen Griff geschmiegt, konnte sie ihr Glück kaum fassen. Dieser Lorenzo roch auch noch gut! Ungeduldig begann sie nun ihrerseits, seinen festen, unbekannten Körper zu streicheln.

Ungestüm befreite sie erst ihn, dann sich von den letzten textilen Hüllen, bevor sie begierig vor ihm auf die Knie fiel, um ihm die Ehre zu erweisen.

Erst schien ihr Übereifer ihn etwas zu erschrecken, doch als sie mit der Zunge hingerissen den leichten Linksknick seiner Erektion nachzeichnete, fügte er sich mit einem wohligen Seufzer, schloss die Augen und lehnte sich zurück. Sie wiederum – an Perfektion gewöhnt – fühlte sich wie die

Entdeckerin fremder Welten, als sie seine Hoden küsste, weil der rechte ein wenig länger war als der linke. Mit stetig wachsendem Genuss liebkoste sie ihn, befühlte seinen Schwanz mit ihren weichen Lippen, schob ihn tief in ihren Mund und bewegte gleichzeitig heftig eine fest geschlossene Faust an seinem Schaft auf und ab, bis Lorenzo sie unvermittelt festhielt und sich aus dem schwülen Sog befreite. Er bevorzugte eindeutig die langsame Tour, aber was konnte sie dafür, dass er sie so scharf machte!

Lorenzo!

Ihr Denken und Fühlen gestaltete sich mittlerweile völlig eindimensional, sie wollte endlich haben, worauf sie so lange gewartet hatte – sie wollte ihren Fick, sie wollte *Lorenzo!*

Er hob sie hoch und setzte sie auf der Bettkante wieder ab, ließ sie die Beine spreizen und begann sanft, die Innenseiten ihrer Schenkel zu massieren, während er ihr unverwandt in die Augen sah, was sie schrecklich nervös machte. Seine ganze Art schien ihr so fremd, jede seiner Berührungen war so verwirrend intensiv, dass sie nicht recht wusste, wie sie damit umgehen sollte. Jetzt wanderten seine Hände weiter nach oben, kneteten stärker und reizten dabei ihr Geschlecht, ohne es zu berühren. Um seinem hypnotischen Blick zu entkommen, ließ sie den Oberkörper nach hinten auf das Bett fallen und vergrub den Kopf halb in den üppigen, pastellfarben bezogenen Daunen.

»Lorenzo«, stöhnte sie, »komm!« Sie streckte die Arme nach ihm aus und hob auffordernd ihr Becken.

Als Antwort flatterte federleicht seine feuchte Zungenspitze über ihre Schamlippen; es war ein Gefühl, als habe er ihr einen elektrischen Schlag verpasst.

Sie wölbte sich ihm noch drängender entgegen.

»Komm schon«, stieß sie hervor, doch auch jetzt bekam sie nur seinen Mund, wenn auch diesmal mit etwas mehr Nachdruck. Er leckte ihre Nässe auf, verteilte sie mit lasziven Zungenschlägen, aber sie krallte sich in seine Schultern, um ihn über sich, auf sich zu zerren.

»Komm schon, komm schon!«

»Noch nicht«, flüsterte er zärtlich, beharrlich Widerstand leistend.

Sie öffnete die Augen, und über sich im Spiegel erkannte sie Lorenzos zusammengekauerte Gestalt vor ihrem schamlos dargebotenen Körper. Die Fersen hatte sie in höchster Anspannung auf die Bettkante gezogen, um sich ihrem Liebhaber so weit wie möglich zu öffnen. Unter dem zerzausten Schamhaar konnte sie deutlich ihre geschwollene, feucht glänzende Möse sehen. Aber wieder war es sein Kopf, der sich darüber senkte. Mit zwei Fingern öffnete er ihre Schamlippen, und als seine Zunge gezielte, sich verjüngende Kreise um ihre Klitoris zu ziehen begann, verschwamm das Spiegelbild vor ihren Augen. Das Letzte, was sie bewusst erkannte, war ihr Gesicht, das sich zu einer orgastischen Grimasse verzerrte.

Eine gewölbte Handfläche gegen sie gepresst, den letzten, entfernten Zuckungen ihres Höhepunkts nachspürend, tauchte Lorenzo zwischen ihren Beinen auf. Und anstatt sich endlich auf sie zu stürzen, sah er sie mit einem Lächeln im linken Mundwinkel an.

Gut, sie war gekommen – und wie! –, aber trotzdem war sie *höllisch unbefriedigt!* Was stimmte nicht mit dem Kerl, dass er sich so bitten ließ?

Jetzt legte er sich neben sie aufs Bett und küsste sie. Ein langer, sinnlicher Kuss, der ihr eigenes Aroma in sich trug und den sie trotzdem nicht genießen konnte. Lorenzo streichelte ihre Brüste, zwirbelte, rieb, reizte sie, wollte das Spiel von neuem beginnen, aber sie war mit ihrer Geduld am Ende. Wie ferngesteuert tastete sie sich mit geschickten Fingern an seinem Bauch entlang, bis sie gefunden hatte, wonach sie suchte: einen prächtigen, einsatzbereiten Ständer!

»Und jetzt lass uns vögeln!«, entschied sie, während sie sich auch schon über ihn rollte. Lorenzos leicht irritierten Blick übersah sie, weil sie ganz darauf konzentriert war, seine pralle Eichel in die günstigste Position zu bringen. Als sie sich dann jedoch tief auf seinen Schwanz sinken ließ, genüsslich jeden Zentimeter seines Fleisches in sich gleiten spürte, entfuhr auch ihm ein genussvolles Ächzen, das sie nur noch mehr anfeuerte.

O ja!

Wie von selbst hob und senkte sich ihr Körper, schneller … mehr …! Ihre Pobacken klatschten auf Lorenzos Schenkel; seine Hände an ihren Hüften, die sie in eine ruhigere Gangart bringen wollten, spürte sie nicht einmal. Sie hüpfte und keuchte, krallte sich in seine Brust und stöhnte. Erst als ihr Unterleib zu rotieren begann wie eine Schiffsschraube, als ihre Muskeln sich immer heftiger um ihn schlossen, hörte sie weit entfernt seine beschwörende Stimme:

»Warte auf mich!«

Aber das konnte sie nicht mehr. Vor ihren halb geschlossenen Augen verwischten sich die einzelnen Kerzenflammen zu einer blendenden Feuersbrunst, und sie kam. Und kam. Und kam. Bis sie sich schließlich mit einem letzen heiseren Schrei neben Lorenzo in die Kissen fallen ließ.

Dann, als ihr Atem sich etwas beruhigt hatte, hob sie den Kopf.

»O Lorenzo«, jubelte sie, »das war fantastisch!«

Er sah sie an, wieder spielte dieses kleine Lächeln in seinem Mundwinkel, das sie nicht deuten konnte, und glücklich fuhr sie fort:

»Wir sind füreinander bestimmt, ich wusste es!«

Mit einer liebevollen Geste streichelte er ihr übers Haar und schob eine vorwitzige Strähne hinter ihr rechtes Ohr.

»*Klack!*«

Erstaunt bemerkte sie noch den Anflug von Bedauern in seinem unergründlichen Gesicht. Dann wurde es dunkel um sie.

Unmoralisch

Neugierig war ich schon lange, aber mittlerweile saß ich regelrecht auf heißen Kohlen, weil meine Mädels sich in geheimnisvollen Superlativen übertroffen hatten, was ihre Planung für diesen besonderen Abend anbelangte. Wobei mir natürlich kein Sterbenswörtchen der näheren Erklärung gegönnt wurde, lediglich, dass ich mich auf eine ganz besondere Überraschung gefasst machen könne. Und ich solle es ja nicht wagen, in Jeans und T-Shirt anzutanzen, Aufmiezen sei angesagt.

Das hatte ich dann auch getan. Als Sina, Marie und Andrea kamen, um mich abzuholen, lobten sie erst mal mein Outfit: ein schmales schwarzes Kleid mit filigranen Trägern und nicht jugendfreiem Rückenausschnitt, dazu mörderische Stilettos, in denen ich mich erhaben wie eine Königin fühlte – was daran liegen mochte, dass sie mich eindrucksvolle zehn Zentimeter über meine normale Augenhöhe schraubten.

Mir fiel sofort auf, dass die drei sich mitnichten so in Schale geschmissen hatten, und ich war ein bisschen gerührt, dass sie nicht nur mit mir feiern, sondern mich offenbar auch optisch zur Hauptperson des Abends machen wollten.

Marie schnalzte mit der Zunge:

»Perfekt«, erklärte sie, während sie mich einmal um meine eigene Achse drehte.

»Perfekt«, echote Andrea, die meine kunstvoll nachlässig hochgezwirbelten Haare begutachtete.

Und »Perfekt« fand auch Sina, nachdem sie mir den knielangen Rock hochgehoben hatte, um mein sündigsüßes schwarzes Tüllhöschen zu besichtigen.

»He!«, machte ich und schubste sie in gespielter Entrüstung weg, bevor sie am Ende noch nachprüfen wollte, ob auch mein Bärchen ordentlich gestutzt war.

Die Mädels kicherten und zwinkerten sich unübersehbar zu. Offenbar hatten sie bereits ein wenig auf mich vorgetrunken, denn es lag so ein gewisser Prosecco-Odem in der Luft.

Als wir schon in der Tür waren, drehten die drei noch mal um und spurteten in mein Schlafzimmer, wo ich sie tuscheln und laut giggeln hörte. Zwar ahnte ich, was sie sich da ansahen, aber trotzdem war mir völlig schleierhaft, warum meine Freundinnen das so erheiternd fanden.

Sie kamen zurück, drängelten mich vor sich her in den Lift und dann hinaus ins Auto, nur um nach kurzer Fahrt vor dem Haus zu halten, in dem Sinas Apartment lag.

»Hast du was vergessen?«, erkundigte ich mich arglos, weil ich natürlich annahm, dass wir den weiteren Abend in irgendeiner schicken Bar verbringen und uns nach dem ausgiebigen Genuss hochgeistiger Getränke so richtig danebenbenehmen würden.

Sina, Marie und Andrea gluckten nur, als sie mir mit großer Geste den Wagenschlag aufhielten. Ich stieg aus und folgte ihnen ahnungslos nach oben.

Sina ist übrigens das kleine Luder in unserer Runde. Einen festen Freund hat sie nie, weil sie findet, dass es einfach zu viele Mütter schöner Söhne gibt. Deshalb tändelt sie lieber von einem zum nächsten, hinterlässt dabei reihenweise gebrochene Herzen und merkt es nicht einmal. Es war erstaunlich genug, dass an diesem Abend mal kein verzweifelter Jüngling auf dem Flur lag und winselnd an Sinas Tür kratzte – wir konnten ihre Single-Wohnung ungehindert betreten.

Hier stellte ich erstaunt fest, dass schon alles vorbereitet war. Massenweise Kerzen empfingen uns mit angenehmem Schummerlicht, auf dem Tisch stand ein Sektkühler mit Blubberwasser, und unzweifelhaft hatte obendrein ein Räucherstäbchen seine schwül orientalischen Dämpfe vernebelt. Von der groß angekündigten ominösen Überraschung jedoch keine Spur.

Sie drückten mich auf einen Stuhl und rüsteten mich mit einem langstieligen Sektglas aus, in das mir kurz darauf Prosecco aus der – erwartungsgemäß bereits halbleeren – Flasche eingeschenkt wurde.

Als auch die Mädels sich mit dem Getränk bewaffnet hatten, stießen wir miteinander an, und Marie rief:

»Auf deinen großen Abend!«

Dann Andrea:

»Auf deine Zukunft!«

Es folgte Sina:

»Auf die Liebe!«

Und alle drei zusammen trompeteten:

»Auf DICH!«

Ach, was waren sie süß!

»Wo ist denn jetzt meine Wahnsinns-Überraschung?«,

platzte ich trotzdem höchst unfein heraus. »Habe ich mich etwa so aufgebrezelt, um mit euch allein in Sinas Lasterhöhle zu sitzen und mich zu betrinken?« An meiner Ungeduld waren sie echt selber schuld. Wann würden sie denn nun ihre Bombe platzen lassen?

»Keine Sorge«, Sina grinste mich vielsagend an, »wir bleiben nicht allein.« Mehr Information bekam ich noch immer nicht, und langsam wurde mir ein bisschen mulmig, denn die drei warfen sich ungemein verschwörerische Blicke zu, mühsam ihr Kichern unterdrückend. Sie schienen verdächtig aufgekratzt, und die Ursache dafür war ganz bestimmt nicht nur die zur Hälfte geleerte Prosecco-Flasche …

Zum x-ten Mal versuchte ich dahinterzukommen, was die Mädels wohl im Schilde führten. So albern wie sie sich benahmen, war die Sache zweifellos nicht ganz stubenrein; vielleicht schenkten sie mir ja einen Nacktputzer oder so? Aber hätten sie den nicht in meine eigene Wohnung bestellt? Tobias war schließlich ebenfalls unterwegs und übernachtete hinterher bei seinen Eltern.

Oder erwartete mich hier ein knackiger Stripper? Sina wäre so etwas durchaus zuzutrauen. Andererseits konnte ich mir nicht vorstellen, dass Andrea sich freiwillig ansehen würde, wie ein fremder Kerl sich für Geld aus einer Pseudo-Polizeiuniform pellte, bevor er mit seinem spärlich verhüllten Prachtstück protzte. Sie ist nämlich in einer Klosterschule erzogen worden, und das geht nicht spurlos an einem vorüber. Deshalb war ich auch – jedenfalls bis zu diesem Abend – stets der Meinung, dass Andreas Lustzentrum eher durch den Verzehr einer Familienpackung Vanilleeis im Rahmen einer Fußmassage zu stimulieren sei als durch einen nackten Männerkörper. Sie hat vor zwei Jahren ihren Freund geheiratet, mit dem sie seit dem Schulabschluss zusammen ist, und es würde ihr im Traum nicht einfallen, einen anderen auch nur zu küssen.

Dementsprechend hält Andrea sich natürlich immer sehr zurück, wenn wir anderen über Sex reden – was eigentlich ständig der Fall ist: Wir analysieren den, den wir haben, kichern über den, den wir mal hatten, und seufzen nach dem, den wir gern hätten.

Dass Sina dabei ständig mit neuen Geschichten ankommt, ist klar, aber auch Mariechen lässt uns ab und zu – unter dem Siegel der Verschwiegenheit – an ihren erotischen Eroberungen teilhaben, denn sie nimmt es mit der Treue nicht ganz so genau. Allerdings tritt sie nur dann daneben, wenn ihr Ego angeknackst ist. Zum Beispiel damals, als sie den Verdacht hatte, dass ihr Freund sie mit der Barfrau aus einem angesagten Club bescheißt. Und natürlich neulich, als er mit seinen Kumpels einen auf Männerurlaub gemacht hat.

Ich hingegen beteilige mich eher mit Anekdoten aus meiner zeitweise stürmischen Vergangenheit. Das mit Tobias und mir läuft immerhin schon seit vier Jahren, in denen ich geradezu mustergültig anständig war. Was vermutlich daran liegt, dass es immer noch sehr schön ist, mit Tobias zu vögeln. Wir verstehen uns einfach. Trotzdem – oder gerade deshalb – habe ich keine Lust, unser Liebesleben mit den Mädels detailliert zu bequatschen.

Marie schenkte mir nach und musterte mich prüfend: »Sie hat immer noch keine Ahnung!«

Sehr scharfsinnig. Woher auch!

Andrea warf einen kurzen Blick auf ihre Armbanduhr.

»Wahrscheinlich denkt sie, wir hätten einen Stripper für sie engagiert«, bemerkte sie in leicht abfälligem Tonfall.

»Oder einen Nacktputzer!« quiekte Sina, und ich hatte wieder dieses Flattern im Magen. Nein, eigentlich war es mehr so ein Gefühl, dass etwas passieren würde. Nur was?

»Also gut«, begann Marie vielversprechend, »wir geben dir einen Tipp!« Sie machte eine Kunstpause, die ich nutzte, um einen beruhigenden Schluck zur Brust zu nehmen.

»Mit unserer Überraschung erfüllen wir dir drei Wünsche auf einmal!«

Sina verkündete nebulös:

»Du bekommst was Spannendes …«

»… und was zum Spielen …«, kam es von der feixenden Andrea.

»Ach ne … und natürlich Schokolade?!«, vervollständigte ich, geschult durch jahrelangen Werbefernseh-Konsum, die Aufzählung, ohne sie sonderlich erhellend zu finden.

»*Kinder-über-raschung*!«, grölten die drei reichlich schief im Terzett und kringelten sich vor Lachen über mein ratloses Gesicht.

»Na, das mit der Spannung habt ihr ja schon ganz gut hingekriegt.«, knirschte ich, weil ich mir langsam ein bisschen verarscht vorkam.

Es klingelte.

Schlagartig verstummten sie, Konspiration lag in der Luft. Sina griff nach dem Hörer der Gegensprechanlage und lauschte hinein.

»Ganz oben«, informierte sie schließlich den Besucher, bevor sie auf den Summer drückte. Dann drehte sie sich zu mir um. Mit geradezu feierlichem Ernst in der Stimme verkündete sie:

»Das Warten hat sich gelohnt, hier kommt … das SPIEL!«

Jemand stapfte die Treppe herauf, die Tür wurde aufgeschoben, und ich traute meinen Augen nicht. Da stand meine Vergangenheit – oder zumindest ein höchst interessanter Teil davon!

»Hallo, Daniel«, begrüßte Sina den Neuankömmling, der sich in seiner Haut nicht besonders wohl zu fühlen schien. Er grüßte ein wenig förmlich in die Runde, und mein Herz machte einen kleinen, unziemlich aufgeregten Hüpfer, als er mir in die Augen sah. Sina lächelte komplizenhaft, köpfte eine neue Flasche Prosecco und reichte ihm ein Glas.

Der süße Daniel. Acht Jahre jünger als ich. Eine kurze, aber umso heftigere Liaison vor fünf Jahren. »Engelchen« hatte ich ihn genannt, wegen seiner blonden Locken und den großen blauen Strahleaugen – über einem für himmlische Freuden geschaffenen Körper!

Ich musterte ihn unauffällig: Er sah fast aus wie damals, nur männlicher war er geworden.

Sofort schossen mir eine Reihe bemerkenswert konkreter Erinnerungen in den Kopf, die Daniel und mich in leidenschaftlich erotischer Verschlingung beinhalteten, und zwei Etagen tiefer, unter meinem Kleid, fing es spürbar an zu kribbeln. Wir haben es damals nämlich so oft getrieben, dass ich quasi dauerwund war und er obendrein eine schmerzhafte Blase unter der Zunge bekam, weil er es liebte, mich auszuschlecken, bis ich nicht mehr wusste, wie ich hieß!

Das Ganze endete leider damit, dass Daniels Herz in tausend Stücke brach, weil ich seinerzeit an einer festen Beziehung nicht interessiert war. Trotzdem wollte ich – Miststück – danach nur ungern auf den sagenhaften Sex mit ihm verzichten, erlebte jedoch mein blaues Wunder, als er sich mir fortan mit bemerkenswerter Konsequenz verweigerte. Stattdessen musste ich mich allein durch einige verdammt harte Nächte quälen – ich war buchstäblich auf Entzug, so sehr hatte ich mich an unsere hormonseligen Ausschweifungen gewöhnt. Möglicherweise begründete das, weshalb ich noch Jahre später in sehnsüchtigen Erinnerungen an die wilden Wochen mit ihm schwelgte. Unter reger Anteilnahme meiner Freundinnen natürlich.

»Was machst du denn hier?«, fragte ich endlich verblüfft, nachdem der erste Wiedersehensschreck sich gelegt hatte, worauf Daniel mit einer unbestimmten Handbewegung in Richtung meiner Freundinnen wies.

»Ich wurde eingeladen, deinen großen Abend mit dir zu feiern«, erklärte er, ohne dass ich das nervöse Blinzeln deuten konnte, von dem seine Worte begleitet wurden.

Aus zusammengekniffenen Augen schoss ich den Übeltäterinnen der Reihe nach grimmige Blicke zu. Noch konnte ich beim besten Willen nicht erkennen, was dieser ganze Zirkus sollte.

Wieder läutete es, was ein kollektives Zusammenzucken zur Folge hatte; selbst Daniel sah angespannt zur Tür. Eines musste ich den Mädels lassen, sie waren echt gut darin, die Dinge auf die Spitze zu treiben.

Diesmal bediente Marie die Sprechanlage, bevor sie jubelte:

»Vorhang auf für … SCHOKOLADE!« Dabei klang sie wie ein Showmaster, der einen besonders prominenten Studiogast ansagt.

Der Mann, der kurz darauf das Apartment betrat, sah

tatsächlich aus, als sei seine Haut aus feinster Milchschokolade gegossen, und war niemand anderer als Elias! Ich hatte ihn nicht mehr gesehen, seit ich mit Tobias zusammen war.

Elias gab sich reserviert, aber der herausfordernde Blick, mit dem er bei der Begrüßung tief in meinen tauchte, ließ keinen Zweifel daran, dass die außergewöhnliche Anziehungskraft, die von Anfang an zwischen uns bestanden hatte, noch immer da war – obwohl unsere letzte gemeinsame Nacht schon Jahre zurücklag. Auch er hatte sich seitdem kaum verändert.

Wenig später saßen wir alle locker verteilt im Raum, und meine Gereiztheit wuchs. Was lief hier? Warum luden meine Freundinnen an diesem Abend ausgerechnet die beiden Männer ein, die immer noch durch meine feuchten Träume geisterten?

Ich sah zwischen Daniel und Elias hin und her. Sie hatten absolut nichts gemeinsam – außer mir.

Sina bemühte sich zwar, eine lockere Konversation in Gang zu bringen, aber an der Art, wie Daniel sprach, konnte ich erkennen, dass er verkrampft war. Was in Elias vorging, vermochte ich wie üblich nicht zu sagen. Anstatt der Unterhaltung zu folgen, sah er aus dem Fenster, und ich hätte sonst was für seine Gedanken gegeben.

Elias. Als wir uns damals kennen lernten, sah er mich zum ersten Mal mit diesem gewissen Blick an, der mir mittlerweile so vertraut ist, und für einen endlosen Augenblick hörte die Welt auf, sich zu drehen. Das war's. Kein anderer Mann interessierte mich noch. Es folgten ein Abendessen, betörende Küsse und bald darauf eine einzige gemeinsame Nacht. Er brachte mir bei, ihn anal zu stimulieren, und hinterher sagte er: »Wir hätten ein Kondom benutzen sollen.« Da das jedoch alles ist, an das ich mich erinnern kann, scheint diese erste Nummer nicht gerade ein Himmelsstürmer gewesen zu sein. Vielleicht war ich einfach noch zu jung.

Aber Elias wollte mich. Ganz. Und ich habe gekniffen! Meine Gefühle für ihn waren so stark, dass ich eine Riesenangst davor bekam. Noch lange Zeit mied ich alle Orte, wo ich ihn hätte treffen können, und wenn wir uns trotzdem zufällig über den Weg liefen, brachte er mich total aus der Fassung. In diesen Momenten beschlich mich jedes Mal das Gefühl, einen Fehler gemacht zu haben, denn auch wenn wir noch immer magnetisch voneinander angezogen wurden, hatte ich den richtigen Zeitpunkt verpasst.

Trotzdem gab es vor einigen Jahren sozusagen ein Comeback, als wir uns heimlich trafen, obwohl wir beide gerade anderweitig liiert waren. Dabei wurde zwar klar, dass etwas Ernstes zwischen uns niemals funktionieren würde, doch diese Erkenntnis änderte nichts an unserem Verlangen nach einander. Der Abend endete mit dem aufregendsten, tiefsten, bestürzendsten Sex, den ich je erleben durfte … Und diesmal vergaß ich nichts davon: sehnsüchtiges Stöhnen, seine Hände überall auf meiner Haut. Die ganze Nacht … Sein Schwanz in meinem Mund, mein Finger in seinem Po … Die Art, wie er mich fickte … Und immer, immer wieder diese unglaublichen Küsse …

Das alles – und noch viel mehr – hatte ich Sina, Andrea und Marie seitdem unzählige Male beschrieben. Sie wussten also ganz genau, wie teuflisch Elias auf mich wirken musste. Aber nun saß er hier – neben dem engelsgleichen Daniel. Nicht gerade die beste Voraussetzung, um entspannte Partystimmung aufkommen zu lassen.

Gerade als ich mich mit dem Gedanken tröstete, dass meine sogenannten Freundinnen etwas zu hören bekommen würden, sobald dieses verkrampfte Sit-in beendet war, standen die drei wie abgesprochen auf und winkten mich aus dem Raum.

»Sagt mal, ihr spinnt wohl!«, fauchte ich, kaum war die Badezimmertür hinter uns ins Schloss gefallen, »Was soll das denn für eine bescheuerte Überraschung sein?«

Sie grinsten mich ungerührt an wie die Honigkuchenpferde, aber ich war noch nicht fertig:

»Vielen Dank auch, dass ihr mir den Abend mit der Erinnerung an etwas versaut, das definitiv Vergangenheit ist.«

Andrea lächelte maliziös:

»Noch nicht ganz.«

»Was soll das heißen?« Es konnte nur dem plötzlichen Vakuum in meinem Gehirn zuzuschreiben sein, dass ich dermaßen auf der Leitung stand.

Sina half mir weiter:

»Erinnerst du dich nicht mehr? Unsere Überraschung für dich war *Spannung, Spiel und Schokolade* – du wirst ja wohl wissen, was du damit anzufangen hast.«

Langsam kapierte ich … und konnte es nicht fassen.

»Wie …«, fragte ich mit schwächlichen Stimmbändern. »Ihr meint, die zwei sind hergekommen um mit mir …?«

Als Antwort erhielt ich ein dreifaches, aufgeregtes Nicken, dann meldete sich Marie zu Wort:

»Heute sollte schließlich ein besonders toller, unvergesslicher Abend für dich werden, und als wir uns überlegt haben, was du dir wirklich, wirklich wünschst – na ja, wir kennen dich eben gut. Jedenfalls hatte Andrea die Idee, dir Sex mit Daniel und Elias zu schenken.«

Ausgerechnet Andrea?

Während ich noch dabei war, das eben Gehörte zu verdauen, fühlte ich bereits, wie in meinem Bauch eine Ameisenkolonie auf Wanderschaft ging und in meiner Brust die berühmten zwei Seelen einen Streit vom Zaun brachen.

»Also, einfach war es nicht, die beiden zu einem Dreier zu überreden, das kannst du mir glauben.« Sina öffnete den Spiegelschrank über dem Waschbecken und griff hinein. »Aber sie wissen, worauf sie sich eingelassen haben, und in Anbetracht der besonderen Umstände konnten wir sie davon überzeugen, dass dies eine Gelegenheit ist, die nie wieder kommen wird.« Mit zufriedenem Lächeln reichte sie mir eine Packung Kondome.

»Viel Spaß!«

Drei glänzende Augenpaare richteten sich auf mich, ich ließ mich der Reihe nach von meinen Freundinnen umarmen, dann war ich auf einmal allein.

Mein Spiegelbild zeigte mir glühende Wangen, und außerdem konnte nicht mal das Oberteil meines Kleides kaschieren, dass mein Herz klopfte wie verrückt. Dieses Überraschungsei entpuppte sich wahrhaftig als hochgradig unmoralisch.

Aber geschenkt war schließlich geschenkt – den Gedanken an Tobias schob ich weit von mir –, und um mit Sina zu sprechen: Eine solche Gelegenheit würde so schnell nicht wieder kommen!

Draußen knallte eine Tür, die Mädels hatten die Lasterhöhle verlassen. Jetzt war ich gefragt.

Als ich kurz darauf zurück in Sinas kombiniertes Wohn-Schlafzimmer trat, standen Daniel und Elias auf und kamen mir ein paar Schritte entgegen. Die Luft im Raum war mittlerweile derart spannungsgeladen, dass man damit eine ganze Batterie Vibratoren hätte betreiben können. Aber diese Notwendigkeit bestand ja nicht …

Meine Mundwinkel zitterten etwas beim Lächeln.

»Tja …«, begann ich wenig geistreich, »das nenne ich mal eine gelungene Überraschung.« Die Schachtel mit den Kondomen versteckte ich krampfhaft hinter meinem Rücken, damit mein Auftritt etwas weniger plump aussah. Meine königlich hohen Hacken fühlten sich in diesem Augenblick eher an wie Stelzen auf Pudding.

»Möchtet ihr noch was zu trinken?«, fragte ich höflich, um zu überspielen, dass ich keine Ahnung hatte, was die Tagesordnung als Nächstes vorsah. Sollte ich den ersten Schritt machen? Ehrlich gesagt verließ mich schon wieder der Mut.

Nein, sie hatten keinen Durst, aber selbst im diffusen Licht der Kerzen konnte ich erkennen, dass Daniel mindestens so nervös war wie ich. Elias hingegen wirkte völlig gelassen. Mir fiel ein, wie er mich eines Tages eingeladen hatte, mit ihm und seiner damaligen Freundin nach Hause zu gehen, weil sie Erfahrungen mit Frauen machen wollte. Meine Ablehnung war ziemlich brüsk gewesen – ihn beim Sex mit einer anderen zu teilen, war mir schlimmer vorgekommen, als ganz zu verzichten.

Er schien dieses Problem nicht zu haben, denn während Daniel noch tatenlos vor mir stand und nicht wusste, was er mit seinen Händen anfangen sollte, entschied Elias sich für einen unkomplizierten Schnellstart. Er hob mich einfach hoch und trug mich zu Sinas breitem Lotterbett, das sie zur Feier des Tages frisch mit dunkelrotem Mako-Satin bezogen hatte – in den ich nun also eine weitere sündige Geschichte einweben sollte.

Einen Moment vorher war ich noch versucht gewesen, die ganze Sache abzublasen, aber jetzt stieg mir Elias Körperduft zu Kopf. Fremd nach all den Jahren und dennoch seltsam vertraut. Das war Aromatherapie der besonderen Art, die meine letzten Vorbehalte zunichte machte. Diese besondere Nacht würde ich gebührend feiern!

Elias legte mich auf die kühlen Laken. Mit einer Hand hielt er meine Arme über meinem Kopf niedergedrückt, mit der anderen befreite er das mittlerweile ziemlich zerknautschte Kondompäckchen aus meinem starren Griff. Dann senkte er den Kopf und leckte rau über meine Kehle. Jäh zogen sich meine Brustwarzen zusammen, ich bekam Gänsehaut am ganzen Körper und stieß einen kleinen, sehnsuchtsvollen Laut aus. Abgesehen von den Fantasieausflügen im Kreis meiner Freundinnen hatte ich Elias seit Jahren sorgfältig aus meinem gedanklichen Alltag wegrationalisiert, aber meiner Lust auf ihn war damit offenbar nicht so einfach beizukommen gewesen. Es bedurfte an diesem Abend demnach nicht viel, um mir den Boden unter den Füßen wegzuziehen.

Auch Daniel war inzwischen näher gekommen, er hockte sich vor das Bett, legte den Kopf in meinen Schoß. Ich bemerkte, dass er leicht zitterte, und wollte ihm zärtlich durchs Haar streicheln, aber Elias hielt weiter meine Hände fest. Sein Gesicht ganz nah vor meinem, sah er mich auf diese wohlbekannte, tiefgründige Art an, die jedes Mal vorübergehenden Atemstillstand bei mir auslöste. Dann trafen sich unsere Lippen in einem Déjà-vu: Weich und feucht, heiß und süß, tastend und saugend fraßen wir uns beinahe auf, während meine Finger sich in seine krallten.

Ich spürte Daniels Atem, der durch meinen Rock hindurch die Haut erhitzte, und ganz kurz überfiel mich die Angst, dass mein Engelchen bei Elias' Dominanz womöglich zu kurz kommen würde – oder schlicht überflüssig wäre. Aber da kroch Daniel auf das Bett, eroberte meinen Mund, und nun küsste *er* mich. So innig und tief, dass mir erneut die Luft wegblieb. Über all der Erinnerung an seine Ausdauer hatte ich völlig vergessen, was für ein großartiger Küsser er war! An meinem Oberschenkel konnte ich seine Erektion spüren, und ich glaube, erst in diesem Moment begriff ich wirklich, was diese Nacht Großartiges für mich bereithielt.

Elias war dazu übergegangen, durch das Kleid hindurch an meinen Nippeln zu nuckeln, die wie große Druckknöpfe durch den weichen Stoff stachen.

»Darauf warte ich schon so lange!«, stieß er hervor und grub seine Zähne in meine rechte Brust, während Daniel tiefer rutschte, um sich auf die gleiche Weise der linken zu widmen. Hände strichen über meinen Körper, beinahe synchron, und das Bewusstsein, dass es zwei Männer waren, die mich da berührten, katapultierte mich in eine andere Umlaufbahn.

Endlich ließ Elias meine Arme los, und ich wühlte die Finger in die beiden so unterschiedlichen Haarschöpfe: weiche blonde Engelslocken hier, eine feste, dunkle Krause dort.

Vier Hände schoben mir das Kleid hoch, und während Daniel meine Hüften stützte und dabei meinen Bauch küsste, zog Elias mir den Slip aus. Er legte ihn jedoch nicht einfach beiseite, sondern vergrub mit einem tiefen Atemzug seine Nase darin.

»Du riechst so gut!«, stöhnte er, und was bei jedem anderen peinlich oder theatralisch gewirkt hätte, war bei ihm Ausdruck seiner ausgeprägten Sinnlichkeit. Er kannte keine Hemmungen, das machte den Sex mit ihm so ungeheuer aufregend.

Daniel und Elias rollten mich gemeinsam auf den Bauch. Nun konnte ich nur noch raten, wessen Zunge da jeweils an den Rändern meines sagenhaften Rückenausschnitts entlangfuhr oder meine Wirbelsäule liebkoste. Ein Schauer lief über meinen Rücken, und als sie schließlich anfingen, meine nackten Pobacken zu küssen und zu massieren, war meine Unterscheidungsfähigkeit endgültig dahin.

Ich wand mich unter ihren Händen und Mündern; zwischen gespreizten Schenkeln präsentierte ich ihnen meine Muschi wie ein liebeshungriges Tierchen im Streichelzoo und verging fast, als Daniel und Elias abwechselnd über die Außenseiten meiner pochenden Spalte züngelten, bis ich sie anflehte, mich richtig zu lecken.

Sie streiften mir das Kleid ab. Dann, immer noch auf dem Bauch liegend, fühlte ich, wie kräftige Hände mein Becken anhoben, um Platz für den Kopf zu machen, der sich darunter schob. Und just als eine zielstrebige Zunge sich von hinten fest in meine weit geöffnete Möse bohrte, spürte ich weiter vorn, von unten, den Mund des anderen, der rhythmisch an meinem Kitzler lutschte. Letzteres konnte nur Daniel sein, denn dieses Spiel beherrschte kein anderer so wie er! Ich hörte ihn genussvoll schmatzen, dicht dahinter keuchte Elias, der mich weiter hart mit der Zunge fickte, und auf diese Weise dauerte es nicht lange, bis mich die Wellen eines Orgasmus erfassten, neben dem ein Tsunami wie ein müdes Plätschern gewirkt hätte.

Nach Luft schnappend lag ich da, aber meiner Lust blieb keine Zeit für eine Pause, denn schon drehten die beiden mich wieder auf den Rücken und machten sich gierig daran, meine Säfte aufzuschlecken. Schließlich hob Elias den Kopf, das dunkle Gesicht glänzend vor Nässe, und ich zog ihn an mich. Gierig küsste ich ihn, während Daniels Meisterzunge zwischen meinen Beinen breit und weich wurde wie die eines Hundes. Wenn das so weiterginge, würde ich mich total verausgaben, noch bevor die Jungs überhaupt ihre Klamotten abgestreift hatten.

»Zieht euch aus!«, verlangte ich deshalb etwas atemlos, während ich auf dem Bett ein Stück von ihnen wegrutschte. »Ganz langsam.«

Daniel sah unsicher von mir zu Elias, der sofort lässig nach dem Saum seines T-Shirts griff.

»Bitte«, fügte ich sanftäugig hinzu.

Also streifte Daniel seine Schuhe ab, bevor er sich aus seinem V-Pulli schälte und mit den vielen kleinen Knöpfen seines Hemdes abmühte. Unterdessen bückte sich Elias, um die Schnürsenkel seiner Sneakers zu öffnen, dann standen sie beide mit nacktem Oberkörper vor mir. Daniel gespielt souverän, Elias mit Verlangen im Blick.

Wohl wissend, dass ich – feucht, zerzaust, nichts am Leib als die High Heels – einen ziemlich verschärften Anblick bieten musste, räkelte ich mich auf den Satinlaken und ließ sie nicht aus den Augen. Mit einem Herzschlag in der Frequenz von Techno-Beats sah ich zu, wie erst ihre Hosen und schließlich die letzten Hüllen fielen.

Was für ein Anblick! Sie waren beide gut in Form, aber

davon abgesehen so unterschiedlich wie zwei Männer nur sein konnten. Daniels helle Haut hob sich deutlich von Elias Schokoladenteint ab; bei dem einen spross die Körperbehaarung dunkelblond, beim anderen schwarz. Mir lief sprichwörtlich das Wasser im Mund zusammen, als ihre strammen Ständer vor meiner Nase wippten, denen je wieder zu begegnen ich niemals erwartet hatte.

Im Kniestand nahm ich den cremefarbenen Schwanz mit der rosa Kuppe in die rechte Hand, den samtbraunen mit der beschnittenen dunklen Eichel in die linke und fing an, sie zu reiben.

Neunmal flach, einmal tief. Achtmal flach, zweimal tief. Siebenmal flach, dreimal tief … Simultan ausgeführt, verlangte dieser reizvolle Handarbeitstipp aus der *Cosmopolitan* ein hohes Maß an Konzentration, aber er verfehlte seine Wirkung nicht – die Jungs stöhnten im Duett.

Nach »zehnmal tief« ersetzte ich meine Finger bei Elias durch meine Lippen und nuckelte an seinem Ding wie an diesem gewissen Wassereis, mit dem man im Sommer reihenweise Männer um den Verstand bringt, wenn man es in ihrer Gegenwart schleckt.

Daniel, den ich unterdessen nicht aus der Hand gelassen hatte, verlor offenbar langsam seine Befangenheit, denn er drängte seinen Schwanz auffordernd gegen mein Gesicht. Ich fasste die beiden Zuckerstangen jeweils am Schaft und versuchte, an beiden gleichzeitig zu lutschen. Weil sich das jedoch als anatomisch schwierig erwies, ging ich dazu über, mich ihnen abwechselnd zu widmen. Ihre unterschiedlichen Aromen vermischten sich in meinem Mund trotzdem zu einem aufregenden Gaumenkitzel.

Gerade war es Daniel, den ich auf diese Weise verwöhnte – meine Fingernägel hatte ich dabei in seinen süßen Pobacken vergraben –, als Elias hinter mich auf das Bett kroch. Er griff nach meinen Brüsten und spielte mit ihnen, während er seinen Schaft hart zwischen meine Oberschenkel gleiten ließ, wo er ihn genüsslich an meinen glitschigen Schamlippen rieb. Begierig fiel ich in seinen wiegenden Rhythmus ein und löste mich kurz von Daniel, um ein Kondom aus der Schachtel zu fingern.

»Komm, fick mich!«, keuchte ich, schob Elias das kleine Alutütchen zu, machte ein Hohlkreuz, teilte mit einer Hand auffordernd meine Spalte und wandte mich dabei wieder Daniels praller Eichel zu, um weiter daran zu saugen.

Elias erster Stoß kam überraschend und tief, dann blieb er für einen Augenblick bewegungslos. Er wollte, dass ich ihn bis in die letzte Faser meiner Möse spürte, und das tat ich.

Danach fickte er mich so gnadenlos langsam, dass es eine wunderbare Qual war. Ich konnte nicht anders, als meine Ungeduld darüber an Daniel auszulassen, den ich in zunehmendem Tempo bearbeitete.

Mittlerweile zitterten ihm die Knie. Er packte meinen Kopf, wölbte mir seinen Unterleib entgegen und kam mit einem unterdrückten Schluchzen in meinen Mund. Er schmeckte genau wie früher; bittersüß, ein kleines bisschen wie Grapefruitsaft.

Kaum hatte sich sein Atem ein wenig beruhigt, kniete Daniel sich hin, worauf Elias sofort reagierte, als folgten sie einer gemeinsamen Choreografie. Er legte sich zurück und hob mich ein wenig an, bis ich mit ihm zugewandtem Rücken auf seinem Schoß zu sitzen kam. Von hinten spreizte er meine Beine, Daniel kroch dazwischen, um seine Lippen an meine Klitoris zu legen und mich erneut in den Orbit zu schießen.

In meinen wildesten Träumen hätte ich mir nicht ausgemalt, je gleichzeitig gefickt und geleckt zu werden! Einmal mehr vergaß ich, wie ich hieß, mein Kopf war leer, alles in mir schien sich zu verflüssigen. Dann liefen ohne Vorwarnung heftige Spasmen eines weiteren Höhepunkts durch meinen Körper, die sich unmittelbar auf Elias übertrugen. Er hielt mich eng an sich gepresst, sein Schwanz zuckte in meinem Fleisch, sein Stöhnen wurde mein Echo.

Danach lagen wir alle drei zusammen auf dem Bett. Daniel hatte den Kopf auf meinen Bauch gebettet, Elias an meine Brust, ihr schwerer Atem machte mir erneut Gänsehaut. Wir sprachen nicht. Es war, als befänden wir uns auf einem anderen Planeten. Nur das Jetzt zählte; was morgen sein würde, hatte keine Bedeutung.

Oder doch? Die Zeiger von Sinas Wecker drehten ihre Runden rasend schnell und erinnerten mich an die Unwiederbringlichkeit dieser Nacht, deshalb zog ich die beiden Männer in meine Arme. Ich musste unbedingt ihre warmen Körper berühren, sie küssen, mir ihren Duft einprägen, damit ich all das nie vergessen würde.

Hitze, Schweiß, Lust … Bald wälzten wir uns erneut in einem Gewirr aus Händen, Lippen und Genitalien auf dem Bett, bis ein winziges Missverständnis den Zauber beinahe zunichte gemacht hätte.

Ich lag auf dem Rücken, Elias kniete breitbeinig über meinem Gesicht, meine Hand spielte mit seiner Rute, meine nasse Zunge an seinem Poloch. Ich keuchte vor Erregung und wartete darauf, dass Daniel in mich eindringen würde. Da zitierte Elias sozusagen meine Worte aus der ersten Runde, denn er stöhnte:

»Fick mich, komm, fick mich!«, wobei er die Hüften über meinem Mund kreisen ließ. Leider fühlte sich aber Daniel, der gerade ein Kondom überstreifte, angesprochen und zuckte zurück.

»Hey, was soll das? So was läuft nicht, klar?!« In seiner Stimme lag mehr Panik als Zorn.

Elias wandte ihm mit leicht spöttischem Lächeln den Kopf zu.

»Entspann dich, Mann«, murmelte er, während er nach meiner Hand griff und sie wieder zu seinem Hintern führte. »Du bist nicht gemeint.«

Einladend meine Schenkel für Daniel öffnend, fügte ich ungeduldig hinzu:

»Nicht ihn, *mich*!«, und ließ gleichzeitig den Zeigefinger vorsichtig in Elias' dunkle Rosette schlüpfen.

»Fick mich … und lutsch mich!«, stöhnte dieser, und im selben Rhythmus, in dem mein Finger in ihn stieß, saugte ich an seinem Schwanz.

Das Engelchen auf der Bettkante hatte zwar trotz des Schrecks seine Erektion nicht verloren, rührte sich aber nicht. Mir wurde flau bei dem Gedanken, dass sich hier womöglich eine Krise anbahnte.

»O ja! Fick mich … und lutsch mich!«, keuchte Elias, als wären seine Worte ein bewusstseinsveränderndes Mantra. »Fick mich … lutsch mich …«

Vielleicht war es diese Schamlosigkeit, die Daniel wieder an die Bestimmung seiner latexverhüllten Männlichkeit erinnerte, denn seine Hände kehrten endlich zu meiner Muschel zurück, um sie zu streicheln und zu öffnen. Als er sich kurz darauf kraftvoll in mich schob, hörte ich ihn leise seufzen. Dann fing er an, mich wunderbar zu vögeln.

Inzwischen machte ich es Elias immer schneller – eine Nähmaschine wäre eine Schnecke gegen mich gewesen – so dass er schließlich die Kontrolle über seine Bewegungen verlor. Sein Geschlecht bebte zwischen meinen Lippen, der feste Ring aus Muskeln, der meinen Zeigefinger umschloss, kontrahierte in kleinen, süßen Krämpfen, und mit einem heiseren Schrei hob Elias ab wie eine Rakete.

Eine endlose, kurze Weile später lief ich langsam die wenigen Straßen zu meiner Wohnung zurück. Beide Jungs hatten mich nach Hause fahren oder mir wenigstens ein Taxi rufen wollen, aber ich brauchte dringend frische Luft.

Unterwegs fror ich weder in meinem dünnen Kleid, noch behinderten mich die hohen Absätze, so durch den Wind war ich. Aber dafür bahnte sich in meinem rechten Arm eine Sehnenscheidenentzündung an, mein Genick war steif, und ich spürte in jedem Knochen, was ich die vergangenen Stunden über getrieben hatte.

Am schlimmsten allerdings war der Tumult in meinem Kopf, denn ich sah jedes noch so kleine Detail dieser Nacht überdeutlich vor mir. Bis zum Schluss: Elias, wie er sich erschöpft und befriedigt neben uns auf dem Bett zusammenrollte, meinen Kopf gegen seinen duftenden Schoß gebettet, meine Hand in seiner. Daniel, leidenschaftlich über mir, in mir, mit fest geschlossenen Augen. Sichtlich glücklich, meine Lust nicht mehr teilen zu müssen … Wie er seinen Schwanz tief in mir versenkte und sich bemühte, es mir möglichst schön zu machen … Wir hielten uns eng umklammert, küssten uns, wiegten uns, rieben uns aneinander. Ein stetig anschwellendes Wogen, bis wir fast gleichzeitig kamen …

Hinterher habe ich geweint. Ich war traurig. Glücklich. Vielleicht auch dankbar. Und musste natürlich an Tobias denken.

Dann der Abschied. Zusammen mit unseren Kleidern hatten wir wohl auch unsere Gehirne wieder angelegt, die ganze Situation war plötzlich total krampfig geworden. Selbst Elias hatte es kaum geschafft, mir in die Augen zu sehen.

Es war vorbei.

Als ich in der Wohnung ankam, die ich normalerweise mit Tobias teile, bewegte ich mich noch immer wie eine Schlafwandlerin. Ich ging ins Bad, duschte mir schweren Herzens den hochprozentigen Eros-Cocktail von der Haut und schlüpfte in meinen kuscheligsten Flanell-Pyjama. Die Hand schon an der Schlafzimmertür, sah ich, dass das Licht am Anrufbeantworter blinkte. Im Grunde wollte ich zwar nur noch den Kopf unter die Decke stecken, einschlafen und beim Aufwachen feststellen, dass dies alles nur ein Traum gewesen war, aber die Gewohnheit siegte, deshalb drückte ich die Wiedergabetaste.

Es waren die Mädels. Sie schnatterten aufgeregt durcheinander.

Sina, kichernd:

»He Kleine, wie lief es mit deiner *Überraschung*?«

Marie:

»Ab mit dir, husch ins Bettchen, schlaf' dich schön für deinen großen Tag!«

Andrea:

»Und wehe, du machst jetzt einen auf schlechtes Gewissen!«

Alle drei im Chor:

»Bis morgen!«

Ich löschte die Aufnahme, öffnete die Schlafzimmertür und knipste das Licht an.

Da hing es, außen an meinem Schrank: das Kleid, das ich morgen früh anziehen würde. Mein Hochzeitskleid.

Nachtzug

In dem Moment, in dem sie das leere, aber stickige Abteil betrat, ärgerte sie sich schon, zu geizig für einen Platz im Schlafwagen gewesen zu sein. Es war ein ziemlich altmodischer Zug, ohne Klimaanlage, und als sie das Fenster aufriss, drang lediglich ein Schwall der immer noch mörderisch schwülen Abendluft herein. Seit Tagen wurde das ganze Land von einem Hoch weichgekocht, dem irgendein Witzbold den bezeichnenden Namen »Romeo« verpasst hatte.

Zweifelnd besah sie die sechs weinroten Kunstledersitze, die nicht mal über eine verstellbare Rückenlehne verfügten, und ließ sich mit einem genervten Seufzer auf den Fensterplatz fallen. Wenigstens war der Zug einigermaßen leer, so dass sie hoffen konnte, das Abteil die ganze Fahrt über für sich zu haben. Wenn sie bloß ihre Flugangst in den Griff bekommen könnte – in nicht mal zwei Stunden hätte sie diese Reise entspannt hinter sich gebracht.

Türen knallten, eine blecherne Stimme quakte aus dem Bahnhofslautsprecher, die Lokomotive setzte sich in Bewegung. Ein junges Mädchen lief eifrig winkend neben dem Zug her, als er mit einem Ruck anfuhr. Aus dem Bund ihrer tief sitzenden Jeans quoll ein draller, braun gebrannter

Bauch mit gepierctem Nabel, auf ihrem kurzen rosa T-Shirt prangte der großformatige Aufdruck »Fuck me, I'm famous«, und als sie schneller rannte, lieferten sich ihre enormen Brüste ein sehenswertes Duell mit der Schwerkraft. Schließlich fiel das Mädchen zurück, wurde immer kleiner und reduzierte sich auf einen verblassenden pinkfarbenen Fleck in der Ferne.

Den Kopf gegen das Fenster gelehnt, ließ sie die Stadt an sich vorüberziehen. Wie eine leuchtende Blutorange tauchte die untergehende Sonne zwischen den Häusern auf und malte ihnen ein freundliches Gesicht, so dass selbst die hässlichsten Bausünden einen gewissen Postkartencharme bekamen.

Sie versuchte, es sich so gemütlich wie möglich zu machen, streifte ihre Sandalen ab, legte die nackten Füße auf den Platz gegenüber. Dann fiel ihr Blick auf die Abteiltür, und sie sprang wieder auf, um die dicken Vorhänge vor das Glas zu ziehen, damit ihr vom Gang aus nicht jeder Idiot beim Schlafen würde zusehen können.

Wenn sie denn schlafen konnte. Das Gerüttel des Waggons, der unbequeme Sitz und das subtropische Klima schienen ihr nicht gerade die besten Voraussetzungen für ein erholsames Nickerchen zu sein. Schon jetzt graute ihr vor den endlosen Stunden dieser monotonen Nachtfahrt, und sie beschloss, sich im Zugrestaurant eine kleine Flasche Wein zu holen.

Der Weg dorthin bestätigte ihr, dass nicht viele Menschen so verrückt waren, bei solch affenartigen Temperaturen die Strapaze einer langen Bahnfahrt auf sich zu nehmen. Die meisten Abteile waren nur schwach oder gar nicht besetzt. Lediglich im völlig verqualmten Bistro hatte sich eine lärmende Gruppe nicht mehr ganz junger Männer – wahrscheinlich der unvermeidliche Kegelverein – bei diversen Bierchen eingefunden und fühlte sich bemüßigt, zotige Bemerkungen vom Stapel zu lassen, als sie an ihnen vorbeiging.

Eher belustigt als verärgert überlegte sie, was die einzelnen Mitglieder der Herrenrunde wohl für Gesichter machen würden, wenn sie ihnen tatsächlich ein bisschen Entertainment böte. Zum Beispiel könnte sie ihr weißes Sommerkleidchen aufknöpfen, unter dem sie nichts als einen transparenten Mini-Slip trug, und ein bisschen an ihren Nippeln herumzupfen. Der knochige Oberlehrertyp mit den ungesunden Magenfalten hätte vermutlich als Erster beschlagene Brillengläser. Dem Dicken ganz rechts fielen jetzt schon fast die Augen aus dem Kopf, während der kleine Blasse bestimmt anfangen würde zu sabbern …

»Was darf es sein?«, bellte eine verschwitzte, uniformierte Barfrau mit Bulldoggengesicht und holte sie damit unsanft in die Realität zurück.

Sie bestellte, bezahlte, nachdem die Dogge ihr das Fläschchen samt Plastikbecher vor die Nase geknallt hatte, den unverschämten Preis, und als die Herrenrunde sie überschwänglich zum gemeinsamen feucht-fröhlichen Umtrunk nötigen wollte, machte sie sich schleunigst auf den Rückweg zu ihrem Abteil, wo sie sicherheitshalber den Vorhang wieder sorgfältig schloss.

Als sie den Wein einschenkte, dachte sie über die Männer im Restaurant nach. Eines war sicher: Einzeln hätte es keiner von ihnen gewagt, sich ihr gegenüber auch nur annähernd so anzüglich zu verhalten; bloß im Rudel fühlten sie sich stark, mussten unbedingt den Sexbolzen raushängen lassen. Andererseits konnte sie es ihnen kaum verübeln, wenn sie gedanklich auf Abwege gerieten, denn schließlich förderte die sommerliche Hitze ja auch bei ihr die seltsamsten Ideen zutage.

Wie erwartet schmeckte der Wein nicht besonders und war zu warm, aber Hauptsache, er tat seine Wirkung als Schlafmittel. Außerdem hatte sich ihre Laune bei dem kleinen Ausflug deutlich gebessert.

Draußen war es mittlerweile fast dunkel, nur noch schemenhaft konnte sie die vorbeihuschende Landschaft erkennen. Stattdessen sah sie in ihr Spiegelbild und schnitt sich selber Grimassen. Als ihr das zu blöd wurde, legte sie wieder die Beine hoch und hob ihren Rock ein Stückchen an. Durch das geöffnete Fenster drang ein warmer Wind, der zwar keine Erfrischung brachte, sich auf ihrer nackten Haut aber ausgesprochen angenehm anfühlte. So raffte sie den Stoff noch weiter hoch und lehnte sich entspannt zurück.

Bald langweilte sie sich und ließ ihre Zehen spielen. Jeden einzelnen unterzog sie einer eingehenden Betrachtung, was sich jedoch ebenfalls als nicht besonders spannend erwies.

Schließlich fiel ihr ein, dass sie sich am Bahnhof extra noch ein Buch gekauft hatte. Sie stand auf, um es aus ihrer Tasche zu holen und das große Hauptlicht zu löschen. Bis auf den kleinen, gezielten Lichtpunkt ihrer Leselampe lag das Abteil nun im Dunkeln, als sie es sich erneut bequem machte. Diesmal mit dem Taschenbuch auf dem Schoß, einer Sammlung erotischer Geschichten, so *saftig*, dass sie ihr bereits beim Querlesen in der Buchhandlung das Blut in südliche Körperteile hatten schießen lassen.

Der Zug ratterte durch die laue Nacht, und ihre gefühlte

Temperatur stieg eindeutig mit jeder Seite, die sie umblätterte. Obwohl diese Art Lesestoff sie zweifelsohne auch scharf machen würde, wenn sie nackt auf einer Eisscholle im Polarmeer säße und nicht auf diesem klebrigen Plastikmöbel der Deutschen Bundesbahn.

Noch schnell einen Schluck miesen Wein vernichtet, und dann zurück zu der Story, in der eine Frau auf dem Stuhl ihres Robert-Redford-gleichen Gynäkologen sitzt …

… Ich spüre, wie feucht ich bin, wie meine Muskeln ihn gierig einsaugen. Meine Lider flattern, es ist schwierig, sie nicht zu schließen, doch sein Gesicht sagt mir, dass er mich ansehen will. Der Finger gleitet in mir hin und her, aber eigentlich fickt er mich mit den Augen …

Ganz in ihre Lektüre vertieft, merkte sie nicht, wie die Zeit verging, registrierte kaum die wenigen Male, die sie in einen Bahnhof einliefen. Kein anderer Fahrgast brach in den Kokon ihres Abteils ein, und sie blieb völlig ungestört, verschlang Geschichte um Geschichte.

… Er fragte: »Gefällt es dir?« Mit trockenem Mund, die Augen nicht von dem hemmungslosen Treiben abwenden könnend, nickte sie wortlos. »Dann zieh deinen Slip aus und gib ihn mir!«, befahl er …

Sie schnurrte fast, so angenehm angeturnt war sie, und gedankenverloren schlossen sich ihre Finger beim Lesen immer wieder um ihre Brust oder landeten mit sanftem Druck zwischen ihren Beinen, strichen über das hauchdünne Nylon des Höschens, das die Ausbuchtungen ihres pochenden Geschlechts nachzeichnete.

… Plötzlich wandte der Fremde den Kopf und leckte blitzschnell über ihre Scham. Dann reizte er das nasse, weiche Fleisch, bis ihr die Beine zitterten, und kehrte wieder zum

hoch aufgerichteten, pulsierenden Schwanz seines Komplizen zurück. In köstlichem Wechsel spielte er auf diese Weise mit ihnen beiden ....

Das Buch fiel ihr aus der Hand, sie onanierte jetzt hastig, wenn auch mit viel Genuss. Fiktive Bilder zu den erotischen Geschichten tauchten vor ihren geschlossenen Augen auf, aber der kurze, heftige Orgasmus befriedigte sie nur oberflächlich, tief drin glühte es weiter.

Jäh fuhr sie auf, ohne zu wissen, wie lange sie geschlafen hatte. Draußen war es stockfinster, der Mond stand hoch am Himmel. Mit klopfendem Herzen strich sie ihr Kleid glatt und fuhr sich benommen durchs Haar, immer noch erregt von schwülen, beklemmenden Träumen. Dieses verflixte Buch hatte ihrem Hormonhaushalt offenbar den Rest gegeben.

Gierig trank sie den letzten Schluck Wein, der mittlerweile wie Mäusepipi schmeckte, und angelte dann in ihrer Tasche nach dem Handy, um den Wecker einzustellen. Zehn Minuten vor der fahrplanmäßigen Ankunftszeit, vorsichtshalber, damit sie bloß nicht ihre Station verschlief.

Die wirren Traumbilder beschäftigten sie noch. Zu realistisch waren sie gewesen, um sich mit dem Erwachen einfach aufzulösen. Der Zug bildete die Kulisse, wahrscheinlich weil sein ununterbrochenes, sanftes Gerüttel sie bis ins Unterbewusstsein verfolgte, und die Hauptrolle spielte der testosterongeladene Kegelclub. Die grölenden Männer – viel mehr, als es tatsächlich gewesen waren – kreisten sie ein und fassten sie an, hoben ihren Rock, kniffen sie in die entblößten Brustwarzen, aber erstaunlicherweise genoss sie es, wollte sogar mehr. Ihr Traum-Ich fand offenbar, dass sie einiges nachzuholen habe. Der Pulk kam näher, unzählige Hände schienen sie zu betatschen, ihr Körper wand sich unter den gierigen Griffen, sie war heiß, willig, offen. In obszönen Worten beschrieben die Männer, was sie mit ihr machen würden, und das steigerte nur ihre Lust. Sie wollte es! Sie wollte durchgefickt werden, wollte Schwänze in ihrem Mund, zwischen den Brüsten und überall sonst haben, wollte, dass die Kerle ihr die Möse auslutschten, bis sie um Gnade winselte. Ihr Traum-Ich ließ sozusagen ganz schön die Sau raus.

Sie öffnete den Mund, saugte an Fingern, leckte an jedem Stück Haut, dessen sie habhaft werden konnte, als die Szene sich plötzlich auf mysteriöse Weise veränderte. Ohne erkennbaren Grund sträubten sich ihre Nackenhaare, signalisierten kalte Gefahr. Sie wollte ausbrechen, fliehen, aber ihre Beine schienen in Zement zu stecken. Sie wollte schreien, doch kein Ton drang aus ihrer Kehle. Hilflos musste sie zusehen, wie die Gesichter der Männer ihre menschlichen Konturen verloren, wild wurden, bedrohlich. Als wäre sie mitten im Plot eines schlechten Films gelandet, verwandelten sich die Typen in ein Rudel riesenhafter Wölfe, die knurrend mit gesträubtem Fell, drohend gefletschten Zähnen und glühenden Augen vor ihr standen. Sie konnte sich nicht erinnern, jemals solche Panik empfunden zu haben, aber erst als die größte der Kreaturen sich mit wütendem Geheul auf sie stürzen wollte, wich die Starre von ihr. Sie rannte los, die geifernden Meute dicht auf den Fersen …

Dann war sie aufgewacht.

Verrückt!, dachte sie, schob es auf den Wein und überlegte ernsthaft, ob sie sich das Sandmännchen für den Rest der Nacht lieber vom Hals halten sollte.

Drrrrrriiiiiiiiiiiiiiiiiiiiing! Drrrrrriiiiiiiiiiiiiiiiiiiiing! Drrrrr-riiiiiiiiiiiiiiiiiiiing!

Ihr Arm schoss vor, und benommen tastete sie nach dem Handy, um den Alarm abzustellen. War sie also doch wieder eingeschlafen. So rüde geweckt, hatte sie Schwierigkeiten, sich zu orientieren. Dann fiel es ihr wieder ein: Diese unsägliche Bahnfahrt war gleich zu Ende. In zehn Minuten würde sie ankommen.

Zehn Minuten waren massenhaft Zeit, da konnte sie es sich ruhig noch mal gemütlich machen, um in Ruhe wach zu werden. Wohlig kuschelte sie sich in ihren Sitz, und prompt gaukelten ihr aufs Neue erotische Bilder im Kopf herum, vielversprechende Bruchstücke eines weiteren Traums. Diesmal allerdings schien sie darin keine Reise zu den unterbewussten Abgründen ihrer Seele unternommen zu haben, eher im Gegenteil, denn der Nachklang erfüllte sie mit einem warmen, satten Gefühl. Grund genug, sich zurückzuträumen …

Sie hatte in ihrem dunklen Abteil gelegen, wohlig eingehüllt in diese unglaubliche, warme Nacht, als sich ein fremder Geruch in ihre Nase schlich, der vorher nicht da gewesen war. Mit geschlossenen Augen versuchte sie, das angenehm herbe Aroma zu identifizieren, und deshalb roch sie den Mann, bevor sie ihn sah. Aus dem Nichts aufgetaucht, saß er ihr schräg gegenüber, neben dem Platz, auf dem ihre ausgestreckten Beine lagen. Er hielt sich sehr aufrecht, mit parallel platzierten Füßen, die Hände auf dem Sitz abgelegt. Sein Gesicht lag im Dunkeln, der begrenzte Schein ihrer Leseleuchte erreichte es nicht. Alles, was sie erkennen konnte, war sein konservativer dunkler Anzug, darunter ein weißes Hemd, zugeknöpft bis zum Hals, trotz der Hitze.

Er musste ihren Blick bemerkt haben, denn plötzlich sprach er sie an.

»Verzeihen Sie, wenn ich Sie gestört habe.« Seine Stimme, nur halblaut, hatte einen tiefen, weichen Klang, wie geschmolzene Butter. Er schien keine Antwort zu erwarten, und sie war viel zu entspannt, um sich gestört zu fühlen. Seine Umrisse verschmolzen mit den dunklen Polstern, nicht einmal sein Atem war zu vernehmen. Eingelullt vom Rattern der Räder auf den Gleisen, wäre sie fast eingeschlafen. Da hörte sie ihn erneut sprechen.

»Würden Sie sich für mich berühren?«, fragte er. »Ich werde Ihnen nichts tun, ich möchte nur, dass Sie sich streicheln.«

Diesmal verspürte ihr Traum-Ich keine Angst. Sie war wie hypnotisiert und spürte die leichte Gänsehaut, die ihren Rücken überzog.

»Warum?«, fragte sie.

»Es ist nur der Duft«, sagte er, »Ihr Duft.«

Er bewegte sich nicht, sein Gesicht lag noch immer im Schatten.

»Schieben Sie Ihr Kleid hoch.«

Ohne Zögern kam sie der Aufforderung nach, rutschte sogar mit dem Hintern ein Stück nach vorn, um die Beine weiter anzuwinkeln, und als sie den Rock über ihrer Taille zusammenraffte, hätte man durch das transparente Material ihres Höschens die Schamhaare zählen können, weil die Leselampe genau auf ihren Schoß zielte.

»Streichen Sie jetzt langsam an den Rändern Ihres Slips entlang.« Seine Stimme hatte ihren ruhigen Klang nicht verloren, und mit geschlossenen Augen ließ sie die Finger den schmalen Gummibündchen folgen. Streifte ihren

Bauch, die warme Haut ihrer Oberschenkel, den Ansatz ihrer Pobacken. Sie fragte sich, ob er riechen konnte, dass sie schon feucht wurde, und vor ihrem geistigen Auge erschien das Bild, wie sein Schwanz sich regte. Wie eine Erektion den Latz seiner sorgfältig gebügelten Hose ausbeulte, nachdem ihm eine ordentliche Prise ihres pheromongeschwängerten Aromas in die Nase gestiegen war.

»Berühren Sie Ihre Scham.«

Genüsslich wollte sie sofort mit einer Hand in ihre Spalte gleiten, doch er hielt sie zurück:

»Nein! Berühren Sie sich erst durch den Slip«, befahl er. »Tränken Sie ihn mit Ihren Säften.«

Die Glut zwischen ihren Schenkeln entwickelte sich zum ausgedehnten Flächenbrand, und ungeduldig rieb sie über den dünnen Stoff, der wie eine zweite Haut an ihrer Muschi klebte. Der Gedanke, sich seinen Anweisungen zu widersetzen, kam ihr gar nicht.

»Bleiben Sie so. Streicheln Sie Ihr Geschlecht, spielen Sie mit Ihrem Kitzler.« Immer noch klang er völlig gefasst.

Als sie versuchte, durch das störende Nylon hindurch ihre Klitoris vernünftig zu stimulieren, stöhnte sie leise und fixierte seine Silhouette. Völlig unbewegt saß er da, sie konnte nicht mal erkennen, ob er zu ihr herübersah.

Er hatte sie eine ganze Weile zappeln lassen. Beinahe frustriert pressten sich ihre Finger immer fester gegen ihre Möse, und der Zwickel des hinderlichen Höschens war völlig durchnässt, als sie plötzlich bemerkte, wie seine Atmung sich vertiefte.

Eine ausreichende Anzahl eindeutiger Duftmoleküle schien den Weg zu seinem Platz gefunden zu haben, so dass er ihr jetzt endlich erlaubte, die Hände unter den Stoff zu schieben.

Dazu bedurfte es keiner zweiten Aufforderung, und sie tastete über den feuchtverklebten Pelz, teilte das nackte Fleisch ihrer angeschwollenen Schamlippen, glitschte lustvoll durch die reichlich fließenden Säfte.

»Langsam«, bremste er sie erneut aus, »ich möchte, dass Sie sich jetzt einen Finger einführen.«

Seine gewählte Ausdrucksweise belustigte sie, aber trotzdem erfüllte sie ihm diesen Wunsch nur allzu gern. Derart verwöhnt, gab ihre Muschi ein leises, schmatzendes Geräusch von sich und schloss sich wie ein feuchtheißer Umschlag um ihren Mittelfinger.

»Zwei.«

Sie rutschte noch tiefer in ihren Sitz und besorgte es sich mit Mittel- und Zeigefinger. Das fühlte sich gut an, so gut, dass sich winzige Schweißperlen auf ihrer Oberlippe bildeten.

»Jetzt drei.«

Auch der Ringfinger kam zum Einsatz, und gleichzeitig fuhr sie bei jedem Stoß mit dem Handballen über ihre Klitoris. Sie keuchte. Unter halb geöffneten Lidern beobachtete sie den Mann. Seine Haltung veränderte sich nicht.

Das Rattern des Waggons auf den Schienen dröhnte laut in ihrem Kopf und animierte ihre Hand und ihre Hüften zu einem immer schärferen Rhythmus. Die Luft war schwül, zum Schneiden dick, trotz des Fahrtwinds, der durchs Fenster kam. Inzwischen musste jeder Winkel des Abteils von ihren animalischen Ausdünstungen durchtränkt sein.

Sie überlegte kurz, ob der Fremde wohl Lust hätte, es mit ihr zu treiben. Ihre Erregung hatte einen Punkt erreicht, wo sie ohne jede Zurückhaltung mit diesem Mann gevögelt hätte, von dem sie nicht mal wusste, welche Hautfarbe er hatte, ob er jung oder alt, attraktiv, nichtssagend oder abstoßend war. Doch sie kam nicht mehr dazu, ihn einzuladen, denn kaum stellte sie sich vor, statt der drei armseligen Finger seinen kräftigen, pulsierenden Schwanz in ihrer Möse zu haben, konnte sie nicht mehr verhindern, dass ihr Unterleib anfing zu vibrieren. Wie von allein erreichte ihr Handfick Lichtgeschwindigkeit, und als das Brausen in ihren Ohren das Stampfen des Zuges übertönte, kam sie. Lang und heftig. Dann hörte sie seinen Atem. Es klang, als stünde er auf einer Almwiese und sauge begierig die frische Bergluft in seine Lungen.

Sie schwebte … ganz entspannt, ganz weich …

Nachdem die letzten Zuckungen in kleinen, warmen Wellen über sie geschwappt waren, streckte sie sich ungeniert wie eine zufriedene Katze und ringelte sich dann in ihrem Sitz zusammen.

Er stand auf. Nachdem er einen Schritt in Richtung Tür gemacht hatte, blieb er jedoch stehen und drehte sich zu ihr um. Nur mit Mühe klappte sie die Augen auf, als er ihr eine letzte Frage stellte.

»Wären Sie so freundlich, mir Ihren Slip als Erinnerung zu überlassen?« Seine Butterstimme klang jetzt ein ganz klein wenig rau. Als hätte jemand Zimt darüber gestreut.

Sie streifte das feuchte, mit ihrer Lust parfümierte Höschen ab und reichte es ihm.

»Sie waren wunderbar.« Mit diesen Worten löste er sich in das Nichts auf, aus dem er gekommen war.

Was für eine angenehme Art, sich den Schlaf zu versüßen! Vielleicht sollte sie diesen Traum aufschreiben und an einen Verlag schicken, denn er konnte es locker mit den Geschichten in ihrem neuen Lieblingsbuch aufnehmen. Ganz davon abgesehen, dass er eine angemessene Entschädigung für die liebestollen Kegelbrüder im Wolfspelz dargestellt hatte!

Gerade kam sie zu dem Schluss, dass diese Bahnreise sich doch viel besser entwickelt hatte als erwartet, da fiel ihr auf, dass der Zug stand. Sie zuckte hoch, und tatsächlich: Ein alarmierter Blick aus dem Fenster zeigte ihr, dass sie vor lauter Kopfkino gerade dabei war, ihren Zielbahnhof zu verpassen.

Hektisch sprang sie auf, stolperte in die Sandalen und raffte ihre Habseligkeiten an sich, um im Sturmschritt das Abteil zu verlassen. Auf dem Gang schubste sie erbarmungslos eine soeben zugestiegene Großfamilie inklusive verschlafener Kleinkinder, gewaltiger Koffer und kompletter Campingausrüstung gegen die Notsitze, so dass sie im buchstäblich letzten Augenblick – schon schrillte die Pfeife des Schaffners – ihren Krempel auf den Bahnsteig werfen und hinterherspringen konnte. Krachend schlossen sich die Türen. Geschafft!

Erleichtert sah sie dem abfahrenden Zug hinterher, wurde allerdings von dem nagenden Gefühl befallen, irgendetwas Wichtiges vergessen zu haben. Kopfschüttelnd überzeugte sie sich davon, dass der Inhalt ihrer Reisetasche vollständig war, bevor sie langsam den Bahnsteig hinunterspazierte.

Als dann die frische Morgenluft angenehm kühl ihre schlafwarme Haut streichelte, wusste sie plötzlich, was fehlte.

Ihr Höschen.

Aufgerissen

»Noch ein Bier, Micha?«, erkundigte sich Kira, die Barfrau im schwarzen Latex-Catsuit. Ihre Stimme war hochgeschraubt wie ein Düsentriebwerk, um das Dröhnen der Musik zu übertönen.

Michael nickte zustimmend. Er fühlte sich geschmeichelt, dass sie sich noch an ihn erinnerte, auch wenn das vermutlich nur daran lag, dass er zu seiner wilden Zeit ständig vor ihr mit Mädels abgezogen war, die er gerade erst aufgerissen hatte.

Kira griff nach der leeren Flasche vor seiner Nase und entsorgte sie mit einem präzisen Treffer in der Altglaskiste. Dann beugte sie sich mit verlockend prallem Latex-Hintern zum Kühlschrank, fischte ein Bier heraus, schnippte den Kronkorken mit einem Feuerzeug ab, und stellte mit einem halben Lächeln, welches ihre Augen nicht erreichte, die Flasche vor ihm auf den Tresen. Sie war eindeutig zugekokst bis unter den Pony ihres rasiermesserscharf geschnittenen, lackschwarzen Vidal-Sassoon-Bobs, und Michael hatte das Gefühl, einen auf sexy getrimmten Roboter zu beobachten.

Genau wie früher.

Bevor die Barfrau sich abwandte, streifte sie die Reste von

Isabellas Caipirinha mit einem fragenden Blick. Diesmal schüttelte Michael den Kopf. Isa vertrug nicht viel, und für ihre Verhältnisse hatte sie schon ziemlich zugelangt. Irgendwie, fand Michael, benahm seine Freundin sich heute ohnehin merkwürdig. Außerdem begriff er noch immer nicht, warum sie den Abend ausgerechnet in diesem Laden verbringen wollte. Zwar galt das *Tanit* als angesagtester Club der Stadt, aber so wie Isa gerade in Richtung Toiletten verschwunden war, hatte er sogar ihrem bezopften Hinterkopf ansehen können, was sie von Lokalitäten wie dieser hielt. Nämlich gar nichts. Prompt wirkte sie hier, zwischen all den vergnügungssüchtigen Nachtfaltern und pseudocoolen Möchtegerns, so fehl am Platz wie eine Kommunionsschülerin im Swinger-Club.

»Hey, Micha!« Eine langhaarige Brünette mit aufgespritzten Lippen und schwarz ummalten, weit aufgerissenen Augen war aus dem dampfenden Menschengewühl vor ihm aufgetaucht. Zuckende Lichteffekte von der Tanzfläche färbten ihr schmales, blass geschminktes Gesicht in schnellem Wechsel mal rot, mal blau, mal grün. Ihre ausladenden Silikonbrüste, nur verhüllt von einem knappen Tank-Top, pressten sich wie eine Blutdruckmanschette gegen seinen Oberarm, als sie sich an ihn drängte.

»Hallo«, entgegnete Michael abweisend, konnte jedoch nicht verhindern, dass sein Barhocker sich in eine Zeitmaschine zu verwandeln schien, die ihn in die Vergangenheit katapultierte. An den Namen dieser Frau vermochte er sich zwar nicht zu erinnern, aber an die Nacht mit ihr dafür um so deutlicher. Sie gehörte zu der selbstbewussten Sorte, die ganz genau wusste, was sie wollte; die Sorte, die er heute ebenso verachtete, wie er früher scharf auf sie gewesen war.

Ohne viele Worte hatte er damals schon beim Tanzen angefangen, mit ihr zu fummeln. Und die hier *konnte* tanzen ... Ihr heißer Körper hatte sich an ihm gerieben, als sei sie in ihrem früheren Leben ein Massagehandschuh gewesen, und ihm damit eine erinnerungswürdige Erektion beschert. Allerdings wäre der Spaß sprichwörtlich fast in die Hose gegangen, als er das erste Mal unter ihr superkurzes Kleidchen gegriffen hatte, wo er überraschende Bekanntschaft mit einem »Slip ouvert« machen durfte. Rattenscharf war es gewesen – vor tausend Augen und dennoch unbeobachtet – durch den taktischen Schlitz im Schritt des Höschens ihre gierige Möse zu befingern, bis sie förmlich überlief ...

Mit einem kurzen, ungeduldigen Kopfschütteln brachte Michael sich in die Realität zurück und hielt nach Isabella Ausschau. Wie lange konnte es eigentlich dauern, aufs Klo zu gehen?

»Wo hast du die ganze Zeit gesteckt?«, gurrte da das Busenwunder, gänzlich unbeeindruckt von Michaels mangelnder Widersehensfreude. »Ich habe dich vermisst.«

Ihr Mund streifte beim Sprechen flüchtig seine Ohrmuscheln. Früher hätte ihn der feuchtwarme Hauch ihres Atems erregt, aber jetzt wich er ein paar Zentimeter zurück.

»War beschäftigt«, antwortete er einsilbig, was seine Verehrerin nicht davon abhielt, ihm besitzergreifend eine Hand auf den Schenkel zu legen. Er spürte die Hitze ihrer langgliedrigen Finger durch den Stoff seiner Hose. Nur wenige Zentimeter trennten sie von der Feststellung, dass er heute davon keinen Ständer bekam.

»Bist du allein hier?!«, fragte sie hoffnungsvoll, doch Michael befreite sich reichlich grob aus ihrem aufdringlichen Klammergriff.

»Nein. Mit meiner Freundin!«

Nun hatte die Brünette es geschnallt. Sie zog einen halb bedauernden, halb beleidigten Flunsch.

»Oh«, erwiderte sie enttäuscht, »verstehe!«

Sie trat einen Schritt zurück, reckte den Oberkörper und strich mit beiden Händen aufreizend ihr Top glatt, als wolle sie ihm plastisch vor Augen halten, was er verpasste. Michael starrte unwillkürlich ihre aufgerichteten, herausfordernd spitzen Brustwarzen an, die im flackernden Discolicht unruhige Schatten über ihr Top warfen.

»Wenn sich deine Situation mal wieder ändern sollte ...«, wieder träufelten ihre Lippen die Worte direkt in seinen Gehörgang, »...komm einfach vorbei. Ich bin immer hier.«

Ein letzter, auffordernder Blick, dann schob sie sich zurück ins Getümmel. Auch heute trug sie einen Rock, der kaum mehr war als ein breiter Gürtel und beim Gehen fast den Ansatz ihrer festen Pobacken freilegte. Michaels Augen saugten sich daran fest, und seine Finger begannen zu kribbeln, als er sich fragte, ob sie wohl wieder einen dieser Freiluft-Schlüpfer anhatte. Nun wurde ihm doch noch eng in der Hose.

Verdammt, dachte er, *wo bleibt Isa?*

Er hatte keine Lust mehr, hier herumzusitzen, wo ihm solche unwillkommenen Erinnerungen den Schweiß auf die Stirn trieben und wo die elektronischen Bassbeats sogar seine Eier auf dem harten Holz des Hockers vibrieren ließen. Der DJ setzte den Club unter Strom, sein Sound war hypnotisierend, erregend ... die Zündschnur für puren Sex.

Bei einem tiefen Schluck aus seiner Bierflasche versuchte Michael, sich zu entspannen. Zum Glück hatte er es ja nicht mehr nötig, auf diese Art Druck abzulassen und sein männliches Ego dem fragwürdigen Erfolg unverbindlicher Eroberungen auszusetzen.

Seine anbetungswürdige Isabella war im Bett anschmiegsam und zärtlich; niemals hatte er sie vulgär oder gar fordernd erlebt. Wenn er mit ihr schlief, wenn ihr Körper sich unter seinem anspannte, sie ihre leisen Seufzer in seiner Halsbeuge erstickte … dann kam er sich vor wie der größte Liebhaber aller Zeiten. Er fühlte sich sicher. Und das hatte kein noch so williges Busenwunder jemals geschafft!

Michael tastete nach seiner Brusttasche, um die Umrisse des Ringes zu erfühlen, den er Isa heute endlich an den Finger stecken würde. Er hatte wochenlang gesucht, bis er den perfekten Verlobungsring gefunden hatte: Platin, geziert von einem lupenreinen Brillanten. So rein wie Isa, die Frau, die er heiraten wollte, weil sie so ganz anders war als all die anderen.

Aber natürlich musste er warten, bis sie zu Hause waren, denn wer sich im *Tanit* eine dunkle Ecke suchte, um vor seiner Begleitung auf die Knie zu gehen, hatte für gewöhnlich Prosaischeres im Sinn als einen romantischen Antrag.

Trotz des leichten Caipirinha-Nebels, der sich watteweich in Isabellas Kopf ausgebreitet hatte, war sie ihr Lampenfieber nicht losgeworden. Zaghaft bahnte sie sich jetzt einen Weg zurück durch die Menschentraube, die sich vor den Toiletten staute, und sah quer durch das schwüle Halbdunkel Michael allein mit einem Bier an der Bar sitzen. Obwohl nur ein paar Minuten vergangen waren, ließ sein vertrauter Anblick ihr Herz höher schlagen. Isabella lächelte verliebt, und in ihre Nervosität mischte sich freudige Ungeduld.

Mühsam kämpfte sie sich durch den überfüllten Club,

aber schon nach wenigen Metern wurde sie jäh gegen ein wild knutschendes Pärchen gedrängt, dessen feucht glänzende Zungen einander wie angriffslustige Schlangen umkreisten. Der kräftige, dunkellockige Typ hatte die zerbrechlich wirkende Frau mit der Silberlametta-Perücke gegen die Wand gepresst und den weiten Ausschnitt ihres Shirts heruntergezogen. Ungeniert war er damit beschäftigt, ihre nackte, mädchenhaft zarte Brust zu massieren, während sie mit halb geschlossenen Augen auf seinem Schenkel ritt, der, dem aufpeitschenden Rhythmus der Musik folgend, wie ein Rammbock zwischen ihre Beine stieß.

Die beiden ließen sich nicht davon stören, dass die Frau, die da plötzlich wie ein Heftpflaster an ihnen klebte, sie mit einer Mischung aus Unbehagen und Faszination beobachtete. Denn obgleich Isabella Sex nur in Verbindung mit zärtlicher Liebe kannte, muckte ihr Schoß bei der Zurschaustellung dieses öffentlichen Dreiviertel-Koitus begehrlich auf. Dementsprechend viel Mühe kostete es sie dann auch, sich von dem hemmungslosen Paar zu lösen, um ihre Aufmerksamkeit wieder auf Michael zu konzentrieren.

Ihm waren solche unverbindlichen erotischen Abenteuer nicht fremd, daraus hatte er nie ein Geheimnis gemacht, und die Liste seiner verflossenen Liebhaberinnen läse sich vermutlich wie das Telefonbuch einer mittleren Kleinstadt. Isabella seufzte stumm, denn auch wenn er ihr immer wieder überzeugend versicherte, froh zu sein, diese »Phase« hinter sich zu wissen, wurde sie doch insgeheim von der bangen Frage gequält, wie sie Michi auf Dauer halten sollte. Was hatte sie ihm schon zu bieten, bei seinem überreichen sexuellen Erfahrungsschatz? Würde er sie nicht doch eines Tages wegen einer offenherzigeren, zügelloseren Frau verlassen? Seit sie von diesen Ängsten gequält wurde, suchte Isabella nach einer Möglichkeit, ihrem Liebsten zu beweisen, dass sie sogar seine unausgesprochenen Sehnsüchte erfüllen konnte.

Als Michael wenige Tage zuvor angekündigt hatte, sie groß ausführen zu wollen, wusste sie plötzlich, was sie tun würde. Reichlich erstaunt war er auf ihren Vorschlag eingegangen, nach dem Essen im *Tanit* vorbeizuschauen, ohne zu ahnen, dass dort eine noch weitaus größere Überraschung auf ihn wartete: Isabella würde in dieser Nacht eine andere für ihn sein!

Eine dezent gestreifte, gefährlich weit aufgeknöpfte Bluse erschien in Michaels Blickfeld, die den darin liegenden, hochgezurrten Busen im schwarzen Spitzen-BH so großzügig zur Schau stellte, dass man unter dem transparenten Material fast die Nippel erkennen konnte. Gerade bewunderte er noch das sanfte Wogen, mit dem das weiche Fleisch dieser Brüste sich dem Schritttempo seiner Besitzerin anpasste, da registrierte er, dass jene direkt auf ihn zukam. Michaels Augen hangelten sich an den offen stehenden Knöpfen nach oben, stolperten irritiert über eine filigrane Halskette, wie er sie letzte Weihnachten verschenkt hatte, und … landeten geradewegs in Isas Gesicht.

Sprachlos starrte er die scharfe Braut an, in die seine Freundin sich während ihres Ausflugs auf die Toilette verwandelt hatte, wähnte sich für einen Moment gar als Opfer einer versteckten Kamera.

Anstatt, wie noch vor einer knappen Viertelstunde, ordentlich zum Pferdeschwanz gebunden, umrahmte Isabellas welliges, schulterlanges Haar nun als wilde Mähne ihr

Gesicht, in dem verschwenderisch aufgetragener, nass glänzender Lipgloss die schönen, naturroten Lippen beinahe so künstlich aussehen ließ wie bei einer … *Gummipuppe.*

Zwar schämte Michael sich sofort für diese diskriminierende Assoziation, aber als sein Blick wieder in ihr Dekolleté kippte – die schlichte Bluse stand wahrhaftig drei Knöpfe weiter offen als vorher –, erwischte er sich sogar noch bei weit weniger salonfähigen Vergleichen.

Jetzt war Isabella an seinem Barhocker angekommen, aber bevor er, völlig konsterniert, einen Ton herausbringen konnte, hatte seine sonst so zurückhaltende Freundin bereits das Wort ergriffen.

»Ich habe beschlossen, dass ich dich kennen lernen will«, schnurrte sie mit einer Stimme, die mindestens eine halbe Oktave unter Normal lag. »Ich heiße *Bella.*«

Michael spürte, wie ein wenig klebriger Lipgloss an seinem Ohrläppchen haften blieb. Nun kapierte er gar nichts mehr. *Bella?*

Isa maß ihn mit einem tiefen Blick, der wohl verführerisch sein sollte, während sie gleichzeitig nervös auf ihrer lackierten Unterlippe herumknabberte. Sein ärgerliches Befremden wuchs, bevor ihm urplötzlich aufging, was für eine Nummer sie da abzog!

Schon wollte er lachen, sie auf die Nasenspitze küssen und nachsichtig ersuchen, sich diesen Schwachsinn aus dem Kopf zu schlagen, als ihm auffiel, dass ihn der Gedanke an ein solches Rollenspiel durchaus reizte. Er ließ die Hände, die schon im Begriff gewesen waren, ihre Bluse zuzuknöpfen, wieder sinken und setzte stattdessen sein erprobtestes, jungenhaft charmantes Grinsen auf.

»Aha, *Bella*, wie nett! Setz dich doch.« Mit diesen Worten

wies Michael einladend auf den freien Hocker neben sich. »Ich bin …«, er zögerte kurz, »… *Mick!* Was darf ich dir zu trinken bestellen?«

Bella nahm Isas Platz ein.

Als die Latex-Frau kurz darauf den gewünschten Caipirinha vor Isabella abstellte, war diese allerdings schon fast so weit, ihren schönen Plan in den Wind zu schießen. Michael alias »Mick« flirtete nämlich derart unwiderstehlich mit ihr, dass sie lächerlich eifersüchtig wurde – auf »Bella«! Sie hatte das Gefühl, sich mit dieser Scharade den Blick auf einen Teil von Michi zu erschleichen, den sie gar nicht kennen wollte, und unwillkürlich fragte sie sich, ob er womöglich immer so zugänglich reagierte, wenn ihn eine fremde Frau ansprach. Isabella hätte sich gewünscht, dass ihr Freund nicht ganz so routiniert auf das Spiel einsteigen würde.

Michael dagegen fand immer mehr Gefallen an ihrer kleinen Inszenierung.

»Heute muss mein Glückstag sein«, schwärmte er, »du bist die tollste Frau in dem ganzen Laden hier.«

Sie musterte ihn, bemüht, sich nicht geschmeichelt zu fühlen, denn er sprach ja gar nicht mit ihr, sondern baggerte eine Unbekannte an.

»Was du nicht sagst«, entgegnete sie reserviert.

»Glaubst du mir etwa nicht?«

»Ich weiß nicht«, antwortete sie kühl, »du siehst aus wie einer, der den Frauen gerne Honig ums Maul schmiert.«

Da sprach eindeutig die echte Isabella aus ihr, nicht die Frau, die sie darstellen wollte, doch Michael war feinfühlig genug, sie zu durchschauen. Er beobachtete Isas angespannte Haltung, ihr verkrampftes Mienenspiel und war irgendwie erleichtert. Seine Zukünftige hätte eine miserable

Schauspielerin abgegeben, und die Rolle des Flittchens lag ihr am allerwenigsten. Gott sei Dank! In der Absicht, sie zu beruhigen, entgegnete er weich:

»Das tue ich nur bei Frauen, die es wert sind!«

»Schwätzer!«, murmelte sie unhörbar, um dann laut zu verkünden:

»Wäre ich deine Freundin, würde ich dir keinen Meter über den Weg trauen.«

Peng! Damit hatte sie einen Tiefschlag gelandet, der weit über das Ziel hinausschoss. Hier wurden Tatsachen auf den Tisch gelegt, selbst wenn diese vorgeblich nicht an ihn, sondern an einen Fremden namens *Mick* adressiert waren. Michael beschloss, das Theater sofort abzubrechen. Um *Bella* zu verscheuchen und sich seine Isa zurückzuholen, streichelte er sanft ihre Wange.

»Komm, vergessen wir das Ganze, Liebling«, flüsterte er. »Lass uns einfach nach Hause fahren.«

Aber Isabella entzog sich ihm brüsk.

»Das geht mir ein bisschen zu schnell – *Mick!*« Trotzig warf sie die Haare zurück und nahm einen großen Schluck Caipirinha.

Michael war eingeschnappt. Er hatte die Abfuhr persönlich genommen, und seitdem schwiegen sie sich an.

Isabella, die ihm verstohlene Blicke zuwarf, spürte, wie ihre alberne Eifersucht verrauchte. Es gehörte schließlich dazu, dass *Mick* sie anmachte, und unerwartet hatte sie jetzt sogar Lust darauf, sich in den fremden Gefilden eines lockeren Flirts zu erproben. Das alles war doch nur ein Spiel – außerdem kreiste mittlerweile eine größere Menge Zuckerrohrschnaps in ihrem Blut.

Es konnte demnach nur *Bella* sein, die in schmeichelndem Tonfall erklärte:

»Ich wollte dir nicht auf den Schlips treten.«

»Schon in Ordnung«, versetzte Michael eisig, »ich werde dir nicht mehr zu nahekommen.«

Isabella legte ihre warme Hand auf seine, rieb sanft mit dem Daumennagel darüber.

»Ach komm schon, *Mick*, lass' uns das einfach als Fehlstart verbuchen.«

Michael konstatierte grimmig, dass sie nicht bereit gewesen war, sich in seine scheue Isa zurückzuverwandeln, als er diesen Wunsch signalisiert hatte. Und auch jetzt schien Isabella offensichtlich nicht vorzuhaben, von ihrem Plan abzulassen. Wenn also die liebevolle, zärtliche Art, mit der er sie sonst behandelte, seiner kleinen Freundin nicht mehr genügte, würde er ihr eben zeigen, wie Männer für gewöhnlich mit den *Bellas* dieser Welt umgingen.

»Du hast mich angesprochen.« Michael fixierte Isabella aus schmalen Augen wie ein Scharfschütze sein Opfer im Fadenkreuz. »Da kann ich ja wohl davon ausgehen, dass du das Gleiche willst wie ich.« Seine Stimme raspelte jetzt kein Süßholz mehr, sondern eher raue Eisenspäne.

Isabella entging diese Veränderung nicht, aber ihr Schreck währte nur einen Moment, denn dieser unnahbare Mann, der plötzlich vor ihr saß und ihr eine aufgeregte Gänsehaut über den Körper trieb, war tatsächlich ein Fremder für sie. Das kam ihr sehr gelegen, so wurde es leichter, sich endgültig die Haut der abgebrühten Verführerin überzustreifen.

»Ich will *dich*«, erklärte *Bella* deshalb so cool, als ginge es nur darum, noch einen Drink zu bestellen. »Du hast vorhin bloß ein bisschen zu viel Gas gegeben.«

Er nickte langsam und sah ihre schmale Zungenspitze zwischen den geschminkten Lippen hervorblitzen, während sie mit einem erstaunlich selbstsicheren Lächeln auf seine Reaktion wartete.

»Also?«, erkundigte sie sich herausfordernd, als ihr Gegenüber stumm blieb.

Immer mehr schwand Michaels innerer Widerstand zugunsten einer gesteigerten Hormonausschüttung, und endlich spürte er auch die Musik bis in die Eingeweide. Seine Zündschnur war in Brand gesetzt. Eindeutig.

»Lass uns tanzen«, befahl er.

Hatte Michael erwartet, Isabella mit diesem Schachzug in die Defensive zu treiben, wurde er nun eines Besseren belehrt. Isa mochte zu introvertiert sein, um sich auf der Tanzfläche zu produzieren – *Bella* war es nicht. Ihr Körper begann sofort rhythmisch zu zucken und sich in einer aufreizenden Art zu wiegen, die er bei seiner Freundin noch nie gesehen hatte. Sein Mund wurde trocken, als er beobachtete, wie ihr Becken verlockend stieß und kreiste, und plötzlich bemerkte er auch das gierige Interesse der anderen Männer: Jäger, die ein neues Wild erspäht hatten.

Michael erkannte, dass Isa sich dieser ungewohnten Blicke durchaus bewusst war, dass sie sich davon sogar anstacheln ließ, und ein wütendes Eifersuchtsgefühl schwappte in ihm hoch, während er hölzern von einem Bein auf das andere wippte.

Isabella ahnte nicht, was in ihrem Freund vor sich ging. Viel zu sehr genoss sie die Befreiung von den selbst auferlegten Konventionen. Hatte sie früher, bei ihren seltenen Exkursionen ins Nachtleben, für die unvermeidlichen

Go-go-Tänzerinnen auf ihren Podien kaum mehr als heimliche Missbilligung übrig gehabt, so adaptierte sie jetzt überraschend schnell deren exaltierten Tanzstil. Und sie, die seit der Zeit, in der ihr Babyspeck sich langsam in »Kurven« verwandelt hatte, versuchte, ihre allzu offensichtliche Weiblichkeit zu verbergen, spielte nun mit ihren Reizen, sonnte sich in der Bewunderung, die sie in den Augen der Typen ringsum lesen konnte. Es war berauschend, nein, geradezu erregend!

Sie richtete ihre Aufmerksamkeit auf Michi, der sich mit starrem Gesichtsausdruck äußerst sparsam vor ihr hin und her bewegte.

»Ist das alles, was du zu bieten hast?«, rief *Bella* ihm übermütig zu und ließ ihre Brüste im Takt der Musik vor seiner Nase schaukeln.

In diesem Moment musste Michael sich nahezu gewaltsam daran erinnern, dass sie das alles nur für *ihn* inszenierte. Dass er, und nur er, derjenige sein würde, der dieses Reh erlegte. Ein Gedanke, der ihn mit trotzigem Besitzerstolz erfüllte.

»Wie hättest du's denn gern?«, fragte er heiser und packte sie am Hintern, presste ihren Unterleib gegen seine erwachende Erektion, um sich an ihr zu reiben.

Isabella schnappte nach Luft, denn durch das dünne Leinen ihrer Hose fühlte sich diese gezielte Stimulation fast so an, als sei sie nackt. Das Blut schoss ihr zwischen die Beine, und sie schloss die Augen, versuchte, jeden anderen Sinneseindruck und vor allem die Exponiertheit der Situation auszublenden. Als Michaels massierender Griff über ihre Pobacken nach unten wanderte, bis er den Ansatz ihrer Oberschenkel erreichte, machte sie unwillkürlich einen leichten Ausfallschritt, damit er sie besser berühren konnte. Er ließ jedoch stattdessen seine rechte Hand an ihrer Seite hochkriechen und in ihrer Bluse verschwinden. Seine Finger umschlossen ihre linke Brust und strichen fest über den Spitzenstoff des BHs, unter dem sich hart wie ein Kirschkern die Warze abzeichnete.

Schon längst hatte sich auch Isabella in den Sog der Musik ziehen lassen. Sie legte den Kopf an Michaels Schulter, atmete seinen vertrauten Duft ein und beobachtete staunend die animalische Lust, die in ihr aufstieg. Natürlich war sie immer bereit gewesen, wenn Michi sie wollte, aber noch nie hatte ihr Körper so unverblümt auf ihn reagiert.

Michaels Hand schob sich in Isabellas BH, rieb den steifen Nippel. Ihr Herz unter der erhitzten Haut pochte unregelmäßig. Er registrierte das gierige Drängen ihrer Hüften, spürte ihre hastigen Atemzüge, erkannte, wie egal es ihr mittlerweile war, ob jemand ihnen zusah, und das erregte ihn nicht nur, es machte ihn total geil! Dabei war er noch nie *geil* auf Isa gewesen. Er hatte sie begehrt, klar, aber das Gefühl, das ihn jetzt antrieb, war damit nicht zu vergleichen. Die Wirkung, die sie als »Bella« auf ihn hatte, beunruhigte ihn irgendwie, doch darüber konnte und wollte Michael sich in diesem Augenblick nicht den Kopf zerbrechen. Archaischen Überbleibseln in seiner DNA folgend, musste er sich jetzt nämlich dringend mit ihr paaren.

Er griff in Isabellas Haare, zog ihr Gesicht heran und küsste sie wild. Der klebrige Lipgloss verschmierte, war Sekunden später abgeleckt. Seine Zunge schob sich zwischen ihre erwartungsvoll geöffneten Lippen, schmeckte Caipiriña und Hitze, und sie revanchierte sich, indem sie beim Tanzen mit beiden Händen nach seinen Arschbacken griff, um ihren Schoß erneut fest an seinen stramm gespannten Hosenlatz zu schmiegen.

Das Pulsieren des synthetischen Schlagzeugs, das aus den Lautsprechern dröhnte, setzte sich in Michaels Schwanz fort, der sich – von mindestens zwei Lagen Klamotten an der freien Entfaltung gehindert – anfühlte, als sei er mit einem Satz glühender Nägel gespickt.

Er wusste, dass er nicht mehr lange warten konnte. Sie mussten zur Sache kommen! Nur hatte er keine Ahnung, wo er mit ihr hin sollte. »Zu mir oder zu dir« brauchte er nicht zu fragen, denn schließlich wohnten sie zusammen.

»Komm mit!«, keuchte da Isabella, packte seine Hand und zerrte ihn hastig von der Tanzfläche. Überrumpelt ließ er sich mitziehen, neugierig, was sie im Schilde führte.

Aus dem Augenwinkel konnte er sehen, wie die Brünette mit der Vorliebe für offene Höschen ihn mit giftigen Blicken zu entmannen versuchte. Logisch, dass sie *Bella* nicht wirklich für seine Freundin hielt. Und eigentlich hatte sie damit ja nicht ganz unrecht …

Das Mädchen mit dem Silberlametta-Haar und ihr lockiger Hüne waren immer noch da, offenbar wollten die beiden den Weltrekord im Dauerzüngeln brechen.

Als Isabella sah, dass es sich vor der Damentoilette mittlerweile in Zweierreihen staute, steuerte sie unbeirrt die benachbarte Tür an. Ihre verrutsche Bluse, die geschwollenen Lippen und hochroten Wangen ließen keinen der Umstehenden zweifeln, was sie mit dem Mann vorhatte, den sie so resolut hinter sich her schleppte, und so verschwand *Bella* unter allgemeinem johlendem Applaus mit *Mick* im Herrenklo.

Die weiß gekachelte, grell beleuchtete Örtlichkeit empfing sie mit einem scharfen Odeur von Desinfektionsmittel und Urin, doch die Türen der Toilettenkabinen im hinteren Bereich standen allesamt einladend offen. Lediglich vorne links, an einem der angegilbten Pissoirs, erleichterte sich gerade ein Mann in schwarzer Lederjacke, der jedoch in eine so meditative Betrachtung seines Pinkelstrahls vertieft zu sein schien, dass er den hereinstolpernden Neuankömmlingen keine Beachtung schenkte.

Rechter Hand zog sich eine Reihe fleckiger Waschtische die Wand entlang, und in der Ecke daneben hing ein Kondomautomat, der Michael kurzfristig noch mehr irritierte als die Tatsache, dass Isa sich offenbar ausgerechnet die sanitären Anlagen des *Tanit* ausgesucht hatte, um es mit ihm zu treiben. Eigentlich hätte das Spielchen es verlangt, einen Pariser zu benutzen, denn *Bella* war zweifelsohne eine kleine Schlampe. Aber da diese im Körper seiner tugendhaften Freundin steckte, durfte er wohl unbesorgt ohne lästigen Latex-Liebestöter ans Werk gehen.

Isabella indes hatte beim eiligen Durchqueren des Raumes in einem der Spiegel über den Waschbecken zufällig den verhangenen Blick einer etwas derangiert wirkenden Frau aufgefangen und erst beim zweiten Hinschauen sich selbst darin erkannt. Überrascht stellte sie fest, dass ihr gefiel, was sie sah. Sie fand sich richtiggehend schön. Und sinnlich!

So sinnlich, dass sie den aufregenden Kerl an ihrer Hand auf der Stelle in die hinterste der Toilettenkabinen zerrte, die mit Obszönitäten vollgekritzelte Resopaltür zuknallte und besagten Kerl so leidenschaftlich in Grund und Boden knutschte, dass Fräulein Silberhaar und ihr Begleiter dagegen bestenfalls wie ein Paar eingeschlafener Füße gewirkt hätten.

Ihm das Hemd vom Leib reißend, bedeckte Isabella Michaels Oberkörper, seine Brust, seinen Bauch mit hitzigen Küssen, während ihre Hand ungeduldig die harte Schwellung in seiner Hose rieb. Ihre Nase vergrub sich in seiner Achselhöhle, sog tief seinen strengen Schweißgeruch ein, bis *Mick* sie hochriss, gegen die Tür der Toilettenkabine stieß und mit solch erbitterter Leidenschaft küsste, dass seine Zähne immer wieder geräuschvoll an die ihren schlugen.

Isabellas Blusenknöpfe spritzten unter seinem Griff in alle Richtungen, er riss an ihrem Büstenhalter, damit er ihre nackten Brüste kneten konnte, und als er den Kopf senkte, um an ihren geschwollenen Nippeln zu saugen, war es das tiefe, langgezogene Stöhnen einer fremden Frau, das aus ihrem Mund drang.

Inbrünstig wie ein Jünger vor seinem Guru fiel Michael auf die Knie, öffnete hastig den Verschluss von Isabellas Hose, ließ das dünne Leinen über ihre Schenkel zu Boden rutschen und schluckte schwer, als unvermittelt die dichte Krause ihres dunklen Schamhaars sichtbar wurde. *Bella*, das Flittchen, trug wahrhaftig keinen Slip.

Hungrig wühlte Michael sich mit dem Mund zwischen ihre Beine, leckte feuchte Bahnen durch ihr weiches Fleisch, lutschte ihre überfließende, intensiv schmeckende Nässe und zitterte dabei vor Erregung. Einer Erregung, von der er nicht mehr wusste, ob sie nun Isa galt oder dieser anderen, schamlosen, lustvoll keuchenden Frau, die er nicht kannte.

Und weil er nicht in der Lage war, Spiel und Wirklichkeit auseinander zuhalten, hasste er in diesem Augenblick seine Freundin dafür, dass sie nichts ahnend das brünstige Tier in ihm wiedererweckte, mit dem er doch nie mehr etwas hatte zu tun haben wollen.

Er nahm abrupt die Zunge von ihrer Klitoris, wich dem begehrlichen Kreisen ihrer Hüften aus, stand auf.

Isabella sah ihn fragend und ein wenig unwillig an. Warum machte er nicht weiter?

Krachend ließ Michael den Klodeckel hinter sich zufallen.

»Setz' dich hin!«, befahl er heiser, griff nach ihr und drückte sie mit dem nackten Hintern auf den kalten Kunststoff, bevor er hastig den Gürtel seiner Hose öffnete, den Haken, den Reißverschluss. Endlich aus seinem textilen Gefängnis befreit, schnellte sein Ständer ins grelle Licht der Neonröhren. Die dunkelrote Eichel glänzte feucht und wies unmissverständlich in Isabellas Gesicht.

»Ich will, dass du ihn mir bläst!«, verlangte Michael, obwohl oder gerade weil das etwas war, das Isa niemals tat.

Sie atmete flach. Ihre Augen, starr auf seine Erektion geheftet, wirkten wie die einer Schlafwandlerin. Für einen endlosen Augenblick gefror die Szene zum Standbild, und Michael, mit leicht eingeknickten Knien, die Hosen um die Knöchel hängend, fing gerade an, sich dämlich vorzukommen, als ihre weiche Zunge plötzlich sacht über seine Eichel strich.

»O ja! *Bella ...*«

Sobald Isabella ihren Mund über seinen Schaft stülpte und begann, Michael den ersten Blow-Job ihres Lebens zu geben – ein wenig zaghaft zuerst, etwa so, wie man sich an ein fremdes Gericht in einem exotischen Restaurant heranwagen würde –, empfand sie weder den erwarteten Ekel noch Erniedrigung. Stattdessen spürte sie, wie bedingungslos er ihren Lippen ausgeliefert war, und dieses neu entdeckte Gefühl von Macht gefiel ihr außerordentlich gut.

Sie leckte und lutschte schneller, mutiger, hielt sich an seinen bebenden Pobacken fest und ließ ihn nur dann kurz ihre Zähne spüren, wenn er allzu stoßkräftig die Regie übernehmen wollte.

Das herbe Aroma auf ihrer Zunge und der dunkle, männliche Duft seiner Erregung heizten Isabella dabei immer weiter an, so dass sie unruhig auf dem weißen Plastiksitz herumrutschte, der sich unter ihrem erhitzten Hintern schon ganz feucht und klebrig anfühlte.

»Jetzt lass uns vögeln«, bestimmte sie schließlich und stand auf. Ihr war schwindelig.

Unter zustimmendem Keuchen hob Michael sie hoch, lehnte sie mit dem Rücken gegen die Wand, und während sie sich noch die Hose von den Füßen schüttelte, setzte er sie schon auf seinem stramm stehenden Schwanz ab.

»O jaaa!«, ächzte er, als er Zentimeter für Zentimeter in ihrer nassen Spalte versank, und auch Isabella stöhnte laut.

Im Gegensatz zu Michael war es ihr zwar gelungen, sich selbst zu vergessen, doch als *Bella* praktizierte sie mit *Mick* nun genau das, wovor sie unterschwellig immer schon panische Angst gehabt hatte: nackten Sex ohne Liebe, ohne Gefühl. Und irgendwo, in einem letzten wachen Winkel ihres Bewusstseins, lauerte die erschreckende Erkenntnis, dass ihre Lust noch nie so überwältigend gewesen war wie heute, wo sie unwiderruflich ihre eigenen Grenzen überschritten hatte.

Auf der Herrentoilette des *Tanit* herrschte beständiges Kommen und Gehen. Immer wieder schwappte mit der Eingangstür die Musik aus dem Club in den Raum und ebbte wieder ab, aber bis zu diesem Zeitpunkt hatten die beiden weder die anzüglichen Sprüche registriert, mit denen einige der Männer dort draußen neidvoll Anteil nahmen, noch bemerkten sie jetzt das Rumoren in der Nachbarkabine. Bis plötzlich ein bärtiges Gesicht über der Trennwand schwebte.

»Hey«, fragte der Typ und gaffte grinsend zu ihnen herunter, »braucht ihr Hilfe?« Es schien, als erhoffe er sich tatsächlich eine Einladung.

»Verpiss dich, Mann!«, zischte Isabella nach einer Schrecksekunde wenig damenhaft, während sich ihre Schenkel demonstrativ wie Heftklammern um Michaels Flanke schlossen. »Wir kommen allein klar.«

Begleitet von einem Schulterzucken verschwand das feixende Gesicht wieder aus ihrem Blickfeld. Nebenan war ein Poltern zu hören, gefolgt von einem fetten Lachen. Irgendwann schwoll kurz die Musik an, als erneut die Tür zum Club geöffnet und wieder geschlossen wurde. Die Abfuhr schien Wirkung gezeigt zu haben.

Michael, der peinlich berührt die Luft angehalten hatte, befreite sich ein wenig aus der Umschlingung von Isabellas Beinen und tat eine aufreizende Weile nichts anderes, als mit der Kuppe seines Schwanzes ihre saftigen Schamlippen zu massieren. Sie wölbte sich ihm ungeduldig entgegen, rieb sich an ihm, begann zu wimmern, und er stieß wieder zu.

»O ja, *Mick!*«, rief sie. »Gib's mir!«

Er kniff die Augen zusammen, rammelte drauf los.

Mick fickte sie härter, als Michi es je getan hatte, aber ihr schien es zu gefallen, denn sie ließ wollüstig ihr Becken kreisen, verbiss sich in seiner Schulter und merkte nicht, dass ihre Fingernägel ein Muster aus langen, roten Striemen auf seinen nackten Rücken zeichneten.

Weil Michael jedoch in dieser stehenden Position bald jeden Muskel spürte, ließ er sich, ohne den Akt zu unterbrechen, langsam mit Isabella auf den Toilettendeckel sinken.

Normalerweise genoss er es nämlich, wenn die Frau auf ihm saß. Er mochte das anschwellende Wogen der Brüste vor seinem Gesicht, liebte das träge, sich steigernde Schaukeln auf seinem Schoß und die Hitzewellen, die dabei durch seine Eingeweide pumpten.

Heute allerdings fing Isabella sofort an, ihn zu reiten, als hätte sie den Teufel im Leib, und Michael fühlte sich davon schlichtweg überfordert.

Ihr keuchender Atem bekam schnell den gleichen Rhythmus wie das stürmische Stakkato, mit dem ihr Unterleib an seinem Ständer auf und nieder fuhr, ihr Gesicht verzerrte sich, sie schrie auf und – kam. Einfach so. Zum ersten Mal, seit er sie kannte, ohne Hilfestellung seiner Finger.

Vielleicht hätte ihn das glücklich machen sollen oder stolz, aber davon war er weit entfernt.

Mit einigen rauen Schluchzern, die klangen, als hätte sie Schluckauf, ließ Isabella sich an seine Brust fallen. Sie nahm nicht einmal mehr Notiz davon, dass sein Steifer keiner mehr war.

Michael überlegte, dass er sie nun wohl in den Arm nehmen, sie festhalten sollte, aber sie war ihm so fremd, dass er es nicht über sich brachte.

Seine Augen suchten nach dem vertrauten Blick seiner Freundin. Fanden ihn nicht. Und er ahnte, dass er viel mehr verloren hatte als nur eine Erektion.

Der bärtige Mann in der Nachbarkabine riss befriedigt ein Stück des harten, grauen Klopapiers von der Rolle, um die Spuren seines spontanen kleinen Solovergnügens zu beseitigen. Junge, Junge, war diese Tussi abgegangen! Auch wenn er der Nummer nur akustisch hatte beiwohnen dürfen, war er dadurch doch nicht schlecht auf seine Kosten gekommen. Er konnte hören, wie die beiden nebenan sich wieder anzogen, dann erklang seltsam flach die Stimme des Typen, den sie Mick genannt hatte.

»Lass uns nach Hause fahren«, sagte er.

Kurze Stille. Dann glasklar die Antwort der Frau:

»Ach weißt du, eigentlich möchte ich lieber noch ein bisschen raus und tanzen.«

»Isa … bitte!«

»Mach's gut, *Mick*«, ließ sie ihn auflaufen. »Es war echt schön mit dir.«

Die Nachbartür wurde geöffnet, das stolze Klappern harter Absätze auf dem Fliesenboden war zu vernehmen, und gleich darauf schwoll kurz die Musik an, als die Tür zum Club geöffnet wurde. Der bärtige Mann konnte sich ein schadenfrohes Grinsen nicht verkneifen.

Das vernehmliche »PING«, mit dem nebenan ein kleiner edelmetallener Gegenstand auf Keramik traf, bevor er ins Wasser plumpste, beschäftigte ihn nicht weiter. Ebenso wenig wie das abschließende Rauschen der Toilettenspülung.

Als er den Reißverschluss seiner Hose hochzog und sich auf den Weg an die Bar machte, um bei Kira noch einen Absacker zu trinken, hatte er das Paar in der Nachbarkabine bereits vergessen.

Unter Freunden

»Freust du dich, dass er kommt?«

Mit dieser harmlos erscheinenden Frage von Stefan, meinem Süßen, fing letzten Donnerstag der ganze Schlamassel an: eine Geschichte, die mich wohl noch verfolgen wird, wenn irgendwann mal der Sargdeckel über mir zuklappt. Ich kann es förmlich vor mir sehen: Eine elegische Trauergemeinde auf dem Friedhof, alle stehen blass und mit verheulten Augen um das Grab, in dem ich mich quasi immer noch ruhelos herumwälze, weil mir diese eine gemeine Frage keine Ruhe lässt …

Er bezog sich in diesem Fall auf Stefans besten Freund, Tom. Die beiden haben zusammen studiert, und jetzt arbeiten sie für dieselbe Firmengruppe. Stefan hier, Tom in einer Niederlassung 600 Kilometer entfernt, wo er im Anschluss an das Studium hingezogen ist. Stefan und ich sind erst danach zusammengekommen, deshalb kenne ich Tom nicht besonders gut, aber nett fand ich ihn immer schon. Er hat ein bisschen mehr Substanz als die meisten der anderen Jungs, mit denen Stefan so rumhängt. Nur Fußball, Autos und Frauen, andere Themen interessieren die nicht. Höchstens noch ihre Jobs. Gähn!

Aber ich werde die klassische Männerfreundschaft an

sich sowieso nie verstehen. Über Gefühle oder den Umgang mit Beziehungsproblemen oder wie man sachgerecht dem G-Punkt zuwinkt – essenzielle Dinge eben – reden Typen offenbar nie. Bei Stefan und Tom ist das anders, denke ich. Die zwei stehen sich wirklich nahe, obwohl sie sich nur noch alle paar Monate sehen. So wie jetzt gerade, wo sie gemeinsam an einer Schulung in der Firmenzentrale teilnehmen.

Tom wollte einen Tag früher in die Stadt kommen und fragte vorher telefonisch an, ob er bei uns übernachten könne. Sein Timing war allerdings ziemlich mies, weil er Donnerstag genau während *der* zwanzig Minuten anrief, in denen Stefan und ich unsere wöchentliche Runde Kissenzerwühlen absolvierten. Das hat sich bei uns so auf Donnerstagabend eingespielt, keine Ahnung, warum.

Natürlich gab es auch in unserer Beziehung mal die Phase, wo wir unsere Zeit fast ausschließlich in der Horizontalen verbracht haben – ach, was sage ich: horizontal, diagonal, vertikal, bäuchlings, rittlings, 69 und all die anderen schönen Sachen, an die ich mich schon gar nicht mehr erinnern kann! Aber mit den Jahren hat sich in unser Liebesleben nicht nur stinklangweilige Routine, sondern auch massenhaft Bequemlichkeit eingeschlichen. Mittlerweile treiben wir es nett einmal die Woche miteinander, eben donnerstags nach Feierabend. Was nicht heißen soll, dass wir keinen Spaß mehr daran haben – hinterher stellen wir sogar jedes Mal fest, wie blöd wir sind, dass wir das nicht öfter machen –, aber es ist doch alles ziemlich eingefahren. Und vielleicht gerade *weil* Stefan genau weiß, welche Knöpfe er drücken muss, damit es bei mir losgeht, finde ich ihn ziemlich fantasielos. Total vorhersehbar. Er turnt zwar meinen Körper an, aber absolut nicht mein Gehirn, und deshalb ist unser Sex ungefähr so explosiv wie der Versuch, einen B52 mit Lindenblütentee zu flambieren …

Letzten Donnerstag hatte er also mit seiner bewährten Mischung aus Finger- und Lippenspiel meine Muschi in ein gleitfreudiges Feuchtbiotop verwandelt, und wir vögelten uns gerade gemütlich durch den Missionar, als das Telefon klingelte.

Stefan ließ das völlig kalt, er machte fröhlich weiter, aber ich war natürlich gleich abgelenkt. Nach dem »Piep« schallte dann deutlich hörbar Toms Stimme durch den Flur, wo bei uns der Anrufbeantworter steht.

Er fasste sich kurz, fragte wie gesagt nur, ob er von Sonntag auf den Schulungs-Montag bei uns übernachten könne, aber irgendwie gab mir sein akustisches Eindringen in diesem Moment einen erotischen Kick. Mein Stöhnen wurde auch prompt etwas lauter als normalerweise, wenn Stefan mich zum Orgasmus missioniert.

Dazu muss ich sagen, dass man Tom wirklich nur als »lecker« bezeichnen kann. In Größe und Statur ähnelt er Stefan, aber er sieht völlig anders aus. Ein bisschen verwegener, mit ganz scharf geschnittenen Gesichtszügen, einer großen Adlernase und hellblauen Augen. Der Knaller ist allerdings seine Frisur oder besser gesagt das, was noch daran erinnert. Tom trägt nämlich, seit ich ihn kenne, so einen 0,5-Millimeter-Stoppelkopf, der wirklich sexy ist. Ich wollte schon oft darüber streichen, um zu spüren, wie sich das anfühlt – sind die Stoppeln wohl weich, oder kratzen sie wie Scheuersand? Getraut habe ich mich aber nie, weil Stefan manchmal ziemlich eifersüchtig sein kann.

Stefan … Der lag danach neben mir und streichelte gedankenverloren meinen Bauch, wie er das eigentlich jedes Mal macht, wenn er gekommen ist. Fast so als wolle er mich trösten, dass er seinen Schwanz aus mir rausgezogen hat. Dafür pustete ich ihm liebevoll eine verschwitzte Haarsträhne aus der Stirn. Stefan hat nämlich Haare. Ich ziehe ihn regelmäßig damit auf, dass er mit seinem Topfschnitt immer noch als BWL-Student durchgehen könnte. Darüber ärgert er sich zwar, aber ihm gefällt diese Frisur eben. Was auch völlig in Ordnung ist, denn er sieht wirklich zum Fressen süß aus mit seinen braunen Kulleraugen unter dem dunkelblonden Mittelscheitel und diesem Knutschmund dazu. Jawohl, Knutschmund! Eine andere Bezeichnung ist für solche warmen, weichen, vollen Lippen gar nicht zulässig. Obwohl wir uns leider kaum noch küssen, so richtig, mit Zunge meine ich.

Und da, während wir also postkoital im Bett lümmelten, nahm mit Stefans beiläufiger Frage nach Tom die ganze absurde Geschichte ihren Anfang …

»Freust du dich, dass er kommt?«

»Wahrscheinlich nicht so sehr wie du«, erwiderte ich geistesgegenwärtig und angelte mit dem Fuß nach der Tür, um Herrn Schwarzenegger, unseren Kater, ins Schlafzimmer zu lassen.

»Nein, sag' doch mal«, drängelte Stefan, »Tom hat es dir angetan, das ist mir schon öfter aufgefallen.«

Ich rätselte, was er da gemerkt haben wollte, und stritt alles ab. Dennoch ließ Stefan nicht locker. Er sah mir fest in die Augen.

»Ach, komm schon! Er ist ein verdammt guter Typ, und ich hab' genau gesehen, wie du ihn manchmal anschaust.«

»So ein Quatsch!«

Aber Stefan schaltete noch einen Gang hoch.

»Gib es doch zu, du hast dir bestimmt schon ausgemalt, wie das wäre, mit Tom zu schlafen.«

Er drehte ganz schön auf, und mein Gefühl sagte mir, dass mein Süßer dieses Gespräch nicht so locker nahm, wie sein Tonfall es vermuten ließ.

Just in diesem Augenblick hüpfte Herr Schwarzenegger, der gestreichelt werden wollte, aufs Bett. Gewissenhaft kraulte ich deshalb den dicken rot-weißen Felltiger hinter den Ohren, während ich nach einer harmlosen Antwort suchte. Zwar hatte ich mir Sex mit Tom tatsächlich schon ausgemalt, aber das war lange her. Und höchstens ein Mal. Oder so.

Ich schob alles auf die Frisur.

»Rede dir bloß nichts ein«, wies ich Stefan mit meiner Widerstand-ist-zwecklos-Stimme zurecht, »sein Haarschnitt sieht einfach super aus, mehr ist nicht! Und eigentlich solltest du das wissen, weil ich mindestens hundertmal versucht habe, dich auch zu so einer Schädelrasur zu bekehren.«

Diese Erklärung schien ihn ein wenig zu beruhigen.

»Das ist alles?«, hakte er trotzdem nach. »Und du findest Tom nicht wenigstens ein kleines bisschen scharf?«

Ich grinste und antwortete, indem ich meine Nase in seiner nichts als das Aroma von purem Männerschweiß verströmenden Achselhöhle vergrub.

»Ihn nicht, aber vielleicht sein Aftershave.« Das konnte ich mir nicht verkneifen, denn tatsächlich riecht Tom immer ausgesprochen gut. Er benutzt ausschließlich *KOUROS*, ein Luxuswässerchen von Yves Saint Laurent, während Stefan eben einfach nach Stefan duftet.

Mein Schatz knuffte mich daraufhin empört, ich kitzelte zurück, Herr Schwarzenegger hopste dazwischen, und so balgten wir uns noch eine Weile zu dritt im Bett herum.

Dieses alberne Verhör ließ mich allerdings in den folgenden Tagen nicht mehr los und führte dazu, dass Tom mir hartnäckig im Kopf herumgeisterte. Das war vorher noch nie der Fall gewesen, aber Stefans Gestichel hatte sozusagen die schlafende Hündin in mir geweckt.

Plötzlich interessierte es mich tatsächlich brennend, was für eine Art Liebhaber Tom wohl sein mochte. Ich erinnerte mich an seine schönen Hände mit den langen, kräftigen Fingern und überlegte, ob er damit sanft streicheln konnte. Oder fasste er Frauen doch eher fester an? Soweit ich informiert bin, hat er einen ziemlichen Verschleiß an Gespielinnen, und deshalb lag die Frage nahe, ob Quantität für Tom womöglich wichtiger sein mochte als Qualität. Vielleicht konsumierte er Sex auch einfach wie Fastfood?

Mein Instinkt flüsterte mir jedoch das genaue Gegenteil ein, und so erwischte ich mich wiederholt bei Fantasien, in denen ich das Geheimnis um Toms rasierten Kopf – kratzte er nun oder kratzte er nicht? – auf ganz und gar unkeusche Weise zu lüften versuchte …

Das war bestimmt nicht sonderlich fair von mir, aber Stefan hatte es sich schließlich selbst eingebrockt! Wenn er mir schon jeden Donnerstag Bratkartoffeln servierte, durfte er mich eben nicht mit der Nase darauf stoßen, dass es da draußen eventuell auch Lachshäppchen gab. So!

Sonntagnachmittag – gestern – machte ich mich aus dem Staub, noch bevor Tom auftauchte. Die Jungs hatten sich bestimmt viel zu erzählen, da wollte ich erst mal nicht stören. Ein bisschen Spinning im Fitnessstudio, ordentlich schwitzen und dabei den Kopf frei kriegen, schien mir als Vorbereitung auf unseren Besuch am besten geeignet zu sein. Allerdings hatte ich mich mittlerweile ohnehin schon wieder so weit im Griff, dass ich das Irrlichtern meiner Libido dort einordnen konnte, wo es hingehörte: weit hinten in die Schublade mit der Aufschrift *Hirngespinste.*

Ich meine, er ist schließlich Stefans bester Freund, und das wäre so was von geschmacklos. Ganz davon abgesehen hatte ich bis dato noch nie den Eindruck, dass Tom besonders auf mich steht.

Andererseits … vielleicht habe ich einfach nicht darauf geachtet. Weil es eben geschmacklos wäre. Geschmacklos, hinterhältig und gemein!

Als ich nach Hause kam, hörte ich ihr Lachen schon von der Wohnungstür aus, und wieder einmal fiel mir auf, wie erstaunlich vertraut die beiden miteinander sind.

»Hallo, Jungs!« Durch die Küche ging ich auf den Balkon hinaus, wo sie einträchtig unter dem Sonnenschirm saßen und die so unterschiedlichen Köpfe zusammensteckten.

Tom – frisch geschoren – sah genauso gut aus, wie ich ihn in Erinnerung hatte, und zum ersten Mal, seit ich ihn kannte, fühlte es sich seltsam an, ihn zu treffen. Mein Magen flatterte! Tja, die Hündin in mir war offenbar noch wach und kam gerade erst richtig in Fahrt.

Meine Befangenheit fiel zum Glück niemandem auf, weil Stefan mich direkt zu sich herunterzog, um mir einen feuchten und ziemlich demonstrativen Schmatz aufzudrücken. Unsere kleine Diskussion hatte ganz offensichtlich auch bei ihm Spuren hinterlassen.

»Hallo, meine Süße«, flötete er. »Na, hast du das Frühstück wieder abgestrampelt?«

Tom stand auf und grinste:

»Ich glaube nicht, dass sie das nötig hat.« Mit diesen Worten umarmte er mich kurz. »Hallo, Judith.«

»Hallo, Tom«, begrüßte ich ihn, während seine diskret nach *KOUROS* duftenden Wangenküsse mir für den Bruchteil einer Sekunde die Sinne vernebelten. »Alles klar bei dir?«

Nicht zum ersten Mal beschäftigte mich die Frage, welcher geheimen Zutat dieses Parfum eigentlich seine fatale Wirkung verdankt – ausgepressten Moschusochsen vielleicht?

»Du, Judith, stell dir vor«, mischte sich da mein Süßer ein, »Tom hat eine neue Flamme.« Er rückte mir ostentativ den Stuhl neben sich zurecht.

»Hm«, machte ich sparsam, denn meine Begeisterung hielt sich in Grenzen. Wenn *ich* das Lachshäppchen schon nicht vernaschen durfte, sollte auch keine andere daran knabbern. Messerscharfe weibliche Logik.

Artig setzte ich mich neben Stefan.

»Ach was, er übertreibt.« Tom zwinkerte mir zu. »Ich kenne die Frau ja kaum. Und außerdem gibt es eine andere, auf die ich wirklich scharf bin!« Bei diesem Satz blickte er mir für einen Moment so tief in die Augen, dass ich leichte Herzrhythmusstörungen bekam. Hä? Wie sollte ich das denn nun verstehen? Irritiert schielte ich zu Stefan hinüber, aber der leerte gerade durstig sein Glas und schien weder etwas gehört noch gesehen zu haben.

Na toll, vermutlich litt ich neuerdings unter Wahrnehmungsstörungen, was Toms Verhalten mir gegenüber anging, und zuschreiben durfte ich das schön mir selbst. Hatte ich es im Geiste wohl doch ein paar Mal zu oft mit ihm getrieben.

Als Stefan jedoch kurz darauf in der Küche verschwand, um Getränkenachschub zu holen, fand ich erneut Toms durchdringenden Blick auf mich gerichtet.

»Ich freue mich, dich wiederzusehen«, verkündete er mit diesem gewissen Timbre in der Stimme. Nichts an der Art, wie er es sagte, erinnerte mich an unser übliches, kumpelhaftes Geplänkel.

Ich verstand die Welt nicht mehr. Hatte Stefan seinem Freund gegenüber eine unbedachte Bemerkung gemacht? Ihm gar von der pikanten kleinen Unterhaltung erzählt, die seinem Anruf gefolgt war? Wollte Tom jetzt seinen Marktwert bei mir testen?

Nein, niemals! Das alles musste eine Ausgeburt meines überhitzten Gehirns sein, denn wie heißt es gar so wahr: Der Wunsch ist der Vater des Gedanken …

Ja, ich kann es ruhig zugeben: So wie Tom mir da gegenübersaß – lässig, braun gebrannt, mit diesem winzigen Grübchen auf der linken Wange, das sich nur zeigt, wenn er lächelt – reizte er mich total. Außerdem hat er die Angewohnheit, sich regelmäßig mit der Hand über den ebenmäßigen Schädel zu streichen, wobei der dunkle Haarschatten jedes Mal ein ganz leises, schabendes Geräusch erzeugt … Was mir in dieser Situation natürlich den Rest gab.

Bevor ich meine Stimmbänder weit genug sortiert hatte, um überhaupt antworten zu können – ich meine, wie hätte ich auch reagieren sollen? – war Gott sei Dank Stefan wieder da.

Der belegte mich während der weiteren Unterhaltung, auf die ich mich leider kaum konzentrieren konnte, ziemlich mit Beschlag. Hier ein Küsschen, da ein Streicheln, dort ein Kompliment. Es war, als wolle er keinerlei Zweifel an seinem Besitzanspruch aufkommen lassen, was mich letztlich auch den Gedanken verwerfen ließ, die zwei hätten womöglich ausgeheckt, mich auf die Probe zu stellen.

Später entschieden wir uns, erst thailändisch essen und dann ins Kino zu gehen – die Jungs waren scharf auf den neuen James Bond –, aber meine Hoffnungen auf einen ganz normalen Abend hielten nicht lange vor. Im Gegenteil, je später es wurde, desto weniger kapierte ich, was da eigentlich lief.

Zwar ließ Stefan die ganze Zeit über keinen Zweifel daran, dass ich *seine* Frau war, aber trotzdem beschlich mich bereits im Restaurant das seltsame Gefühl, er wolle Tom und mich irgendwie ermutigen … obwohl er sich ziemlich plump dabei anstellte.

»Ey, du nippelst ja!«, feixte er zum Beispiel, als wir beim Essen saßen, und mir blieb fast ein Bissen meines gedünsteten Gewürzhühnchens im Hals stecken, so überzeugt war ich, er spreche von mir. *Das* allerdings schien mein Liebster gar nicht zu bemerken – ein mehr als eindeutiges Zeichen dafür, dass man in einer festen Beziehung nicht mehr besonders interessiert angeguckt wird. Nein, Stefan wollte mich allen Ernstes darauf aufmerksam machen, dass Toms Brustwarzen sich jedes Mal hart durch sein T-Shirt drückten, wenn er einen Bissen der höllisch scharfen Chilischoten erwischte, mit denen seine pfannengerührten Garnelen gewürzt waren.

Als ob ich das nicht längst gesehen hätte! Tom grinste nur, und ich wusste sofort, dass *ihm* meine vorwitzigen Nippel aufgefallen waren.

Dann fühlte sich Stefan aus unerfindlichen Gründen bemüßigt zu erzählen, wie liebesbedürftig ich immer werde, wenn Herr Schwarzenegger an meinen Zehen nuckelt. Das entspricht zwar durchaus der Wahrheit, aber musste er es deshalb unbedingt seinem besten Freund aufs Krabbenbrot schmieren?

Ich empfand die Situation als zunehmend surreal, sodass ich es kaum noch wagte, die Augen vom Tischtuch zu heben, weil sie dann jedes Mal über Toms Grübchen stolperten. In einem ungehörigen Tagtraum meinerseits schoben wir nämlich längst eine saftige Nummer quer über alle Möbelstücke des Lokals, die Nässe zwischen meinen Schenkeln dampfte wie ein Monsunregen, und Toms vielsagendes Lächeln ließ mich argwöhnen, er könne womöglich Gedanken lesen. Dazu kam die Tatsache, dass sich all dies unmittelbar vor Stefans Augen abspielte, was mir dann doch ein etwas schlechtes Gewissen bescherte.

Kurz gesagt, ich war so durch den Wind, dass der kleine thailändische Kellner mir als Dessert sogar frittierte Zimtlatschen hätte servieren können, es wäre mir nicht mal aufgefallen.

Im Kino verschwand Tom, um die Eintrittskarten für uns zu kaufen, und sobald er außer Hörweite war, griff ich mir Stefan.

»Sag' mal, was für eine Show ziehst du hier eigentlich

ab?«, wollte ich vorwurfsvoll wissen, aber mein Süßer guckte mich nur treuherzig an.

»Was meinst du denn?«, fragte er.

»Na was wohl?!«, schnappte ich. »Du benimmst dich, als wolltest du Tom und mich verkuppeln!« Dass Tom das Seine dazu beitrug, ließ ich unerwähnt.

Stefan riss überrascht die Augen auf.

»Wie kommst du denn darauf?« Dann grinste er, zog mich an sich und raunte: »Sieh es doch einfach so: Appetit kannst du dir holen, aber gegessen wird zu Hause.«

Hört, hört!

Etwas später, im dunklen Kinosaal, kamen mir dann ernsthafte Zweifel, ob Tom diese Theorie seines besten Freundes teilte.

Die Jungs hatten darauf bestanden mich in die Mitte zu nehmen, und während sich vor uns auf der Leinwand Spezialagent Bond – *James* Bond – heldenhaft in seine neuesten halsbrecherischen Abenteuer stürzte, mampfte rechts von mir Stefan sein Popcorn. Über die linke Armlehne kroch zuerst nur ein wenig *KOUROS*, bald jedoch folgte Toms nackter Unterarm, der sich auf dem schmalen Polster scheinbar zufällig an meinen schmiegte. Prompt standen mir alle Haare zu Berge, und ich saß da wie versteinert, denn Tom zu ermutigen traute ich mich denn doch nicht. Um so mehr genoss ich es, als er auch noch unauffällig seinen Schenkel gegen meinen lehnte.

Mein Herz klopfte wie verrückt, und vor meinem geistigen Auge lief natürlich ein ganz eigenes Programm von der Sorte *Für Jugendliche unter 18 Jahren nicht geeignet* ab, weshalb ich von der Handlung auf der Leinwand nicht allzu viel mitbekam. Da dieser Film aber vermutlich genauso gestrickt ist wie alle James Bond-Streifen – ein mächtiger, eigensüchtiger Bösewicht will die Weltherrschaft an sich reißen, doch 007 weiß dies im letzten Moment unter Einsatz seines Lebens abzuwenden, während atemberaubend schöne Frauen ihm dabei helfen und/oder versuchen, ihn daran zu hindern –, habe ich wohl nicht allzu viel verpasst.

An eines kann ich mich allerdings sehr deutlich erinnern: Auf dem Höhepunkt der obligatorischen schwülen Liebesszene biss Stefan mich plötzlich sanft in den Hals, während von der anderen Seite Tom spürbar seinen Schenkeldruck erhöhte und mit den Fingern wie unbeabsichtigt über meinen Handrücken strich. Genau da rastete in meinem Kopf etwas ein: So war das also! Obwohl ich Stefan dergleichen niemals zugetraut hätte, war ich auf einmal sicher, dass er und Tom einen Dreier mit mir planten! Ein Gedanke, der mir von Minute zu Minute besser gefiel, denn er befreite mich von den lästigen Gewissensbissen und barg ungeahnte Möglichkeiten.

Als James Bond endlich ein weiteres Mal die Welt gerettet hatte, konnte ich es kaum erwarten, nach Hause zu kommen.

Dort jedoch entwickelte sich alles völlig anders als erhofft.

Stefan und Tom mixten uns Wodka-Martinis, fläzten sich aufs Sofa und gerieten ins Quatschen. Ich saß, an meinem Drink nuckelnd, den Kater auf dem Schoß, hingegossen auf dem Sessel daneben. Ungefähr eine Dreiviertelstunde lang versuchte ich interessiert zu wirken, denn so recht mochte ich mich noch nicht von der Vorstellung verabschieden, an Toms Flöte zu nuckeln, während Stefan mich vögelte. Oder andersrum.

Wie es schien, hatten die zwei mich aber vollkommen

vergessen. Ich fühlte mich überflüssig wie ein Pickel am Po und musste mir schließlich eingestehen, dass Herrn Schwarzeneggers flauschige Schmuseattacken die einzige körperliche Zuwendung bleiben würden, die ich hier zu erwarten hatte. Den beleidigt maunzenden Kater zu Boden setzend, stand ich auf.

»Gute Nacht«, wünschte ich reichlich schnippisch, aber tatsächlich schenkten die Kerle mir kaum einen Blick, so vertieft waren sie in ihre Geschichten aus Studienzeiten. Erst als ich Stefan ein Küsschen gab, sah er zu mir hoch.

»Schlaf gut, mein Schatz!«, säuselte er. »Warte besser nicht auf mich. Wir versacken wahrscheinlich hier, und ich penne auf dem Sofa ein.«

Das wurde ja immer schöner. In der Tür drehte ich mich noch mal um. Tom schickte mir eine Kusshand.

»Träum süß, schöne Frau«, rief er mir nach und zwinkerte – mal wieder – vielsagend. Dabei rieb er sich mit der Hand über den Stoppelkopf, dass es nur so schabte, bevor er sich wieder Stefan zuwandte.

Kapier' einer die Männer!

Im Schlafzimmer bekamen die Rollläden meinen Unmut zu spüren, als ich sie mit voller Wucht bis auf den letzten Schlitz herunterdonnern ließ. In rabenschwarzer Finsternis stolperte ich daraufhin prompt über meine eigenen, achtlos abgestreiften Klamotten und rannte zu allem Übel auch noch mit dem Schienbein vor den Holzrahmen unseres Futons. Ach, wie leid tat ich mir, als ich auf die Matratze kroch und mich in die Decken wühlte, nur um sie kurz darauf wieder abzuschütteln. Mir war einfach zu warm. Im Zimmer und unter der Haut!

Durch die angelehnte Tür drangen gedämpft die Stimmen der beiden Jungs über den Flur, sie lachten viel, und Toms dröhnender Bass mischte sich dabei mit Stefans schluckaufartigem Gekicher, das ich so drollig finde. Gerne hätte ich gewusst, was derart lustig war, aber so sehr ich auch die Ohren aufsperrte, verstehen konnte ich kein Wort. Lachten sie womöglich über mich?!

Ich kam nicht zur Ruhe, wälzte mich von einer Seite auf die andere und verstand die Welt nicht mehr. Dieser verdammte Tom hatte mich den ganzen Abend über so wissend angesehen. Und eindeutig zweideutige Signale ausgesandt! Mein goldiger, sonst so harmloser Stefan wiederum offenbarte eine ganz neue, geradezu frivole Seite an sich. Bloß – wozu das alles, wenn die zwei jetzt doch nur drüben im Wohnzimmer saßen und laberten?

Kurzzeitig war ich ernstlich davon überzeugt gewesen, heute Nacht mein Liebesleben aus den Fesseln seiner müden Donnerstagsroutine befreien zu können, und fühlte mich jetzt, angeschärft wie eine frisch geschliffene Rasierklinge, schlichtweg betrogen. Ganz nebenbei ärgerte ich mich auch noch über mich selbst, dass ich nicht den Mumm gehabt hatte, die beiden wenigstens zur Rede zu stellen.

Seufzend drehte ich mich auf den Bauch und schob mir eine Hand zwischen die Beine, während ich versuchte, hinter geschlossenen Lidern eine *ménage à trois* zu arrangieren, in der Stefan, Tom und ich uns gemeinsam vergnügten. Zielstrebig rutschte ich auf meinem Finger herum, den Kopf in die Kissen vergraben, um eventuelle Lustgeräusche zu dämpfen, und ließ präzise wie ein Schwingschleifer meine Hüften kreisen, aber die ersehnte Entspannung blieb aus. Mir wurde nämlich bei der bloßen Vorstellung dieser Szenerie blitzartig klar, dass Stefans Eifersucht nie im Leben einen solchen Dreier zulassen würde. Weder mit Tom noch mit irgendeinem anderen Mann! Ich war meiner blühenden Fantasie aufgesessen, und die Realität sah schlicht und ergreifend so aus, dass ich mutterseelenallein in unserem großen Bett lag, Stefan volltrunken die Nacht auf dem Sofa zubringen wollte, derweil Tom es vielleicht sogar noch bis ins Gästezimmer schaffen würde. Von wegen, *gegessen wird zu Hause* … Pah!

Ich wachte auf, weil Herr Schwarzenegger an meinen Zehen schleckte. Benommen wälzte ich mich auf den Rücken und strampelte ein bisschen, um ihn zu verscheuchen – es hatte schließlich lange genug gedauert, bis ich eingeschlafen war –, doch die eifrige Zunge blieb beharrlich am Werk.

Komisch. Sie fühlte sich ganz anders an als sonst.

Feuchter, weicher, größer.

Es dauerte einen Moment, bis ich realisiert hatte, dass es mitnichten Herr Schwarzenegger war, der sich da mit meinen Füßen verlustierte.

»Stefan«, schnurrte ich erfreut, aber er machte nur leise: »Schschsch«, und leckte sich über meinen Rist nach oben zum Knöchel.

Ich war mehr als erstaunt, dass mein Süßer doch noch zu mir ins Bett gefunden hatte, und hieß ihn mit wohligem Seufzen willkommen.

Der Futon knarrte leise unter seinem Gewicht, als er mit flachen Händen über meine Schienbeine strich. Er berührte mich kaum, es war mehr die Wärme seiner Finger, die ich fühlte und die mir erneut ein Schnurren entlockte.

Derart ermutigt, ließ er langsam seine Lippen mein Bein entlangwandern, ganz sacht, bevor er sich wieder zurückzog. Ich tastete ungeduldig nach ihm, wollte, dass er weitermachte, aber er ließ mich warten.

Dann spürte ich einen kurzen, sanften Biss an der Innenseite meines Oberschenkels, und mein Puls schnellte in die Höhe.

Was für eine angenehme Überraschung, dass Stefan sich so inspiriert zeigte, denn normalerweise stürzt er sich ziemlich schnell auf meine Klit, ohne sich lange mit dem Rest meines Körpers aufzuhalten.

Neben mir auf den Laken kauernd, malte er jetzt mit heißer Zunge abstrakte Muster auf meine Haut, zog lange, nasse Linien, die er jedoch stets enden ließ, bevor sie sich in meinem Bermudadreieck verlieren konnten. Unwillkürlich spreizte ich die Beine, mein Atem wurde tiefer, doch da … Was war das?

Plötzlich meinte ich einen Hauch *KOUROS* wahrzunehmen und erstarrte, während starke Finger sich unter meinen Hintern schoben, um ihn leicht anzuheben.

War das etwa gar nicht Stefan?

Angestrengt witterte ich in die Dunkelheit, aber ich roch nur meine eigene wachsende Lust und eine Spur Wodka-Martini.

»Stefan?« forschte ich unsicher, ohne allerdings genau zu wissen, welche Antwort ich mir letztlich erhoffte.

Der schweigsame Besucher strich über meinen Bauch, streifte meinen Busen und ertastete meinen Mund. Es fühlte sich an, als lege sich ein Finger verschwörerisch auf meine Lippen, bevor die Kuppe lockend dazwischenschlüpfte. Reflexartig, wenn auch zögernd, begann ich daran zu saugen … und fand den Geschmack beruhigend vertraut: Dies war ganz bestimmt Stefan, der es geschafft hatte, mich mit unerwarteter Kreativität zu verwirren!

Während er mit der freien Hand zärtlich meine Brüste knetete, entspannte ich mich wieder. Ich ergab mich seiner sinnlichen Berührung und dem schlüpfrigen Gefühl, an seinem hin und her gleitenden Finger zu lutschen. Einer Vorspeise sozusagen, die meine Lust auf das Hauptgericht steigerte. Dann griff ich nach ihm, wollte ihn an mich ziehen, aber er entwand sich mir, fing meine Hände ein und legte sie fest um sein nacktes, aufgerichtetes Geschlecht. Einen atemlosen Augenblick verharrten wir reglos, bevor ich anfing, ihn zu streicheln.

In der undurchdringlichen Nacht des Schlafzimmers war ich vollkommen auf meinen Tastsinn angewiesen, und ohne visuelle Hilfestellung entdeckte ich *ihn* völlig neu. Wie glatt und heiß die Kuppe sich anfühlte, wie zart die Haut über dem strammen Schaft! Neugierig folgte ich den deutlich hervortretenden Adern bis nach unten in das störrische Gewirr des Schamhaars, wog die prallen Hoden in meiner Hand. Der starke Geruch männlicher Erregung stieg mir in die Nase, und auch diese Empfindung war jetzt, im Dunkeln, ungleich intensiver.

Ich ließ meine Fingerspitzen wieder nach oben zur Eichel wandern, umspielte sie sanft, bis ich den Schwanz endlich ganz umfasste. Mit kräftigen Strichen fing ich an, ihn zu massieren, und siehe da – was ich so lange schon als reines Mittel zum Zweck angesehen hatte, fühlte sich auf einmal unglaublich gut an. Ich genoss, was ich tat, genauso wie der Empfänger meiner lustvollen Zuwendung, der immer wieder scharf die Luft einzog.

Irgendwann drängte er meinen Oberkörper zurück auf die Matratze, und seine Hände fuhren erneut über meine Schenkel, um diesmal mitten hineinzugleiten in meine feuchte Spalte. Er erkundete sie, wie ich vorher seinen Schwanz erkundet hatte, betastete die empfindsamen Hautfalten, wühlte in dem feinen Haarbüschel auf meinem gewölbten Venushügel und tippte mir behutsam gegen die Klitoris. Es war herrlich! Ich traute mich kaum zu atmen, so sehnsüchtig erwartete ich seine nächste Berührung.

Er griff unter mich und spreizte meine Pobacken, seine Daumen presste er dabei rechts und links auf meine Schamlippen, bis ich vollkommen offen vor ihm lag. Unvermittelt schob er mir seine lange Zunge hart und tief in die Möse. Ich stöhnte auf und drängte mich ihm entgegen, konnte nicht fassen, welche Gefühle Stefan noch in mir zu wecken vermochte.

In einer Anwandlung, wie sie sonst wohl eher Männern zu eigen ist, streckte ich gierig die Hände nach ihm aus, wollte mich in seine Haare krallen und ihn zu schnelleren Bewegungen antreiben, aber ich fand keinen Halt: Meine Fingernägel kratzten über einen rasierten Kopf.

Tom!

»Nein!«, keuchte ich entsetzt und versuchte mich unter ihm wegzurollen, aber er hielt mich mit sanfter Gewalt fest.

»Schschsch«, machte er wieder beruhigend, während seine Hand nach oben schnellte und sich erstaunlich behutsam auf meinen Mund legte. Da roch ich es wieder: eindeutig – *KOUROS!*

Ich strampelte wild, meine Gedanken überschlugen sich. Dieser Verräter! Während Stefan zwei Zimmer weiter selig schlummernd auf dem Sofa lag, schlich Tom sich in *sein*

Bett und verführte unter Vorspiegelung falscher Tatsachen *seine* Frau! Ich wusste, ich müsste das Schwein eigentlich vom Futon, wenn nicht gar aus der Wohnung werfen, aber die erwachte Hündin in mir jaulte und war viel zu läufig, als dass sich dieser edle Vorsatz so einfach hätte in die Tat umsetzen lassen …

Die erstaunlich wandlungsfähige Zunge glitt himmlisch nass und weich über meine Klitoris. Den ethischen Widerstreit in meinem Kopf schien sie einfach auszulöschen wie ein Tintenkiller, denn mein Protest erlahmte beschämend schnell, als ich kunstfertiger geleckt wurde denn je.

Bald wälzten wir uns im Bett wie die Wilden, wobei die plötzliche Notwendigkeit, dabei leise sein zu müssen, mich nur noch schärfer machte. Ich erstickte mein Stöhnen mit Küssen und Bissen, vergrub mein Keuchen in festem Fleisch, das gleichermaßen fremd und vertraut schmeckte.

Endlich durfte ich nun auch entdecken, wie sich ein geschorener Schädel anfühlt, und immer wieder rieb ich mit den Handtellern darüber, weil das feine Kratzen der unzähligen Haarstoppeln mir durch Mark und Bein ging. Als mein findiger Liebhaber das bemerkte, rutschte er hoch zu meinen Nippeln, begann heftig daran zu lutschen, bis sie ganz prall und nass waren, und schabte dann mit seinem gesenkten Kopf darüber. Es war der reine Wahnsinn!

»Auf dem Nachttisch liegen Kondome«, flüsterte ich atemlos, weil ich nicht mehr warten konnte, und er biss mir ein letztes Mal liebevoll in die Brust, bevor er sich von mir löste. Ich hörte ihn herum tasten, etwas knisterte, und dann wurde eine Verpackung aufgerissen.

Zum letzten Mal zuckte in meinen Hirnwindungen ein Rest von Moral auf, der zischte: *Du bist geschmacklos! Ge-*

schmacklos, hinterhältig und gemein! Aber dann schob sich Zentimeter um Zentimeter ein fabelhafter Schwanz in meine heißhungrige Möse, und ich war endgültig auf dem Trip ins Nirwana.

Wir trieben es horizontal, diagonal, vertikal, bäuchlings, rittlings und machten auch all die anderen schönen Sachen, die mir plötzlich wieder einfielen. Ich entdeckte Muskeln in meinem Körper, von denen ich schon gar nicht mehr wusste, dass es sie gibt, und holte alles auf, was bei den lauschigen Donnerstagen auf der Strecke geblieben war.

Schließlich konnte ich meinen Orgasmus nicht länger hinauszögern, und er kam mit einer Wucht, wie sie wohl höchstens die Atombombenzündung im Bikiniatoll gehabt haben mag – allerdings ging er weit über meine ganz persönliche Bikinizone hinaus!

Eine große Hand auf meinem Mund dämpfte meinen langgezogenen Schrei, und dann, nach einigen letzten tiefen Stößen, brach auch der zuckende Männerkörper erlöst über mir zusammen.

Wir hielten uns eng umschlungen, ich lauschte seinen schweren Atemzügen und befand mich in einem watteweichen Schwebezustand, als er sich schließlich behutsam aus mir zurückzog. Ich seufzte bedauernd, da streichelten sanfte Finger unerwartet wie tröstend meinen Bauch, bevor sie sich wieder entfernten, um das Kondom abzustreifen.

Es war nur eine kurze Geste gewesen, aber sie reichte völlig aus, um umgehend mein schlechtes Gewissen zu reaktivieren. Selbst solche intimen Details hatte Stefan seinem besten Freund erzählt, und wie dankten wir es ihm?!

Auf der Stelle war ich damit beschäftigt, mich wie der

letzte Dreck zu fühlen. Deshalb dauerte es einige Minuten, bis mir auffiel, dass ich allein war.

»Tom?«, rief ich halblaut. Es kam keine Antwort.

Na großartig, er hatte seinen Spaß gehabt, aber mit den Nachwehen durfte ich mich alleine herumschlagen. Wie konnte ich jemals wieder Stefan unter die Augen treten? Sollte ich ihm erzählen, was passiert war? Auf keinen Fall! Mich überlief es eiskalt: Was, wenn Tom nicht dichthielt? Nein, das würde er mir, uns allen, nicht antun …

Es würde auch nie wieder vorkommen!

Wenn ich es mir recht überlegte, konnte Stefan davon sogar nur profitieren. Künftig würden unsere Donnerstage anders aussehen als bisher. Und die Woche würde viele Donnerstage haben!

Obgleich ich mich mit derart vielversprechenden Gedanken in einen komaähnlichen Schlaf schummelte, war das Erwachen heute Morgen der reinste Katzenjammer.

Verdammt, ich hatte Stefan betrogen, das ließ sich mit nichts schönreden, auch wenn es noch so schön gewesen war. Und die Frage, welcher Teufel mich geritten hatte, stellte sich erst gar nicht, denn der Teufel hatte einen Namen. Er hieß Tom. Ausgerechnet!

Ich tastete im Bett herum, aber meine suchende Hand fasste ins Leere. Stefan schlief vermutlich noch immer friedlich auf dem Sofa.

In diesem Moment ertönte seine Stimme aus Richtung der Küche. Ich konnte nicht verstehen, was er sagte, hörte aber, wie Tom mit einem lauten Lachen darauf reagierte.

Natürlich, die Schulung! Die beiden waren schon auf

und guter Dinge. Mein nächtlicher Gast hatte offenbar die Klappe gehalten. Immerhin etwas!

Ich würde mich einfach tot stellen, bis sie gegangen waren, dann konnte ich wenigstens die Begegnung mit Tom vermeiden. Der Gedanke, heute Abend Stefan gegenübertreten zu müssen, war schon schlimm genug.

Leider musste ich jedoch so dringend aufs Klo, dass das mit dem Totstellen nicht lange klappte. Leise fluchend rollte ich mich vom Futon, schnappte mir meinen Bademantel und öffnete so geräuschlos wie möglich die Tür. Auf Zehenspitzen schlich ich ins Bad, wo ich im Zeitlupentempo von innen den Riegel vorschob. *Lieber Gott,* flehte ich still über mein Plätschern, *lass' sie mich nicht bemerken!*

Ich betätigte die Spülung so kurz ich nur konnte und lauschte einen Augenblick, bevor ich mich wieder auf den Flur wagte. Keine Gefahr. Die Jungs unterhielten sich angeregt, schienen mich also nicht gehört zu haben.

Fast war ich wieder an der Schlafzimmertür angelangt, als mir plötzlich eine ekelhaft muntere Stimme aus der Küche den Weg abschnitt:

»Judith, bist du schon wach?«

Verdammt, das war Tom, er hatte mich ertappt.

Ich hatte mir gewünscht, ich könnte mich in Luft auflösen, aber schon rief er:

»Komm doch zu uns, es ist noch Kaffee da!«

Mit Füßen, die sich anfühlten wie Bleigaloschen, schlurfte ich in die Küche. Durch die offene Balkontür schien die Morgensonne, daneben stand Tom, frisch geduscht und fertig angezogen, und strahlte mit ihr um die Wette. Irritiert, dass er so locker mit dieser Situation umgehen konnte, erwiderte ich düster seinen Blick, bekam aber kein Wort heraus. Er schon.

»Guten Morgen«, sagte er lässig. »Na, hast du gut geschlafen?« Dabei hob er vielsagend die linke Augenbraue und den dazugehörigen Mundwinkel.

Ob dieser Impertinenz blieb mir glatt die Spucke weg, doch ich wurde einer Antwort enthoben, weil Stefan vom Balkon aus nach mir rief.

»Hallo, Scha-hatz, kriege ich gar keinen Kuss?«

Ich schob mein nichtswürdiges Selbst an Tom vorbei, der mich komplizenhaft angrinste.

Mit wackligen Knien trat ich auf den Balkon hinaus, den Kopf gesenkt, weil ich es nicht fertig brachte, Stefan ins Gesicht zu sehen. Stattdessen fixierte ich seine Füße, ebenfalls bereits ausgehfertig in braven Lederschuhen, die halb unter dem kleinen Tisch verschwanden. Es roch nach Kaffee und frischen Brötchen, aber mir war nicht nach Frühstück zumute.

»Morgen, Süße«, wurde ich begrüßt. »O Mann, du siehst aber ganz schön fertig aus! Habe ich heute Nacht noch irgendwas verpasst?«

Sein Hosensaum geht auf, dachte ich, nur um etwas zu denken, das nicht *Miststück, Miststück, Miststück!* war.

»Morgen«, murmelte ich in den Kragen meines Bademantels.

»Nun guck' mich doch wenigstens mal an und gib mir einen Abschiedskuss!«, bat Stefan und stand auf. »Wir müssen nämlich los.«

Ich zwang mich, ihn anzusehen.

Ich STARRTE ihn an.

Sein Kopf war geschoren. Maximal 0,5 Millimeter lange

Stoppeln waren von der BWL-Studenten-Frisur übrig geblieben. Mein Kiefer klappte herunter wie bei einer Marionette, der man die Fäden gekappt hat, und Stefan trompetete:

»Überraschung!«

Dann fuhr er sich ein wenig unsicher mit der Hand über den nicht mehr vorhandenen Scheitel und fragte:

»Gefällt es dir?«

Ich starrte immer noch und nickte.

»J … ja, schon, sehr, aber …« Meine Stimme wollte mir nicht recht gehorchen. *Hatte ich etwa gar nicht … War ER das gewesen, heute Nacht?*

Tom kam hinter mir auf den Balkon.

»Stefan hat mir erzählt, dass du das so cool findest, und gestern, nachdem du ins Bett gegangen warst, haben wir dann eine kleine Friseursession eingelegt.« Er grinste immer noch wie ein Honigkuchenpferd, wobei er sich ganz offensichtlich an meiner Totalverwirrung weidete.

»Fühl' doch mal.« Stefan hielt mir seinen Kopf hin und lächelte verschmitzt. Ich streckte eine etwas zittrige Hand aus und strich mit dem Handteller darüber. Das leichte Kratzen der unzähligen Stoppeln ging mir durch Mark und Bein.

»Bis heute Abend«, Stefan gab mir ungeniert einen Kuss, einen richtig weichen, süßen, saftigen, sexy Zungenkuss.

Eigentlich hätte damit ja alles geklärt sein können, doch dann umarmte mich Tom.

»Mach's gut, Judith, bis zum nächsten Mal!«, raunte er leise und zwinkerte mir eindeutig sehr zweideutig zu …

Süchtig

Was würden Sie denken, wenn jemand, den Sie gut kennen, von einem Tag auf den anderen nicht mehr richtig schlafen, essen oder arbeiten kann, ständig geistig absent zu sein scheint und obendrein immer dünner wird, bis er bemerkenswerte Ähnlichkeit mit einem Angelhaken aufweist?

»Der ist verliebt!«, würden Sie scharfsinnig kombinieren, sofern Sie einigermaßen romantisch sind.

Einer sachlich veranlagten Natur hingegen läge wohl eher der Verdacht nahe, die betreffende Person sei rettungslos der Drogensucht verfallen …

Und ich sage Ihnen, im Fall meiner Freundin Lila trifft eindeutig beides zu. *Cupido meets Hormonrausch,* wäre der Aphorismus, der mir dazu einfällt.

Sollten Sie jetzt allerdings spontan ein bisschen neidisch auf Lila sein, weil Sie gern selbst mal wieder auf dieser Art von Trip wären, mit liebestollen Hummeln im Hintern und Schmetterlingen im Bauch: Vergessen Sie's! Ich kann mir nicht vorstellen, dass Sie mit ihr tauschen wollten. Genauso wenig wie ich, übrigens, obwohl ich mich heute sogar als Kupplerin verdinge, um Lilas Liebesentzugserscheinungen zu lindern.

Die ganze Sache hat nämlich einen Haken: Das Herz meiner Freundin ist eigentlich schon längst vergeben.

Sie hat ihren Mann, dessen Name hier unerwähnt bleiben soll, aus Liebe geheiratet, und die beiden sind ein Herz und eine Seele. Oder besser gesagt, sie waren es.

Von dieser unübersehbaren Harmonie habe selbst ich mich einlullen lassen. Ich dachte allen Ernstes, Lila und ihr Mann seien *das* leuchtende Vorbild, dieser wahr gewordene Traum, den wir anderen – beziehungsgeschädigt und desillusioniert – irgendwann als schwärmerische Schöpfung rosenbekränzter Kitschromanautoren erkannt zu haben glaubten. Von wegen! Neulich wurde ich nämlich endgültig mit der harten Realität konfrontiert: dass es die perfekte Idylle eben doch nicht gibt.

Lila saß bei mir zu einem lauschigen Mädchenabend, in der einen Hand ein Glas Gin Tonic, in der anderen eine Zigarette. Wir sprachen gerade über meinen in erotischer Hinsicht überaus trägen Exfreund, als ich Lila, immer noch kichernd, nach der Dauer ihrer längsten sexlosen Phase befragte.

Ihre Stirn legte sich in ernsthafte Falten, sie dachte nach.

»Also, komplett ohne irgendwas … zwei Jahre«, rechnete sie mir vor. »Aber wenn man die Zeit mit einem oder zwei verunglückten Versuchen pro dreihundertfünfundsechzig Tagen dazuzählt … mindestens sechs Jahre.«

»Wow!«, rief ich. »Das muss ja der Horror gewesen sein. Wie hast du denn das überlebt?«

Da wurden ihre Augen plötzlich ganz dunkel.

»Es ist ja nicht vorbei«, stieß sie nach einer kurzen Pause gequält hervor. »Ich spreche vom Jetzt! So sieht mein Leben aus.«

Sie können sich vorstellen, dass ich dasaß wie vom Blitz getroffen. Lila und ihr Mann waren doch das perfekte Paar! So ekelhaft attraktiv, interessant und lebensbejahend, dass manche Menschen neidisch das Weite suchten, wenn die beiden auftauchten. *Die sind immer so glücklich*, ist ein Satz, den ich in diesem Zusammenhang nicht nur einmal gehört habe – und das alles sollte auf einer Beziehung basieren, in der körperliche Askese angesagt war?

Fassungslos fragte ich nach dem Warum, denn als ihre Freundin weiß ich natürlich, dass Lila Sex liebt. Ganz davon abgesehen, dass sie eine Frau ist, bei der vermutlich kaum ein Mann auf Erden nein sagen würde.

»Es ist nichts Organisches«, erklärte sie mit flacher Stimme, »eher eine total verfahrene Psychokiste.« Sie klang so unbeteiligt, als rede sie über jemand anderes, aber ihre Augen sprachen Bände.

Die Details erspare ich Ihnen, auch aus Respekt vor der Privatsphäre des Unglücksraben, den Lila da geehelicht hat, aber glauben Sie mir, als sie mir die Geschichte erzählte, hätte ich fast angefangen zu heulen vor lauter Unglauben und weiblicher Solidarität. Der Junge hat einen echten Knacks weg!

Mit meiner harmlosen Frage nach Lilas längster Durststrecke hatte ich ihre sorgfältig errichtete Fassade niedergemäht. Es war nicht so, dass sie plötzlich darüber reden *wollte*, nein, sie konnte einfach nicht mehr anders, und obwohl meine Freundin normalerweise der Sonnenschein in Person ist, sah sie jetzt einfach nur herzergreifend unglücklich aus. Es erschien mir unfassbar, dass sie sich nie vorher bei mir ausgeheult hatte.

»Weshalb hast du ihn dann überhaupt geheiratet?«, erkundigte ich mich hilflos, denn dieses rauschende Fest lag bei weitem noch keine sechs Jahre zurück. Doch ihre Antwort kannte ich bereits.

»Ich liebe ihn«, sagte sie schlicht, »Und zu einer dauerhaften Beziehung gehört schließlich mehr als Sex.«

»Sicher«, gab ich zu, »aber so ganz ohne … Das kann es ja wohl auch nicht sein.«

Sie zog heftig an ihrer Zigarette.

»Ich dachte, er würde es in den Griff kriegen, und war die ganzen Jahre bereit, ihm zu helfen. Ich habe alles versucht, wirklich *alles!* Aber er unternimmt überhaupt nichts und vertröstet mich immer wieder. Ich weiß nicht, was ich machen soll. Ich kann einfach nicht mehr!«

Kein Wunder! Vor allem, weil Lila diesen unnatürlichen – und, wenn Sie mich fragen, *ungesunden!* – Zustand die ganze Zeit über erduldet hat, ohne auch nur mit einem anderen zu knutschen! Sie war keuscher als eine Jungfrau, während sie zusehen musste, wie ihren Trieben regelrecht der Saft abgedreht wurde.

»Und dein Mann war nicht mal großzügig genug, dir einen diskreten Lover vorzuschlagen, um deine Bedürfnisse zu erfüllen?«, hakte ich entrüstet nach, worauf sie müde den Kopf schüttelte.

»Aber so kannst du doch nicht weiterleben«, ereiferte ich mich, und sie sah mich mit einem Blick an, der echte Seelenqual offenbarte.

»Morgen«, sagte sie leise. »Vielleicht passiert es schon morgen.«

Und dann erzählte sie mir zum ersten Mal von Rasmus.

Sie hatte ihn schon lange gewollt, ohne es sich wirklich einzugestehen, aber irgendwann war sie außerstande, an etwas anderes zu denken, wenn sie ihn sah. Zugegebenermaßen geschah dies selten und meist zufällig, denn Rasmus, der eigensinnige »Outlaw«, schien allzu häufige Sozialkontakte zu vermeiden. Er gab sich beschäftigt, und seine zur Schau getragene Menschenscheu umgab ihn wie ein schwarzer Vorhang. »Zutritt verboten«, signalisierte der.

Lila allerdings schickte, gleich als sie sich kennen lernten, den breiten Sonnenstrahl ihres Lächelns durch einen schmalen Spalt in diesem Vorhang, und ihrer lebhaften Persönlichkeit hatte sich selbst Rasmus nicht widersetzen können. Schnell entstand eine Freundschaft zwischen diesen beiden grundverschiedenen Menschen, die jedoch mehr durch ihre Intensität, als durch gemeinsam verbrachte Zeit am Leben erhalten wurde.

Dann kamen die Fantasien, die sich Lilas Kontrolle entzogen, und sie spürte, wie ihre in Agonie gezwungene Sinnlichkeit eine wundersame Auferweckung erfuhr.

Immer öfter dachte sie an Rasmus, wenn sie sich berührte, daran, wie sie es hemmungslos miteinander trieben, und in diesen fiebrigen Momenten wurde er endgültig zu dem Mann, den sie begehrte. Traf sie ihn, ließ sie sich jedoch nie etwas anmerken, denn mehr, als von ihm zu träumen, stand ihr schließlich nicht zu.

Vielleicht war es da bereits zu spät. In Lilas Ohren klang Rasmus' tiefe, männliche Stimme immer mehr wie ein sanftes Streicheln, und sie stellte sich vor, dass er eine Frau einfach ins Bett *reden* konnte. Beim Anblick seiner außergewöhnlich schönen, großen, rauen Hände wollte sie nichts anderes, als von ihm berührt zu werden, und sein muskulöser, tätowierter Körper, die Geschichten, die seine zahlreichen Narben erzählten, ließen ihre Knie weich werden. Er sah aus wie der Typ Mann, vor dem Mütter ihre Töchter warnen, aber sie fand ihn unbeschreiblich attraktiv.

Was dich nicht tötet, macht dich hart, lautete einer von Rasmus' Lieblingssätzen, doch wann immer Lila mit ihm sprach – jedes Mal, wenn er den dunklen Vorhang ein Stück für sie beiseite schob –, fühlte sie, dass da neben seinem betont männlichen Gebaren und einem seltsamen, tief sitzenden Zorn noch etwas anderes war. Sensibilität, Zärtlichkeit, Melancholie. Eine widersprüchliche Mischung, die Rasmus noch anziehender für sie machte.

In dem Maß, in dem ihre Libido aus dem Dornröschenschlaf erwachte, wurde sich Lila allerdings auch einer gewaltigen verdrängten Wut auf ihren Mann bewusst. Wenn er sie wirklich liebte, wie konnte er von ihr verlangen, *so* zu leben? Es war, als hätte er seine Beine verloren und erwarte nun von *ihr*, nie mehr zu laufen!

Einige schlaflose Nächte später beschloss sie endlich trotzig, sich einen Seitensprung zu erlauben – für den natürlich niemand anderes in Frage kam als Rasmus. Er schien die perfekte Wahl zu sein. Nicht nur, weil sie ihn begehrte, sie wusste auch, dass sie auf seine absolute Verschwiegenheit zählen konnte.

Den endgültigen Ausschlag gab allerdings Lilas Gewissheit, dass sie niemals, *niemals* Gefahr laufen würde, sich in einen Mann wie ihn zu verlieben!

Sie war sich nur nicht sicher, ob Rasmus sie überhaupt wollte …

Und so saß Lila nun also vor mir, sprach zu schnell, trank zu viel und rauchte Kette, als sie mir berichtete, sich am nächsten Tag mit Rasmus verabredet zu haben. Sie wollte mit ihm schlafen.

»Nur dieses eine Mal«, verkündete meine Freundin mit hungrigem Blick. »Ich muss spüren, dass ich noch lebe!«

Ich dachte mir meinen Teil und erwiderte nur:

»Nimm es wie es kommt. – Du hast es verdient.«

Ein freudloses kleines Lächeln kräuselte ihren rechten Mundwinkel, als sie erklärte:

»Weißt du, ich werde es hassen zu lügen, aber viel mehr Angst macht mir, dass … ich wohl nicht mal ein schlechtes Gewissen haben werde.«

»Das liegt vermutlich daran, dass du deinem Mann nichts wegnimmst, was er haben wollte.« Ehrlich gesagt fragte ich mich eher, ob sie nicht vielleicht einem verkappten Schwulen das Jawort gegeben hatte, aber das zu erwähnen sparte ich mir.

Als Lila ging, zwang ich sie, mich gleich nach ihrer Verabredung mit Rasmus anzurufen und Bericht zu erstatten. Zu diesem Zeitpunkt ahnten wir beide nicht, dass am nächsten Tag Pandoras Büchse geöffnet werden würde …

Der erste Kuss war wie ein scheues Hineinsinken, ein Nichtglauben-können. Tastend, suchend, zitternd.

Dann das Gefühl, nach Hause zu kommen.

Lila und Rasmus. Rasmus und Lila.

Ihre Hand lag warm auf seiner Brust, sie fühlte sein Herz schlagen, und er streichelte staunend ihre weiche Haut. Wieder berührten sich ihre Lippen. Ihre Zungen. Mutiger jetzt, leidenschaftlicher.

Aber es hatte Lila Stunden gekostet, den ersten Schritt zu tun. Sie hatten auf seinem Sofa gesessen, und er war ihr keinen Millimeter entgegengekommen, obwohl immer deutlicher wurde, dass sie ihm ganz und gar nicht gleichgültig war. Schließlich hatte Lila alles auf eine Karte gesetzt.

»Ich würde so gern wissen, wie es sich anfühlt, dich zu küssen«, flüsterte sie, nachdem sie all ihren Mut zusammengekratzt hatte.

Er stellte irgendetwas Fahriges mit seinen Händen an.

»Lila, du machst mir Angst«, sagte er.

Dann küssten sie sich, und es fühlte sich an wie die natürlichste Sache der Welt. Auch jetzt war da kein schlechtes Gewissen, nur Freude. Sie musste ihn immerzu ansehen.

»So wie du gerade lächelst, das habe ich noch nie an dir gesehen«, murmelte Rasmus. »Das werde ich nie mehr vergessen!«

Sie hielten sich in den Armen, ließen sich Zeit. Ihre Finger wanderten, erforschten, und zwischen den Küssen redeten sie. Lila gestand ihm, wie lange sie ihn schon begehrte, und ein ganz unmögliches Glücksgefühl machte sie schwindlig, als Rasmus ihr offenbarte, dass es ihm genauso gegangen, dass seine Zurückhaltung purer Selbstschutz gewesen sei.

»Du hast mir auf den ersten Blick den Kopf verdreht«, bekannte er. »Von da an war ich nur noch damit beschäftigt, dir zu widerstehen.«

Lila sah ihn ungläubig an.

»Auch wenn mir das wahrscheinlich niemand glauben würde«, sprach er weiter, »war mir schließlich die ganze Zeit bewusst, dass du verheiratet bist.«

»Ich hatte keine Ahnung!« Sie konnte es nicht fassen.

Rasmus legte seine Wange an ihre.

»Das war auch verdammt hart«, gab er zu.

»Und jetzt?«, fragte Lila.

Er sah sie an.

»Wie sollte ich weiter den Moralapostel spielen, wo ich weiß, was bei euch zu Hause läuft – oder besser gesagt, nicht läuft. Und wie es dir dabei geht.«

Im Laufe des Abends hatte Lila es ihm erzählt. In der dritten Person, weil es dann weniger wehtat.

Sie war nicht so ausführlich gewesen wie bei ihrer Freundin, aber dennoch eindringlich genug, dass er später nicht glauben würde, Untreue sei für sie an der Tagesordnung. Auch sollte er ihren Mann nicht für einen Trottel halten, dem von seiner Frau leichtfertig Hörner aufgesetzt wurden.

Sacht fanden sich ihre Lippen, und Rasmus' Hände suchten den Weg unter ihr Shirt, legten sich sanft um ihre Brüste, liebkosten die Warzen, die sich ihm entgegenstreckten.

Lila musste an all die Male denken, die sie mit unruhigen Händen im Schoß sein Bild heraufbeschworen hatte.

»Hast du manchmal an mich gedacht, wenn du ... allein warst?«, erkundigte sie sich leise, und er lachte zärtlich.

»Mehr als einmal«, gab er zu, »wenn ich ehrlich bin, auch mehr als fünfmal.«

Bei dieser Vorstellung überlief es Lila heiß, und als sie sich erneut küssten, erkannte sie plötzlich, dass die Realität all ihre Fantasien übertreffen würde.

»Lass uns ins Bett gehen«, raunte Rasmus. Er stand vom Sofa auf, zog sie mit sich.

Lila schmiegte sich an ihn.

»Hast du ...?«, fragte sie leise, unfähig, diesen einfachen Satz zu Ende zu bringen, weil er nicht im Mindesten zu ihren Gefühlen passte.

Aber Rasmus verstand sie auch so. Er kramte in seiner Tasche und zog ein paar Kondome heraus.

»Ja, hab ich«, beruhigte er sie.

Hand in Hand gingen sie ins Schlafzimmer, sanken eng umschlungen aufs Bett.

»Nein, warte«, sagte er, »mit dir will ich Kerzen!«

Er verschwand im Nebenzimmer.

Spätestens jetzt müsste sich doch eigentlich mein Verstand einschalten und alles kaputt machen, dachte Lila, aber nichts dergleichen passierte. Es war richtig und gut, dass sie hier war. Bei ihm.

Rasmus kam mit einer Packung Teelichter zurück, die sie gemeinsam in Raum verteilten und geradezu feierlich entzündeten. Es schien, als habe die ganze Welt sich auf sie beide reduziert, einen Kokon aus Unschuld um sie gewoben, und als sie sich jetzt berührten, fing Lila an zu zittern. Es war kein Traum, es geschah wirklich! In jenem Augenblick erkannte sie, dass dieses beglückte »Endlich!« in ihrem Kopf gar nicht dem Sex galt, sondern Rasmus.

Immer noch sah sie ihn an, lächelte dieses kleine entrückte Lächeln.

»Du bist so wunderschön«, flüsterte er und zeichnete vorsichtig die Konturen ihres Gesichts nach.

Sie zogen sich gegenseitig aus, bewundernd, fast andächtig erkundeten sie ihre Körper. Haut an Haut, mit Fingern, Lippen, Zungen.

Darauf war Lila nicht vorbereitet gewesen. Triebgesteuerte Leidenschaft, animalische Lust, damit hatte sie gerechnet, aber nicht mit diesem berauschenden Glühen in ihrem Inneren, dieser tiefen, sehnsüchtigen Erregung, die von ihrem ganzen Körper Besitz nahm.

Als Rasmus schließlich in sie eindrang, war es, als füge er sich wie das einzig passende Puzzleteilchen in ihren Körper ein, um nahtlos mit ihr zu verschmelzen. Langsam fingen sie an, sich zu bewegen, hielten sich ganz fest und sahen sich unentwegt in die Augen.

»Das ist so unglaublich schön mit dir!« Rasmus' Stimme war so zärtlich wie seine Hände.

»Du bist wunderbar ...«, flüsterte Lila.

Sie vögelten nicht, sie machten Liebe.

Lange. Immer wieder.

Es mochte falsch sein, was sie taten – aber warum fühlte es sich dann so verdammt richtig an?

»Wenn ich so was lesen würde, fände ich es entsetzlich schnulzig!«, seufzte Lila, wieder bewaffnet mit Gin Tonic und Zigaretten, bei unserem nächsten Gespräch. »Ich war echt im Himmel!« Sie lachte verlegen, überlegte wohl, ob sie mir die volle Dosis Kitsch zumuten durfte. Aber sie konnte sich ohnehin nicht bremsen.

»Rasmus ist einfach unglaublich! So sinnlich, gefühlvoll und leidenschaftlich, wie ich es noch bei keinem anderen Mann erlebt habe.« Ihre geröteten Wangen verrieten mir, welche Art Erinnerungen ihr Gehirn gerade freigab. »Und anstatt nur zielstrebig auf seinen Orgasmus hinzurammeln, ist er einer, der alles am Sex genießt. Außerdem ist ihm total wichtig, wie es mir dabei geht, und ... ach! Es war einfach ...« Sie verstummte. Als sie mich ansah, leuchtete ihr Gesicht wie Sonne, Mond und Sterne auf einmal, und ich gebe zu, das war der Moment, wo *ich* ein klitzeklein wenig neidisch wurde.

Meine nächste Frage lag auf der Hand.

»Bist du verliebt?«, wollte ich wissen.

Lila stieß einen kellertiefen Seufzer aus.

»Ja.«

Der unfeine Kraftausdruck, den sie diesem Bekenntnis folgen ließ, machte deutlich, wie wenig willkommen ihr dieser arglistige Winkelzug des Schicksals war, und prompt sah sie wieder aus wie ein Häufchen Elend.

Früher, vor ihrer Ehe, war sie doch auch durch das eine oder andere Bettchen gehüpft, ohne dabei gleich Herz und Verstand zu verlieren. Rasmus, das hatte doch nichts weiter als ein guter Fick sein sollen! Womöglich sogar der Kickstarter, der ihr genug Drive zu einer kleinen Spritztour im heimischen Ehebett hätte geben können. Rein verführungstechnisch, versteht sich. Tja, blöd gelaufen …

»Es ist nur der Sex!«, versuchte ich sie zu beruhigen. »Nach sechs Jahren *ohne* ist es kein Wunder, wenn du jetzt wegen Rasmus komplett von der Rolle bist.«

»Nein!«, begehrte sie auf. »Es ist viel mehr als Sex, das ist ja das Problem! Wir haben diese unglaubliche Verbindung. Seelisch … geistig … nenn es, wie du willst. Da gibt es keine Schranken, keine Geheimnisse! Unsere Gespräche erreichen eine Tiefe wie ich es mit keinem Mann je erlebt habe.« Sie holte Luft. »Und zu allem Übel können wir auch noch zusammen lachen!«

O weh, das hörte sich nicht gut an! Da hatte sie sich wirklich in eine beschissene Lage hineinmanövriert. Ich hätte nicht in ihren Stiefeln stecken wollen – obwohl die von Miu Miu waren.

»Hat dein Mann was gemerkt?«, erkundigte ich mich besorgt.

»Ich denke nicht«, antwortete Lila und zwirbelte nervös

in ihrem langen Haar herum, als wolle sie sich mal eben Dreadlocks verpassen. »Der lebt doch sowieso mit dem Kopf in den Wolken. Bloß habe ich keine Ahnung, wie ich jetzt mit dieser ganzen Situation umgehen soll.«

»Mach' keinen Blödsinn!«, warnte ich sie. »Triff keine voreiligen Entscheidungen. Dein Körper schüttet gerade 'ne Menge Hormone aus, du bist quasi voll auf Droge. Absolut nicht zurechnungsfähig.«

»Ja, ich weiß«, erwiderte sie kläglich. »Und was für eine gemeinsame Zukunft sollten Rasmus und ich auch haben?« Diese Frage stellte sie wohl mehr sich selbst, bevor sie hinzufügte: »Unsere Gemeinsamkeiten sind ganz bestimmt nicht alltagstauglich.«

Ich nickte bekräftigend und ließ sie wissen, dass ich mir Rasmus nicht wirklich als Dauerbrenner an ihrer Seite vorstellen konnte – auch wenn sie das bestimmt nicht hören wollte.

»Ich blöde Kuh!« Sie schlug mit der Faust so heftig auf den Tisch, dass der Gin Tonic in den Gläsern überschwappte. »Ich hätte es kommen sehen müssen. Schließlich war schon unsere Freundschaft von Anfang an was Besonderes!«

»Dann hat sich das wohl erledigt, von wegen *nur einmal*?«, erkundigte ich mich überflüssigerweise.

Lila nickte still.

Nein, es blieb nicht bei dem einen Mal, und obwohl die Möglichkeiten, sich gemeinsame Zeit zu stehlen, rar waren, verliebten Rasmus und Lila sich immer mehr ineinander.

Lila war klar, dass sie den Kontakt zu ihm hätte abbrechen müssen, aber sie konnte es nicht. Sie hatte das Gefühl, haltlos einen steilen Abhang hinabzurutschen, immer weiter hinein in viel zu tiefe Gefühle.

Gab es überhaupt zwei Menschen, zwei Welten, die unterschiedlicher waren als Lila und Rasmus?

Oberflächlich betrachtet verband sie nichts, und doch entdeckten sie mehr und mehr verborgene Gemeinsamkeiten, je intensiver sie sich aufeinander einließen. Ihnen gefiel die Vorstellung, zwei Seiten der selben Medaille zu sein, zusammengehörig, untrennbar verbunden. Wie plus und minus, Tag und Nacht, Ebbe und Flut …

Wenn er sie berührte, küsste, wenn sein Körper sich über ihren schob und sein Schwanz in ihr pulsierte, dann gehörte sie ihm ganz, verlor sich in seiner Stimme, die sie mit sehnsüchtigen Worten liebkoste. Sie sog seinen Duft in sich auf, badete in seinem Schweiß, klammerte sich verzweifelt an ihn, als wolle sie ihn nie mehr loslassen.

Eines Tages kamen ihr danach die Tränen. Rasmus war noch tief in ihr und hob den Kopf, suchte ihren Blick.

»Warum weinst du denn jetzt?«, fragte er leise. Er klang ein wenig unsicher.

»Ich weiß nicht«, Lila tat einen zitternden Atemzug und lächelte zaghaft, »ich hab' so was noch nie erlebt. Mit dir ist alles so …« Sie konnte nicht weitersprechen. Wie hätte sie ihm erklären sollen, was sie selbst nicht verstand?

»Oh Lila«, Rasmus nahm ihr Gesicht in beide Hände, »ich liebe und begehre dich so sehr!«

Ihre Lippen pressten sich auf seine. *Ich liebe dich auch!*, schrie es in ihr, aber sie konnte die Worte nicht aussprechen. Es war zu früh – und außerdem konnte, durfte es keine Liebe sein!

»Mittlerweile siehst du echt aus wie ein Junkie«, begrüßte ich Lila, als wir uns endlich mal wieder in unserem Stammcafé trafen. Schlafstörungen, mangelnder Appetit und eine beachtliche Anzahl an Glimmstängeln hatten aus meiner Freundin ein blasses, schmales, hohlwangiges Etwas gemacht, das vermutlich keiner Bö ab Windstärke drei mehr standgehalten hätte.

»Deine Drogentheorie ist gar nicht so verkehrt«, stöhnte sie, nachdem sie sich einen frisch gepressten Orangensaft bestellt hatte, »und gerade bin ich leider voll auf Entzug.«

Es stellte sich heraus, dass Lila und Rasmus größte Schwierigkeiten hatten, sich heimlich zu treffen, weil seinem Mitbewohner der Job gekündigt worden war, und er deshalb ständig zu Hause rumhing. Ein untragbares Sicherheitsrisiko!

Ehrlich gesagt begann ich langsam ohnehin, mir Sorgen zu machen. Klar freute ich mich für Lila, dass sie endlich wieder Sex hatte und all das, aber es war unübersehbar, dass diese Geschichte sie auffraß.

»Im Augenblick ist es mehr die Sehnsucht.« Sie senkte die Stimme, als der Kellner das Saftglas vor ihr abstellte. »Die ganze Zeit laufe ich wie unter Wasser. Ich werde noch verrückt, wenn ich nicht bald wieder mit Rasmus allein sein kann.«

»Wie lange willst du eigentlich noch so weitermachen?«, fragte ich ernst, und mein Blick fiel auf ihren Ehering, der lustig in der Abendsonne funkelte.

»Keine Ahnung!« Sie zuckte mit den Schultern, drehte abwesend den Ring hin und her. »Was soll ich denn tun? Es erscheint mir unvorstellbar, mich von meinem Mann zu trennen, obwohl ich manchmal denke, dass mir gar nichts anderes übrig bleibt. Aber wenn ich es täte, überleg mal, welchem Druck das meine Beziehung zu Rasmus aussetzen würde.«

Klar, was hätte dieser personifizierte Schwiegermutterschreck Lila schon zu bieten, sollte sie ihr gesichertes Leben, ihr *Bis-dass-der-Tod-euch-scheide* für ihn über Bord werfen. In ihren Augen konnte ich lesen, was es war, nur – wie lange würde das ausreichen?

»Mach keinen Fehler«, bat ich sie eindringlich, »Vergiss nicht, du bist noch voll …«

»… auf Droge!«, unterbrach sie mich unwirsch. »Ja, ich weiß.«

Das Ende vom Lied war, dass ich ihr anbot, Rasmus beim nächsten Mal in meiner Wohnung zu treffen. Ihn permanent zu vermissen, würde ihr nämlich ganz bestimmt nicht dabei helfen, einen klaren Kopf zu kriegen.

So schreiben wir nun also den Tag, an dem eine fragwürdige Kupplerkarriere ihren Lauf nimmt: Ich verwandle meine eigenen vier Wände in ein Stundenhotel.

Lila kommt zu früh. Sie kann keine Sekunde stillsitzen, sondern tigert hypernervös auf und ab, als wolle sie eine Schneise in mein Parkett schlagen, ist aufgeregt wie ein vierzehnjähriges Mädel vor einem Star-Treff mit Robbie Williams und bedankt sich immer wieder dafür, dass ich ihr und Rasmus ein Liebesnest zur Verfügung stelle.

Mein trockener Kommentar, auf diese Weise bekäme mein Schlafzimmer wenigstens auch mal wieder was zu sehen, bringt sie aber wenigstens zum Lachen.

Dann taucht Rasmus auf, und ich ziehe mich dezent zurück, natürlich nicht, ohne durch den Türspalt zu linsen.

Sekunden später schäme ich mich schon für meine schamlose Neugier, denn mit anzusehen, wie sie sich in die Arme fallen, als sei einer von beiden gerade einer dreimonatigen Geiselhaft entronnen, verklärt sogar meine nüchterne Sicht der Dinge.

Das glückliche Paar verschwindet im Schlafzimmer, und ich mache mir Musik an: höchste Zeit für ein bisschen unsentimentalen Drum 'n Base!

Lange geht das allerdings nicht gut, weil die Wände meiner Wohnung für solche Freundschaftsdienste eindeutig zu dünn sind. Deutlich höre ich, wie die gedämpfte Unterhaltung der zwei von leidenschaftlichen Seufzern abgelöst wird.

Es liegt wirklich nicht in meiner Absicht, zu lauschen, aber trotzdem bekomme ich fast jedes der verliebten Worte mit, die Rasmus seiner Lila wer weiß wohin flüstert.

Jetzt beginnen auch noch die Sprungfedern meines alten Messingbettes vielsagend zu quietschen. Ergeben drehe ich die Musik lauter, es ist ohnehin mein Lieblingssong, und versuche, die Zeitung von gestern zu lesen. Leider schieben sich jedoch anstelle der Buchstaben immer wieder Lilas lange Beine vor meine Augen, wie sie sich begehrlich um Rasmus wickeln. Oder ich sehe dessen tätowierte Arme, die meine leichtgewichtige Freundin im Eifer des Gefechts vermutlich ohne weiteres zerquetschen könnten. O Mann, auf meiner Matratze wird soeben die erotische Neuinszenierung von *Die Schöne und das Biest* gegeben!

Der Song legt eine Pause ein, kein Drum, kein Base, kein Nichts, und ausgerechnet in diesem Moment ertönt Rasmus' Stimme:

»Lila«, raunt er verliebt, »Lila, Lila!«

Und sie, aufgewühlt:

»Rasmus … bist du es wirklich?!«

Großer Gott, das ist ja noch ernster, als die schmachtenden Erzählungen meiner Freundin haben vermuten lassen.

Auf einmal begreife ich, was sie meint – zwischen den beiden läuft mehr als Sex. Eindeutig!

Mir wird bewusst, dass dieses liebestrunkene Live-Hörspiel meinem pragmatischen Verstand eine Schlagseite versetzt, die ich nicht gebrauchen kann, wenn ich Lila weiterhin objektiv zur Seite stehen will. Deshalb beschließe ich, einen ausgedehnten Spaziergang zu machen.

Während ich eilig meinen Mantel überwerfe, erwische ich mich bei der Überlegung, dass es die »perfekte Idylle« vielleicht doch geben könnte. Was, wenn sie in Wirklichkeit einfach nur anders aussieht als in den Märchenbüchern, von denen wir allesamt schon als Knirpse mit diesem utopischen »… und wenn sie nicht gestorben sind …« kontaminiert wurden?!

Ziemlich fluchtartig verlasse ich die Wohnung, den Kopf voll von imaginären Bildern und realen Geräuschen aus meinem Schlafzimmer.

Als ich zurückkomme, sitzt Lila in meinem Lieblingssessel. Sie hat die Knie an die Brust gezogen und wiegt sich abwesend hin und her.

Wie eine Süchtige, die ihren Fix verpasst bekommen hat!

Sie ist allein.

»Hey!«, begrüße ich sie. »Warum bist du noch hier?« Sie sieht mich aus geweiteten Pupillen an, ihre glänzenden Augen wirken wie schwarzes Glas.

Irgendwas stimmt nicht.

»Mein Mann war hier.«

Scheiße!

»Was hatte *der* den hier zu suchen?«, frage ich entgeistert, und Lila stößt ein bitteres Lachen aus.

»Er wollte spontan eine Überraschungsparty zu meinem Geburtstag mit dir planen!« Sie zündet sich eine Zigarette an, obwohl im randvollen Aschenbecher bereits eine vor sich hin qualmt.

»Er hat geklingelt, und als niemand aufmachte, war er eigentlich schon wieder auf dem Weg zum Auto. Da hat er Rasmus' Wagen entdeckt. Hinter meinem.«

»Ach«, versuche ich abzuwiegeln, »da fällt uns schon eine Ausrede ein! Wir drei hätten ja auch zusammen unterwegs sein können.«

Lila schüttelt den Kopf.

»Er hat uns gesehen. Und gehört! Er ist durch den Garten geschlichen, um die hinteren Fenster zu checken. Rasmus und ich waren gerade mittendrin und haben uns dabei auch noch versichert, wie *unbeschreiblich, wahnsinnig, einzigartig* unsere Gefühle füreinander sind. – Das perfekte Timing!« Ihre Stimme bricht, sie fummelt wieder nervös in ihren Haaren herum. »Es war schrecklich!«

Ich lasse mich ihr gegenüber in den Sessel fallen. Wenn ich noch rauchen würde, wäre jetzt der Moment, mir eine Kippe anzuzünden.

»Erzähl weiter«, dränge ich Lila.

»Ich glaube, er ist vor Schreck mit der Stirn gegen das Fenster geknallt, sonst hätten wir ihn überhaupt nicht bemerkt. O mein Gott, sein Gesichtsausdruck … Es war schrecklich!«, wiederholt sie.

Das kann ich mir lebhaft vorstellen. Für Lilas Mann muss

das der freie Fall aus seinem Wolkenkuckucksnest gewesen sein.

»Und dann?«, erkundige ich mich ungeduldig.

»Ich bin zur Wohnungstür gelaufen. Er stand schon davor und hämmerte wie wild dagegen, deshalb ist Rasmus hinter mir her gekommen.«

»Sag' nicht, sie haben sich geprügelt?!«, rufe ich schockiert und suche den Boden nach Blutflecken ab.

»Bist du verrückt?« Lila schüttelt entsetzt den Kopf. »Nein, mein Mann hätte doch keine Ahnung, wie das geht. Außerdem stand er ziemlich unter Schock. Hat nicht viele Worte gemacht und wollte mir auch gar nicht zuhören.«

»Hat er dich rausgeschmissen?«

»Nicht ganz.« Sie fixiert irgendetwas hinter meinem Kopf, ohne es wirklich wahrzunehmen. Wieder fällt mir auf, wie seltsam ihre Augen aussehen. Leblose Puppenaugen.

»Er hat gesagt, dass er mich über alles liebt, dass er mich nicht verlieren will, und sich einen Therapeuten suchen wird«, ihre Stimme zittert, »aber … er verlangt eine klare Entscheidung von mir. Heute noch.«

»Scheiße!« Diesmal sage ich es laut. »Und was jetzt?«

Hilflos zuckt sie mit den Schultern.

Lange Zeit sitzen wir einfach nur stumm da. Lila stiert vor sich hin und hat ihr autistisch anmutendes Geschaukel wieder aufgenommen, während ich mich bemühe, meine gewohnte Sachlichkeit zu reaktivieren.

Was soll ich ihr raten? Eine freundschaftliche Ehe ohne echte Leidenschaft, lebenslänglich. Oder wilde Verliebtheit, Jahrhundertsex und eine mehr als unsichere Zukunft?

Nein, da muss sie allein durch. Jedes Wort von mir könnte zum Bumerang werden.

Lila hat sich im Sessel aufgesetzt. Alarmiert beobachte ich, wie sie entschlossen ihren Ehering abstreift und auf meinen IKEA-Couchtisch legt.

»Was machst du?«, frage ich schrill. Ich habe einfach keinen Hang zum Drama.

Sie knotet das schmale Lederarmband auf, das Rasmus ihr kürzlich geschenkt hat, damit sie etwas von ihm ständig am Körper tragen kann, und legt es neben dem Ring zurecht, als dekoriere sie einen Altar.

»Ich habe solche Angst, die falsche Entscheidung zu treffen …«, hektisch wühlt sie in ihrer Handtasche, »…da kann ich genauso gut eine Münze werfen.«

Sie kichert. Es klingt, als würde sie gleich weinen.

Tatsächlich hat Lila einen Euro ausgegraben und fuchtelt damit unter meiner Nase herum.

»Kopf, Rasmus«, bestimmt sie, »Zahl, meine Ehe!«

Ungläubig starre ich meine Freundin an. Jetzt ist sie endgültig durchgeknallt.

»Du bist ja verrückt!« Ich schnappe nach Luft, als sie das Geldstück hoch in die Luft wirft.

Ihre Hand schießt vor und schlägt die trudelnde Münze flach auf den Tisch, genau zwischen Rasmus' Armband und ihrem Ehering.

Meine Damen und Herren, die Entscheidung ist gefallen, Wetten werden noch angenommen!

Goldener Schuss oder *kalter Entzug* …

Worauf setzen Sie?

Schulmädchenreport

»Es ist bereits sieben Minuten nach vier! Sie kommen zu spät, Katharina.«

Der Mann streicht sich über die grauen Schläfen, in seiner wohlmodulierten Pädagogenstimme schwingt scharfer Tadel mit.

Katharina steht vor ihm in der dämmerigen Diele und drückt ihren Bücherstapel wie einen Schutzschild an die Brust.

»Bitte entschuldigen Sie, Herr Hartmann, ich habe mich wirklich beeilt, aber …«

»Ihre Ausreden interessieren mich nicht!«, fällt der Mann ihr barsch ins Wort. »Wenn ich Ihnen schon Nachhilfestunden erteile, erwarte ich auch, dass Sie den nötigen Respekt dafür aufbringen.«

»Natürlich, Herr Hartmann«, erwidert Katharina artig, »es wird nicht wieder vorkommen.« Verlegen reibt sie die Knie aneinander wie ein kleines Kind, aber Reue sucht er in ihren glänzenden Augen vergebens.

Die zarte Haut von Katharinas Beinen schimmert in einem hellen Streifen zwischen den Kniestrümpfen und ihrem kurzen, dunkelblauen Faltenrock. Herr Hartmanns Blick gleitet wohlwollend an ihr herab, die Ahnung der mädchenhaft unbehaarten Möse unter dem festen Stoff lässt seine Züge milder werden. Allerdings nur für den Bruchteil einer Sekunde, dann strafft er sich und fordert energisch:

»Lassen Sie uns anfangen. Meine Zeit ist kostbar.« Mit weit ausgreifenden Schritten geht er voraus in sein Arbeitszimmer, das von einem großen, peinlich aufgeräumten Buchenholzschreibtisch dominiert wird. Er setzt sich aufrecht in den wuchtigen Lehnstuhl, der dahinter steht wie ein Thron. Mit einer herrischen Bewegung seines glatt rasierten Kinns weist er sie an, auf dem harten Holzschemel ihm gegenüber Platz zu nehmen.

Während Katharina ihre Arbeitsmaterialien auf dem Tisch ausbreitet, mustert sie Herrn Hartmann verstohlen. Wie immer sieht er aus, als hätte er einen Zeigestock verschluckt, weil er sich übergerade hält. Seine drahtige Statur findet sie stattlich, so nennt man das wohl bei einem Herrn in mittleren Jahren, und wenn sie vor ihm steht, fühlt sie sich wie eine Siebtklässlerin, weil er sie um Haupteslänge überragt. Sein Gesichtsausdruck ist stets sachlich, aber seine hellblauen Augen sind von einem Strahlenkranz feiner Linien umrahmt – eindeutig Lachfältchen, deren Ursprung Katharina jedoch nur erahnen kann, da er in ihrer Anwesenheit niemals lacht. Das gefällt ihr. Sie mag es, wenn er streng ist; nicht umsonst fiebert sie diesen Stunden bei ihm förmlich entgegen.

»Wie lief es mit den Hausaufgaben, die ich Ihnen aufgetragen habe?«, hört sie ihn fragen und spürt ein Flattern im Bauch, als sie antwortet.

»Die konnte ich leider nicht machen.« *So wie schon beim letzten Mal.* Sie sieht ihm fest in die Augen, wartet gespannt auf seine Reaktion.

Herr Hartmann lässt die flache Hand mit den langen, feingliedrigen Fingern hart auf die Tischplatte krachen. Der dumpfe Knall geht ihr durch und durch wie ein Peitschenhieb, und die Härchen an ihren Armen stellen sich auf.

»Katharina, wenn Sie glauben Sie könnten mich provozieren, dann irren Sie sich.« Kalt sieht er sie an. »Ich werde mich nicht von einem jungen Ding an der Nase herumführen lassen!«

Trotzig hält sie seinem Blick stand, als Herr Hartmann ihr aufträgt, die fehlenden Aufgaben jetzt und hier zu lösen. Als wolle sie sich über ihn lustig machen, sitzt auch sie vollkommen aufrecht, den runden Busen unter dem cremefarbenen Twinset aufreizend vorgereckt.

Für diese alberne Imitation einer Schuluniform ist sie definitiv schon zu alt, aber mit ihrem gut entwickelten Körper, ihrer herausfordernden Art und der unverhohlenen Aufsässigkeit legt sie es darauf an, ihn an seine Grenzen zu bringen. Wie so oft in ihrer Gegenwart hängt seine Professionalität am seidenen Faden.

Über ihr Schulheft gebeugt, schlägt Katharina ein Buch auf. Das lange Haar hat sie zu einem dicken Zopf geflochten, der ihr über die Schulter nach vorne rutscht. Ihr weicher, weißer Nacken wird sichtbar, der trügerisch verletzlich aussieht. An einem bunt glitzernden Kugelschreiber knabbernd, vertieft sie sich in eine Textaufgabe.

Herr Hartmann stellt fest, dass er jetzt viel lieber etwas ganz anderes zwischen ihren weichen Lippen versenken würde. Wenn er doch einfach vergessen könnte, dass sie wegen dieser läppischen Nachhilfestunden da ist. Er würde sie umgehend in sein Schlafzimmer schleppen und ihr zeigen, wo seine wahren Stärken liegen.

In starrer Haltung sieht er ihr zu, wie sie sich mit den Geheimnissen der Mathematik abzumühen scheint. Immer wieder blitzt ihre Zungenspitze im Mundwinkel auf, tonlos murmelt sie Zahlen. Vor seinen Augen entfaltet sich ein Leporello schweißtreibender Bilder, die allesamt zeigen, wie sie miteinander vögeln, wie sie ihr saftiges, kleines Pfläumchen auf seinen mächtigen Pfahl spießt.

Richtig wild würde sie werden, da ist er ganz sicher, und er könnte sich hinlegen und von ihr reiten lassen, bis der letzte Rest seiner zweifelhaften Oberlehrerwürde in einem geilen, zuckenden, markerschütternden Orgasmus in sie spritzte.

Katharina kritzelt halbherzig etwas in ihr Heft, knabbert an ihrem Stift, kritzelt, knabbert weiter. Das Lineal in Herrn Hartmanns Schritt legt um mehrere Zentimeter zu.

Er stellt sich vor, dass sie unten ganz eng ist. So eng, dass es sich am Anfang anfühlt, als bekäme er sein Ding gar nicht rein. Aber dann, wenn die erste Hürde genommen wäre, würde sich ein heißer, feuchter Tunnel für ihn öffnen, der seinen Schwanz massierte und melkte. Er ergeht sich in der Vorstellung, dass sie dabei immer schärfer würde und auf ihm herumhopste. Wie sie ihn dann fast vollständig aus sich herausgleiten ließe, nur noch auf seiner dicken Eichel reitend, sie mit ihrem engen Eingang fest umklammernd …

»Fertig.« Katharina schiebt ihm das Schulheft zu und lächelt engelsgleich.

Herr Hartmann krallt die Hände in die Sitzfläche seines Stuhls, zwingt sich zurück in die Rolle des Nachhilfelehrers. Er greift nach dem Heft. Mit reichlich Willensanstrengung gelingt es ihm sogar, das steife Lineal in seiner Hose in ein biegsames Maßband zu verwandeln, das sich nun langsam wieder einrollt.

Katharina beobachtet ihn gespannt, hoffend, dass sie nicht zu dick aufgetragen hat, weil sie es heute kaum noch erwarten kann. Welche Richtung in der Zwischenzeit seine Gedanken genommen haben, ahnt sie nicht einmal.

»Keine einzige dieser Aufgaben ist korrekt gelöst«, verkündet ihr Gegenüber schroff und wirft das Heft quer über den Tisch. »Ich dachte, Sie hätten das Prinzip des Dreisatzes endlich verstanden.«

»Ach, das ist so kompliziert«, antwortet Katharina gespielt kleinlaut, »ich kapier' es einfach nicht.«

»Natürlich nicht«, entgegnet er bissig, »immerhin handelt es sich dabei um Grundschulstoff, das ist selbstverständlich nur etwas für Genies.«

Sie zuckt mit den Schultern, rutscht unruhig auf ihrem Hocker herum und spürt die wohlbekannte Erregung in sich wachsen, die bald einen feuchten, dunklen Fleck auf dem alten Holz hinterlassen wird. Ihre Freundinnen sind der Meinung, sie hätte bei dieser Sache nicht mehr alle Tassen im Schrank, aber das ist Katharina egal. Mittlerweile weiß sie genau, welche Knöpfe sie drücken muss, um Herrn Hartmann aus der Fassung zu bringen. Es macht sie nun mal unheimlich an, wenn er sie so abkanzelt.

Heute hat er offenbar eine besonders kurze Zündschnur.

»Wenn Sie sich weiter so dumm anstellen, muss ich Sie ernstlich bestrafen!«, erklärt er nämlich in diesem Moment, und Katharina presst im Schutz der Tischplatte fest die Beine zusammen, weil seine Worte sie punktgenau im Höschen treffen.

»Also«, fährt Herr Hartmann fort, »versuchen wir es noch einmal mit einem kinderleichten Beispiel.« Jetzt springt er auf und marschiert mit den ihm eigenen Riesenschritten hin und her wie ein gereizter Löwe in der Zirkusmanege.

»Es sind fünf Äpfel in der Schale. Wenn Paulchen einen Apfel wegnimmt und Berta zwei, wie viele bleiben dann noch für Sie übrig?« Er kann kaum glauben, einen solchen Schwachsinn aus seinem eigenen Mund zu hören. Hat er dafür so viele Jahre Berufserfahrung gesammelt?

»Ich mag keine Äpfel«, verkündet Katharina aufsässig. Von ihrem unbequemen Schemel aus wirkt die Gestalt des Lehrers riesig.

Sie hört ihn mit den Zähnen knirschen.

Tatsächlich kann Herr Hartmann nicht verhindern, dass er wütend wird. Obwohl er sich regelmäßig fest vornimmt, sich nicht von ihr manipulieren zu lassen, einfach seinen Job zu erledigen, schafft sie es mit ihrer Impertinenz jedes Mal wieder, ihn *wirklich* zur Weißglut zu treiben. Und ihm ist klar, dass sie genau das will.

Er tritt hinter sie.

»Gut«, stößt er hervor, »tragen wir also Ihren kulinarischen Vorlieben Rechnung. Wie wäre es mit Kirschen?« Dabei greift er blitzschnell um sie herum und kneift sie heftig in die Brustwarzen.

Katharina unterdrückt ein Stöhnen. Fast könnte sie glauben, sie hätte sich den kurzen Übergriff nur eingebildet, wenn nicht ihre Nippel plötzlich hart und geschwollen gegen die dünne Baumwolle drücken würden.

Scheinbar ungerührt setzt Herr Hartmann sich wieder auf seinen Platz, fixiert sie aus zusammengekniffenen Augen.

»Oder Bananen?«, schlägt er sarkastisch vor. »In der Schale liegen fünf Bananen. Wenn Paulchen eine Banane wegnimmt und Berta zwei, wie viele bleiben dann noch für Sie?«

»Aber Herr Hartmann«, Katharina leckt sich anzüglich die Lippen, »was sollen Berta und ich denn jede mit *zwei* Bananen anfangen?« Zwar muss sie sich bei dieser idiotischen Antwort selbst ein Grinsen verkneifen, aber das hindert sie nicht daran, gleichzeitig eine Hand unter dem Tisch verschwinden zu lassen. Herr Hartmann hört deutlich, wie sie erst über das nackte Fleisch ihrer Schenkel streicht, bevor die kleinen, rhythmischen Muskelzuckungen ihres Oberarmes erkennen lassen, dass sie an ihrem Geschlecht herumspielt. Dabei sieht sie ihn unverwandt an, ihre Pupillen sind weit, die Nasenflügel leicht gebläht.

Jetzt hat sie ihn, er ist unter Zugzwang.

»Katharina, hören Sie auf damit!« Er richtet sich stocksteif in seinem Stuhl auf, seine Stimme klingt gepresst. »Sie sind ein böses Mädchen. Durch und durch verdorben!«

Ihr Arm bewegt sich schneller, die Finger reiben geräuschvoll über den Stoff ihres Höschens, sie atmet heftiger.

»Kommen Sie her!«, befielt Herr Hartmann brüsk. Eine neuerliche, schmerzhafte Erektion macht ihm klar, dass es an der Zeit ist, Katharina zu züchtigen. In ihrer Gegenwart erkennt er sich selbst nicht wieder und fragt sich wie so oft, wo der einfühlsame, geduldige, zärtliche Mann geblieben ist, als der er für gewöhnlich mit den Damen umgeht.

Katharina erhebt sich von ihrem Platz, streicht in einer kindlichen Geste ihren Rock glatt und geht zögernd um den Tisch herum, bis sie hoch erhobenen Hauptes vor ihm steht. In ihren Augen flackert es unruhig. Der Ausdruck sehnsüchtiger Vorfreude wechselt mit banger Erwartung, und er weidet sich daran, sie zittern zu sehen.

»Ich werde Sie jetzt übers Knie legen«, verkündet Herr Hartmann, »Ihnen kräftig den Hintern versohlen! Dann wollen wir mal sehen, ob Sie sich weiter solche Unverschämtheiten herausnehmen.« Auffordernd klopft er sich auf den Schoß, und sie legt sich gehorsam bäuchlings darüber. Beine und Oberkörper hängen verkrampft nach unten, die Arme stützt sie ab, ihr Zopf liegt halb auf dem Boden.

»O bitte, Herr Hartmann«, wimmert sie, »tun Sie mir nicht weh!«

Genüsslich packt er einen Zipfel des Faltenröckchens und legt es über ihren Rücken nach oben, so dass ihre schlichte weiße Mädchenunterhose sichtbar wird, die sich über zwei appetitlichen Halbkugeln spannt. Ganz sacht streicht er mit der flachen Rechten darüber, spürt, wie sie leise bebt. Dann platziert er einen ersten Klaps von wohldosierter Härte, und sie keucht auf, während ihr Schambein reflexartig gegen seinen Ständer zuckt. Das gefällt ihm. Zwei-, dreimal lässt er die Hand herabfahren, delektiert sich an ihrem unterdrückten Stöhnen, um dann zu bemerken:

»Das gefällt Ihnen wohl, Sie schamloses Stück!« und gleich noch einen festen Schlag hinterherzuschicken.

»Ich kann doch nichts dafür, wenn mich meine Muschi juckt, Herr Hartmann!«, jammert sie, sich aufreizend an ihm reibend, so gut es ihre unbequeme Lage zulässt. »Und wenn es juckt, muss man doch kratzen!«

Nicht zum ersten Mal argwöhnt er, dass ihr womöglich schlechte, semi-pornografische Schulmädchenfilme aus den Siebzigerjahren als Inspirationsquelle dienen könnten, und, dem Vorbild der lüsternen Lehrerfiguren jener cineastischen Verirrungen folgend, kontert er streng:

»Diesen Juckreiz werde ich Ihnen schon austreiben!«,

wobei er sich sehr überzeugend findet. Energisch zerrt er Katharina den Schlüpfer bis zu den Fußknöcheln herunter, und sie zappelt, dass ihre nackte Kehrseite nur so hüpft.

Herr Hartmanns Hand landet ein paar Mal klatschend auf dem blanken Fleisch. Wirklich schmerzhaft ist das nicht, er weiß, was er tut, aber mit jedem Hieb brennt Katharinas Po ein bisschen mehr. Sie hat es herausgefordert, und jetzt genießt sie diese Unterwerfung.

»Nun werden wir weiter üben«, ertönt da von weit her die Stimme ihres Lehrers. Katharina will sich aufrichten, aber er drängt sie zurück auf seine Knie:

»Sie bleiben, wo Sie sind.« So würde sie wenigstens noch ein bisschen auf seinem Ständer herumschaukeln. »Hier habe ich Sie viel besser im Griff!«

Mit diesen Worten legt er die linke Hand an ihren hübschen Nacken, die rechte ruht locker auf ihrem Gesäß.

Katharina versucht ergeben, eine etwas entspanntere Körperhaltung zu finden, und presst ihre Brüste weich und warm gegen sein Bein.

»Also aufgepasst«, doziert Herr Hartmann, während er gedankenverloren ihre geröteten Pobacken massiert. »Wir haben zwanzig blutjunge, nackte Sklavinnen; acht davon werden an ein römisches Freudenhaus verkauft, fünf der Sklavinnen gehen in den Privatbesitz des Kaisers über und vier an Lüstlinge aus dem Volk. Wie viele Sklavinnen sind nicht verkauft worden?«

»Aber Herr Hartmann«, begehrt Katharina von unten auf, »das ist politisch völlig unkorrekt. So steht das bestimmt nicht im Lehrbuch.«

Ein überraschender, sehr harter Schlag trifft ihren Hintern, treibt ihr Sternchen vor die Augen und lässt sie erschrocken die Luft anhalten.

»Danach habe ich Sie nicht gefragt«, bellt Herr Hartmann, dem schon die Hand kribbelt, »sondern, wie viele Sklavinnen nicht verkauft worden sind!«

Katharina seufzt, mittlerweile fällt ihr das Rechnen *ehrlich* schwer. Weil aber der letzte Klaps doch ziemlich schmerzhaft gewesen ist, gibt sie sich Mühe.

»Drei!«, keucht sie hastig, weil sie spürt, dass Herr Hartmanns Arm schon wieder Anlauf nimmt. »Drei Sklavinnen sind nicht verkauft worden!«

»Korrekt«, antwortet er zufrieden. »Sehen Sie, es ist doch gar nicht so schwer.«

Bei diesen Worten lässt er einen seiner perfekt manikürten Finger wie zufällig zwischen ihre Schenkel gleiten und schiebt ihn geradewegs in ihre pralle, nasse Muschi.

»Oh, wie verdorben Sie sind«, kommentiert er diese Entdeckung mit belegter Stimme, »ein absolut verkommenes Luder!«

Katharina ächzt, in ihrem Kopf rauscht das Blut. Sie versucht, ihren Kitzler am Stoff seiner Hose zu schubbern.

Die Stöße seines Fingers werden kräftiger.

»Sieh an«, höhnt er, »das macht Sie scharf, nicht wahr?« Seine Linke löst sich von ihrem Nacken, schwebt in der Luft. »Sie loses Stück!«, keucht er. »Sie Flittchen! Ihnen werde ich schon Gehorsam einbläuen!« Erneut versohlt er ihr klatschend den Hintern, während seine andere Hand sie unermüdlich fickt.

Katharina strampelt und jammert, fieberhaft reibt sie sich an ihm – die kräftige Beule, die sich dabei durch mehrere Lagen Stoff hart gegen ihren Schoß drängt, bemerkt sie gar nicht. Und obwohl sie das Gefühl hat, gleich zu explodieren wie ein fröhlicher, gasgefüllter Luftballon in der Mittagssonne, ist ihr klar, dass sie auf diese Art keine Befriedigung finden wird.

»Oh, ooh, oooh! Herr Hartmann«, stöhnt sie deshalb, »Herr Hartmann, es juckt so sehr, bitte machen Sie, dass das aufhört!«

Sie bekommt einen letzten Klaps verpasst, und die eifrige Hand in ihr hält mitten in der Bewegung inne. Dann erklärt Herr Hartmann nüchtern:

»Wenn Sie mir versprechen, bis zum nächsten Mal ordentlich Ihre Hausaufgaben zu machen, kann ich unter Umständen Abhilfe schaffen.«

Katharina hört sofort auf zu zappeln.

»Ja, ja! Ich verspreche es«, versichert sie eilig. »Großes Streberehrenwort.«

Er lässt aufreizend langsam seinen Finger aus ihr herausgleiten, hindert sie aber daran aufzustehen.

»Andererseits haben Sie mir oft genug bewiesen, dass Ihre Versprechen nichts wert sind«, erinnert er sie kühl, während sie unruhig auf ihm herumrutscht.

»Dann schwöre ich es Ihnen«, drängt Katharina atemlos, »ehrlich! Nur bitte, bitte machen Sie, dass das aufhört.«

Herr Hartmann hievt sie von seinen Knien und stellt sie auf. Sie schwankt ein wenig. Ihr Gesicht ist rot, die Augen sind glasig, ihr Atem geht unregelmäßig.

»Nun gut. Dann ab auf den Tisch mit Ihnen«, weist er sie an, worauf Katharina sofort ihren schmerzenden Po auf die Buchenholzplatte schiebt und mit den Füßen schlenkert, um sich aus dem Höschen zu befreien, das immer noch zerknautscht um ihre Knöchel liegt. Erwartungsvoll spreizt sie die Schenkel.

Vor sie tretend, klappt Herr Hartmann erneut ihren Faltenrock hoch, und automatisch saugt sich sein Blick an ihrer Möse fest: Kein einziges Haar verunziert das weiche Fleisch, es sieht geradezu verboten aus, weil man beinahe den Eindruck bekommt, ein kleines Mädchen vor sich zu haben. Aber nur beinahe! – Denn das geschwollene Fleisch, das dunkel und feucht zwischen Katharinas Beinen pulsiert, straft jede vorgetäuschte Unschuld Lügen.

Energisch verdrängt Herr Hartmann den Wunsch, sich die Hose vom Leib zu reißen und sich einfach auf sie zu werfen, sondern geht in die Knie, öffnet ihr die süßen Lippen ganz weit mit den Daumen und pustet leicht auf ihre heiße Spalte.

»Aaah!«, macht Katharina; es klingt wie die Hydraulik eines Schulbusses.

Als er sie dann mit breiter, schwerer Zunge leckt, fließt sie ihm förmlich entgegen, er besorgt es ihr mit dem ganzen Mund, saugt sie ein, schmeckt ihre Säfte. Ihre fordernde Klitoris ignoriert er dabei vollständig, denn ihm ist klar, dass es sonst ruckzuck um sie geschehen wäre, und so schnell will er sie nicht davonkommen lassen. Ein bisschen soll es ruhig noch »jucken«.

Herr Hartmann unterbricht seine erbauliche Behandlung.

»Katharina«, sagt er bestimmt, »wir sollten nicht vergessen, heute noch das Einmaleins zu üben.«

»WAS?« Katharina, die sich schon wohlig in der Plateauphase ihrer Erregung eingenistet hat, hebt entgeistert den

Kopf, in dem beim besten Willen kein Blut mehr für das Lösen von Rechenaufgaben vorhanden ist.

»Wie viel ist also sieben mal neun?« Er macht ein ernstes Gesicht, ist wieder ganz Schulmeister.

»Ich … äh …« Die Lösung fällt ihr partout nicht ein.

»Dann versuchen wir etwas Einfaches: drei mal zwei?«

»Herr Hartmann …«, Katharina will ihn wieder zu sich heranziehen, auf dass er sich wünschenswerteren Lippenbekenntnissen zuwende, aber noch ist er nicht fertig. Unerbittlich benutzt er seinen Mund, um sie mit Mathematik zu quälen, anstatt wieder diese anderen, viel schöneren Dinge damit zu tun.

»Na, kommen Sie: drei mal zwei?!« Als er keine Antwort erhält, legt er ihr eine Hand zwischen die Beine.

»Schämen Sie sich, Katharina! Drei mal zwei macht sechs«, und wie zur Bekräftigung stößt er ihr rasch sechsmal hintereinander den leicht gekrümmten Zeigefinger in die Muschi.

»Oh, das ist gut!« Katharina jappst überrascht, begeistert von diesem organischen Rechenschieber. »Und wie viel ist zwei mal vier, bitte?«

Der Finger in ihr zählt bis acht.

»Drei mal drei?«

Herr Hartmann demonstriert es ihr und fährt direkt fort: »Fünf mal drei? Vier mal vier …«

Sie hört schon nicht mehr hin. Um ihm zu zeigen, wie sehr sie seine Lehrmethoden genießt, wölbt sie ihm die Hüften entgegen.

»Sechs mal sechs!«, murmelt er, und in das Stakkato von Stößen mischt sich wieder seine feuchte Zunge, die nun ausführlich Katharinas Kitzler reizt. Er nuckelt daran als wäre es ein winziger Daumen, und an der Art, wie sie die Beine steif in die Luft reckt, erkennt er, dass ihr Juckreiz bald gestillt sein wird. Vorübergehend.

»Oh ja! Oh jaaa! Oh jaaaaaaaaaaaaaaaaaaaaaaaaaaaa!«

Bei diesem Finale muss Herr Hartmann höllisch aufpassen, nicht versehentlich ins Leere zu züngeln, denn Katharinas Becken hebt ein paar Mal weit von der Tischplatte ab, bevor ihr Körper zur Ruhe kommt. Sie schnappt nach Luft, ein erlöstes Lächeln spielt um ihre Mundwinkel, und nachdem ihr Atem sich beruhigt hat, klettert sie vom Tisch herunter.

»Vielen Dank, Herr Hartmann«, sagt sie. Auf einmal klingt sie gar nicht mehr so jung.

Herr Hartmann tritt ein Stück zurück. Höflich wartet er, bis sie ihren Mädchenschlüpfer angezogen, Rock und Twinset geglättet und sich das Haar geordnet hat, dann fragt er in verbindlichem Ton:

»Sehen wir uns nächste Woche, gleicher Tag, gleiche Zeit?«

Katharina nickt zustimmend.

»Ja gern, Herr Hartmann, das passt mir gut.« Dann rafft sie ihre Bücher zusammen und geht.

Zurück bleibt der Geruch ihres fraulichen Körpers, vermischt mit einem Hauch kostbaren Parfüms. Außerdem ein neutraler Briefumschlag, den sie diskret auf dem Schreibtisch liegen gelassen hat.

Christoph Hartmann greift nach dem Kuvert, reißt es auf und zieht desinteressiert ein Bündel Geldscheine heraus. Er weiß, dass er nicht nachzuzählen braucht, denn Katharina ist eine zuverlässige Stammkundin.

Wie schon so oft fragt er sich, welchen Teil der weiblichen

Emanzipation er eigentlich verpasst hat. Vor gar nicht allzu langer Zeit reichte es den zahlungskräftigen Damen noch, sich einfach gekonnt von ihm aufs Kreuz legen zu lassen. Ein paar Komplimente, einige diskrete Schmeicheleien, gefolgt von seinem legendären Hüftschwung, und die jeweilige Kundin war nicht nur befriedigt, sondern auch zufrieden.

Heutzutage genügte ihnen seine Person als solche meist nicht mehr; sie wollten Inszenierungen, verlangten von ihm, jemand zu sein, der er nicht war!

Gut, die rege Nachfrage nach dem *keuschen Priester* hatte er eindeutig dem Dauerbrenner »Dornenvögel« zu verdanken, aber was fanden diese fortschrittlichen Frauen an einem *ungehobelten Cowboy*, einem *schlecht rasierten Bauarbeiter* oder eben dieser Nummer mit dem *strengen Nachhilfelehrer*, bei der er zu allem Übel nicht mal selber zum Zug kam?

Dieser Gedanke erinnert ihn an seine unbequeme Erektion, die noch immer auf gnädige Entspannung wartet. Sie steht ihm zur freien Verfügung, denn für heute hat Christoph Hartmann Feierabend. Resigniert öffnet er seinen Hosenlatz und greift zu. Er wird an Katharina denken; an eine Katharina, wie sie früher gewesen wäre.

Früher war ja sowieso alles besser!

Unsterblich verliebt

Es ist kalt wie in einer Gruft hier draußen, und ich friere.

Naturellement friere ich, was dachten Sie denn? Dass einer wie ich vor solch profanen körperlichen Empfindungen gefeit ist? Glauben Sie mir, das ist nichts als ein dummes Gerücht.

Zugegeben, ich bin selber schuld. Was musste ich auch bei diesen eisigen Temperaturen meinen neuen schwarzen Armani-Gehrock anlegen, wo mir doch der wärmende Umhang weitaus bessere Dienste geleistet hätte? Ich verrate Ihnen den Grund: Es ist nur wegen *ihr*.

Ein echter *coup des foudre* war es, Liebe auf den ersten Blick, gleich als ich diese Frau zum ersten Mal sah, und nun ist es mir unmöglich, an etwas anderes zu denken! Tags ist sie in meinen Träumen, und des Nachts stehe ich vor ihrem Haus herum wie ein verliebter Esel. Mehr als alles andere auf dieser Welt wünsche ich mir, dass sie die Meine wird!

Dabei hat sie mich noch nicht einmal wahrgenommen. Außer vielleicht als flatterndes … Ungeziefer.

Eigentlich wollte ich ja endlich einmal das Dasein als freier Mann genießen, nun, da Helène fort ist. Aber was geschieht?! Kaum drei Jahrzehnte unbeweibt, muss ich romantischer *parvenu* natürlich sofort erneut mein Herz verlieren. Ich meine, ich habe immerhin sechshundertachtundsiebzig Jahre Beziehung hinter mir; Sie werden mir zustimmen, dass in diesem Fall dreißig Jahre des Alleinseins kaum einer Erwähnung wert sind.

Abend für Abend, sobald der fahle Wintermond die letzten Sonnenstrahlen vertrieben hat, hoffe ich, einen Blick auf das liebliche Antlitz meiner Angebeteten am hell erleuchteten Fenster zu erhaschen. Ich gestehe, manchmal spähe ich auch heimlich hinein, ihre Wohnung liegt zwar im dritten Stock, doch dies bereitet einem meiner Art bekanntlich keine Probleme. – Obwohl ich nicht unerwähnt lassen möchte, dass ich nach all den Jahren noch immer unter grässlicher Höhenangst leide!

Aber oh, was werde ich reich entlohnt: Sie ist so anmutig, wohlgestaltet und exquisit, so vollkommen Weib ... Unglücklicherweise scheint sie mir jedoch recht ungezügelt in der Wahl ihrer Geschlechtspartner. Viel zu häufig muss ich sie in leidenschaftlicher Umklammerung entdecken, mit ansehen, wie fremde Münder ihre üppigen Lippen verzehren, ungeschlachte Hände die makellosen Brüste umfassen, feindliche Speere sich in ihr bebendes Fleisch versenken ...

Und ich leide!

Auch jetzt, in diesem Augenblick, denn abermals wurde ich Zeuge, wie sie sich auf dem Fußboden ihres Salons mit einem wohlgenährten, jämmerlich unscheinbaren Kerl in wollüstiger Ekstase suhlte. Dies quälende Schauspiel konnte ich keine Sekunde länger ertragen, weshalb ich meinen zugigen Ausguck eilends wieder verließ.

Rien ne vas plus – doch der nichtswürdige Tropf dort oben ahnt noch nicht, dass ich ihn hier unten, auf sicherem Boden, geduldig erwarten werde!

Aber ich habe versäumt, mich vorzustellen, gestatten: *Arthur de Armagnac*, Vampir.

Vor sechshundertachtundsiebzig Jahren holte mich meine schöne Helène mit dem köstlichen dritten Biss ins Reich der Untoten, und seit diesen Tagen friste ich nun mein trauriges Dasein in der Unsterblichkeit.

Konrad Lustig, der aus dem ehrenwerten Haus trat, in dem er soeben ein außerordentlich befriedigendes Erlebnis gehabt hatte, fühlte sich mindestens zwanzig stolze Zentimeter größer, als er tatsächlich war. Ein farbloser Mond stand bereits hoch am nächtlichen Himmel, und Konrad hatte – nach vielen Stunden akrobatischen Geschlechtsverkehrs – gewisse Schwierigkeiten, sich auf den puddingweichen Beinen zu halten. Junge, Junge, neben dieser Frau würde selbst eine ausgewachsene Tigerin wie ein scheues Schoßkätzchen wirken!

Konrad sah noch genau das elegante Namensschild aus Messing vor sich: *C. Adel* stand darauf. Auf sein Klingeln hatte ihm eine platinblonde, perfekt zurechtgemachte Frau die Tür geöffnet, bei deren Anblick ihm erst mal die Spucke wegblieb. Augenblicklich fühlte er sich in einen angestaubten Hollywoodfilm versetzt, denn ihr Körper – Brüste wie Honigmelonen und ein prächtiger Hintern, der es mit dem Heck eines 56'er Chevrolets aufnehmen könnte – steckte in einem eng gegürteten Morgenrock mit wallenden blassrosa Marabufedern an Hals- und Armabschlüssen. Und erst ihre Schuhe: schwindelerregend hochhackige Satin-Dinger mit Puschelbesatz in der selben Farbe!

Spontan musste Konrad an die rosa Zuckerwatte auf dem Rummelplatz denken, von der er als Kind nie hatte genug bekommen können. Regelrecht verschlungen hatte er das klebrig süße Zeug und sich dabei immer gierig mit dem ganzen Gesicht hineingewühlt!

Er war nicht mal so weit gekommen, sein Sprüchlein aufzusagen, als die schöne Frau Adel sich auch schon die vollen, üppig geschminkten Lippen geleckt und ihn einfach so hereingebeten hatte. Mit einer Stimme allerdings, die in irritierendem Kontrast zu ihrer gesamten Erscheinung stand, denn sie klang wie eine Reinkarnation des verblichenen Marlboro-Cowboys!

In ihrer piekfeinen Wohnung angekommen, gelangte Konrad dann schnell zu dem Schluss, dass die Dame nicht mehr ganz so taufrisch sein konnte, wie sie aussah. Aber schließlich wusste jeder Trottel, dass reife Früchtchen besonders gut im Saft standen.

Er klopfte sich im Geiste beifällig auf die Schulter, wie gut er es Frau C. Adel besorgt hatte.

Konrad Lustig gehörte einer aussterbenden Spezies an, er war Vertreter. Ausgerechnet Staubsaugervertreter, um genau zu sein, und er war für diesen Beruf geboren. Mit seinem soliden Koffer, in dem der neue *Staubdestruktor Deluxe* auf saugstarke, werbewirksame Auftritte wartete, marschierte er in beinahe kindlicher Begeisterung von Haus zu Haus, als sei er der Weihnachtsmann mit einem Sack voller Geschenke. Wann immer er an fremden Türen klingelte, exponierte sich wie von Zauberhand sein »Vertreter-Gen«, und er quoll förmlich über vor Vertrauenswürdigkeit und Charme. Dies – gepaart mit dreiteiligen Polyesteranzügen, einem straßenköterblonden Bürstenhaarschnitt und treuherzigen, badewasserblauen Augen hinter randlosen Brillengläsern – war die Eintrittskarte zu den meisten gutbürgerlichen Stuben.

Einmal dort angekommen, packte Konrad mit großer Geste den *Staubdestruktor* aus, und seine enthusiastisch kommentierte Demonstration desselben sorgte dafür, dass ungewöhnlich vielen seiner »Klienten«, wie er sie nannte, ein Weiterleben ohne diesen Supersauger nahezu undenkbar schien.

Nicht so Frau Adel. Bevor Konrad in ihrem Wohnzimmer auch nur die Spezialbürste auf das Saugrohr des *Staubdestruktor Deluxe* stecken konnte, machte ihm die selbstbewusste Dame unmissverständlich klar, dass sie ausschließlich an einer Demonstration seines eigenen Rohrs interessiert war. Und so wälzte er sich unversehens mit Frau Adel auf der dezent gemusterten Auslegeware, die er gerade gewohnt eifrig hatte saugen wollen.

Konrad grinste lüstern und griff sich in den Schritt, um seinen erschöpften Wonneschlauch in eine bequemere Lage zu bringen. Die Erinnerung an das unverhoffte Schäferstündchen bescherte ihm immer noch muntere Zuckungen im Weichteil. Vielleicht würde das scharfe Luder ihn ja ein zweites Mal ranlassen, wenn er morgen seinen Koffer abholte! Den hatte er nämlich samt *Staubdestruktor* wohlweislich in Frau Adels Wohnung »vergessen«.

Er rückte seine Brille zurecht, klappte den mausbraunen Mantelkragen hoch, um sich vor der nasskalten Winterluft zu schützen, und marschierte gesenkten Hauptes die Straße entlang. Kein Mensch außer ihm schien noch unterwegs zu sein. Wer in dieser feinen Gegend wohnte, hatte offenbar Besseres zu tun, als sich abends im spärlichen Schein einiger weniger Straßenlaternen herumzudrücken.

Der eisige Wind heulte auf wie ein einsamer Wolf, Konrad trat in eine Pfütze, fluchte leise und war froh, dass sein

Wagen ganz in der Nähe stand. Er bemerkte nicht, dass die düstere Gestalt, die ihm wie ein Schatten folgte, ihre gespenstisch bleichen Finger nach ihm ausstreckte.

Leise vor sich hin trällernd, beseitigte Charlotte Adel die Spuren ihres jüngsten Tête-à-Tête. Den federverbrämten Hausmantel nachlässig übergeworfen, schüttelte sie die seidenen Sofakissen zurecht, stellte zwei im Eifer des Gefechts umgeworfene Louis-XV-Stühle wieder auf und sammelte die Scherben des vom Couchtisch gefegten Kristallaschenbechers zusammen. Dann saugte sie, ein wissendes Lächeln auf den frisch geschminkten Lippen, mit dem *Staubdestruktor* Asche und Zigarettenstummel auf, bevor sie die gebrauchten Kondome entsorgte. Drei Stück. Es hatte schon Bessere gegeben, aber für den kleinen Hunger zwischendurch war der niedliche Staubsaugervertreter durchaus geeignet gewesen.

Im Geiste bedankte sich Charlotte bei ihrem verstorbenen Ehemann, wie sie es zu solchen Gelegenheiten immer tat. Der anspruchsvolle Geschlechtstrieb seiner Gattin war auf Dauer zu viel für den betagten Herrn gewesen – eines Tages, als sie kam, war er von ihr gegangen –, und Charlotte, die sein gesamtes Vermögen geerbt hatte, verfügte mit diesem Geld endlich auch über etwas anderes, viel Wichtigeres, nämlich Zeit! Sie musste sich nun nicht länger anstandshalber als berufstätige Frau Fingernägel und Laune ruinieren, sondern konnte sich ausschließlich ihrem liebsten Hobby widmen: der Fleischeslust.

Wie eine Spinne im Netz lauerte sie fortan in ihrer eleganten Altbauwohnung auf arglose Opfer, die in großer Zahl zur Verfügung standen. Lieferanten, Mechaniker, Hausierer, die Zeitungsausträgerin – kaum jemand schaffte es, sich ihrem gnadenlosen sexuellen Appetit zu widersetzen.

Vor einiger Zeit hatte Charlotte beispielsweise ihr Schlafzimmer neu streichen lassen, und kaum trocknete die erste Farbschicht, vergnügte sie sich schon mit des Malermeisters persönlichem Pinsel. Sie stellte erfreut fest, dass, entgegen dem schlechten Ruf, der Handwerkern allgemein vorauseilt, dieser über reichlich Fleiß und Ausdauer verfügte. Als der Malermeister dann sehr viel später entkräftet aus ihrer Wohnung wankte, traf er draußen auf den Pizzaboten. Charlotte hörte mit an, wie er den Jungen verstört davor warnte, seine »Prosciutto e funghi« bei ihr abzuliefern, denn sie sei eine Frau, die man nur als Überdosis *Spanische Fliege* in Menschengestalt bezeichnen könne.

Der brave Mann hatte keine Ahnung, dass dies das schönste Kompliment war, welches sie je bekommen hatte – und auch nicht, dass der glutäugige Pizzabote seine Erfahrung längst teilte.

Charlotte zündete sich eine ihrer langen, extradünnen Zigaretten an, trat ans Fenster und zog sorgfältig die schweren Vorhänge zu. Leider blieb deshalb sowohl den Nachbarn als auch einer indiskreten Fledermaus der Anblick verwehrt, wie ihre vollen Brüste stehen blieben, als sie sich entspannt auf die Couch legte. Echte Wertarbeit zahlte sich eben aus.

Es ist vollbracht.

Der wollüstige Faun hat kaum mehr als ein kraftloses Röcheln von sich gegeben, wie es sich gehört. Meinen Opfern bleibt im Allgemeinen keine Zeit für einen Schrei, und in den seltenen Fällen, wo es dennoch dazu kommt, ist möglicherweise weniger mein unvermitteltes Auftauchen der Grund für ihr Erschrecken, als vielmehr meine ungesund blasse Gesichtsfarbe. Wie Sie sich denken können, leidet meinesgleichen unter einem Teint, neben dem ein Leichentuch geradezu farbenfroh wirkt.

Im Lauf der Jahrhunderte war es indes kein Problem, mir eine gewisse fachliche Perfektion anzueignen, weshalb ich sehr geschickt darin bin, die Menschen ihres Blutes zu berauben, noch bevor sie merken, wie ihnen geschieht. Und obwohl ich ehrlich versucht war, diesen *crétin* ein wenig leiden zu lassen, habe ich mit gewohnter Schnelligkeit gehandelt.

Ich musste nicht einmal abwarten, bis mich der vertraute, zwanghafte Trieb überwältigte, so voller Zorn war ich auf jenen Mann, der soeben noch meiner Liebsten beigewohnt hatte.

Von hinten schlich ich mich heran, packte ihn an seinem feisten Hals und biss kraftvoll zu, bevor seine selbstgefällig grinsenden Lippen auch nur ein überraschtes Rund formen konnten. – Und das, obwohl mein Durst dieser Tage vor lauter Verliebtheit sehr zu wünschen übrig lässt, wie ich anmerken möchte!

Sonderlich wohlschmeckend war er nicht, doch der Hauch eines weiblichen Duftes – *ihres* Duftes – auf seiner warmen Haut berauschte mich dermaßen, dass ich dem erschlaffenden Leib auch noch den letzten Tropfen Lebenssaft aussaugte, ehe ich wieder zur Besinnung kam und ihn auf dem nassen Asphalt liegen ließ.

Bien sur, ich habe möglicherweise ein wenig übertrieben, denn nun ist er dahin. Aber ganz *entre nous*: Um den ist es nicht schade, und in meiner Heimat Frankreich glaubt man noch an das Verbrechen aus Leidenschaft. Belassen wir es in diesem Fall dabei, denn für gewöhnlich bediene ich mich ja nur so weit, dass die Spender meiner Mahlzeiten mit der einen oder anderen Bluttransfusion noch zu retten sind. Schließlich gibt es genug von ihnen, und davon abgesehen habe ich gern ein wenig Abwechslung auf der Getränkekarte.

Der mausbraune Brillenträger ist im Übrigen tatsächlich tot, nicht etwa untot, falls Sie mit den Gepflogenheiten unserer Branche nicht vertraut sein sollten. Dieser erste Biss für sich allein dient mir lediglich zur Nahrungsaufnahme. Ein zweiter würde dagegen bereits so etwas wie einen Vorvertrag mit den Mächten der Finsternis beinhalten, ist aber noch nicht bindend. Beim dritten und letzten Biss gibt es dann jedoch kein Zurück mehr, denn der oder die Auserwählte wechselt nun unwiderruflich die Daseinsform: nur Nachts leben und jeden Sonnenstrahl meiden wie eine Jungfrau die Unzucht, sich vom Blut lebendiger Menschen ernähren, die Gestalt von Wölfen, Ratten oder Fledermäusen annehmen können … All jene Dinge eben, ganz zu schweigen von der Unsterblichkeit. Diese birgt allerdings – das will ich Ihnen nicht verschweigen – ein großes Potenzial für endlose Langeweile und wird meiner Meinung nach ungemein überschätzt.

Merde! – Bitte verzeihen Sie, aber warum konnte ich mich nicht ein wenig mehr beeilen? Nun hat meine Angebetete die Vorhänge geschlossen, und der kleinste Blick bleibt mir verwehrt. Was für eine verlorene Nacht!

Oh, wie wird mir blümerant … Sie ist so schrecklich hoch, diese dritte Etage. Schnell hinab, und nicht nach unten sehen, beim Gleitflug …

Gerlinde Sand fasste den Griff ihres Probenköfferchens fester und prüfte mit vor den Mund gehaltener Hand ihren Atem, als sie auf den luxussanierten Altbau zuhielt, dessen gediegene Jugendstilfassade gute Geschäfte versprach.

Gerlinde war als Kosmetikberaterin tätig. Mit ihrem blaurot gemusterten, firmeneigenen Koffer trug sie schwer an Unmengen von Cremes, Wässerchen, Lotionen und Ölen zur Erhaltung jugendlicher Schönheit, ganz zu schweigen von den zahlreichen Utensilien, mit denen man sich farbenfrohen Liebreiz aufmalen konnte, sollte es naturgegeben daran hapern.

Nach einer ausgedehnten Babypause war sie zunächst als freie Mitarbeiterin bei einem Marktforschungsinstitut gelandet, das sie mit albernen Fragebögen zu den Konsumgewohnheiten ihrer Mitbürger Klinkenputzen schickte. Gerlinde hatte sich allerdings stets geschämt, den Menschen auf diese Weise die Zeit zu stehlen, weshalb sie sich kurz entschlossen als *Botschafterin der Schönheit* bewarb, wie eine Kosmetikfirma in der entsprechenden Annonce ihre Vertreterinnen nannte.

Gerlinde fand es angenehm, dass ihre Kundschaft jetzt überwiegend aus Frauen bestand, denn ihr Bedarf an unzweideutigen Angeboten in fremden Wohnzimmern war gedeckt. Nur mit Unbehagen erinnerte sie sich an einen Kerl, der sie auffallend herzlich hereingebeten und dann eine harmlose Frage nach seinem bevorzugten Schokoriegel dazu missbraucht hatte, ihr mit breitem Grinsen »die wahrscheinlich längste Praline der Welt« zu offerieren. Mit diesen Worten hatte es der Typ allen Ernstes gewagt, das Herunterlassen seiner Hosen zu kommentieren, und Gerlinde ärgerte sich noch heute, dass sie von besagter »Praline« –

urgs! – nicht einfach ein großes Stück abgebissen und gegen seine Schrankwand, Modell Eiche-Rustikal, gespuckt hatte. Stattdessen war sie bedauerlicherweise geflohen wie das Kaninchen vor der sprichwörtlichen Schlange.

Im Spiegel der polierten Messing-Namensschilder kontrollierte Gerlinde den Sitz ihres adretten Pagenkopfs und probte ein gewinnendes Lächeln. Da wurde, gerade als sie auf den untersten Klingelknopf drücken wollte, das schwere, alte Holzportal von innen aufgerissen, und ein junger Postbote stürmte heraus. Sichtlich derangiert, mit einem verstörten Ausdruck im hochroten Gesicht, hetzte er keuchend an ihr vorbei. Immer wieder angstvolle Blicke über die Schulter zurückwerfend, erreichte er sein Fahrrad, stieg hastig auf und trat wild in die Pedale. Gleich darauf war er mit wehenden Rockschößen um die nächste Ecke verschwunden.

Leicht beunruhigt sah Gerlinde ihm nach, während sie sich im Geiste für die mutmaßliche Begegnung mit einem großen, offenbar sehr schlecht gelaunten Hund wappnete. Sie konnte schließlich nicht wissen, dass der frischgebackene Briefträger soeben nur um Haaresbreite den Fängen einer liebestollen Harpyie entgangen war.

Die Gelegenheit nutzend, trat Gerlinde in die geöffnete Haustür und klingelte im Parterre.

Charlotte ärgerte sich, nicht subtiler vorgegangen zu sein. Der schnuckelige neue Postbote wäre ihr zum Vernaschen gerade recht gekommen, aber scheinbar gehörte er zur romantischen Sorte, denn ihr beherzter Griff in seinen Schritt hatte ihn eindeutig verschreckt. Vermutlich war es auch nicht besonders schlau gewesen, den Jungen geradewegs bei den glühenden Ohren zu packen und seinen Kopf mitten hinein in das Marabugefieder über ihrem Busen zu tauchen … Er hatte darauf keineswegs mit der erwarteten Leidenschaft reagiert, sondern sich unter Strampeln und Zappeln befreit, bevor er – heftig niesend – mit panikerfülltem Blick die Treppe hinuntergeflitzt war. Gerade so, als sei sie ein Ungeheuer! Prüfenden Auges trat Charlotte vor den hohen Garderobenspiegel, doch der breite Goldrahmen zeigte ein beruhigendes Bild. Äußerlich stimmte alles.

Während sie ein wenig mehr Wangenrot auflegte, damit sie wenigstens *aussah*, als hätte sie Sex gehabt, schwor sie sich, künftig mehr Raffinesse walten zu lassen. Schließlich war sie Charlotte Adel und hatte einen Ruf zu verlieren!

»Guten Tag!«, jubelte Gerlinde in bester Vertreter-Manier, »ich komme zu Ihnen als *Botschafterin der Schönheit.*«

Der Türspalt verbreiterte sich, und ein verknitterter alter Mann wurde sichtbar.

Gerlinde argwöhnte sofort, dass sie hier eine Niete gezogen hatte, wollte sich aber noch nicht geschlagen geben.

»Ist vielleicht Ihre Gattin zu Hause?«, fragte sie höflich, doch der Mann schüttelte energisch den Kopf.

»Gattin gibt's hier nich'«, erklärte er, wobei ihr eine hochprozentige Fahne ins Gesicht wehte. »Warum, was haben Sie denn zu verkaufen?«

»Hochwertige Kosmetikprodukte«, antwortete Gerlinde freundlich, aber knapp und versuchte, ihren Rückzug einzuleiten.

»Ne, ne«, meckerte der Alte, »so was kommt mir nich' ins Haus. Ich bin schön genug.«

»Nun ja, dann … Noch einen schönen Tag«, wollte

Gerlinde sich verabschieden, »und entschuldigen Sie die Störung.«

Leider schien er ihre Worte vollkommen überhört zu haben.

»Beim Schlüter im ersten Stock brauchen Sie's auch nich' zu versuchen, dem is' seine Alte weggelaufen, und jetzt sitzt er den ganzen Tag nur in seiner Bude und schaut sich Pornos an. Hähä!« Gerlindes Gegenüber wurde langsam warm.

»Aber beim Hoffmann daneben, da könnten Sie Glück haben. Hat Frau und Tochter – ein frühreifes Gör, bloß müssten Sie da ein andermal wiederkommen, die sind nämlich nich' zu Hause.«

»Ja, danke«, Gerlinde machte einen demonstrativen Schritt rückwärts, bevor dieser angesäuselte Hobby-Detektiv ihr seine persönlichen Beobachtungen bezüglich der gesamten Hausgemeinschaft unterbreiten konnte.

»Im zweiten Stock wohnen Brunners und Rademacher, der Brunner is' so 'n piekfeiner Zahnarzt, aber seine Frau …«

»Auf Wiedersehen!« Gerlinde floh über die Treppe nach oben. Die knarzige Stimme schallte hinter ihr her:

»Der Rademacher is' ein warmer Bruder, der reißt Ihnen den Krempel bestimmt aus den Händen …«

Sie verdrehte die Augen und hörte einfach nicht mehr hin.

»Schlüter« war an der Tür zu ihrer Linken zu lesen. Sie hob gerade die Hand, um zu läuten, da registrierte sie die eindeutigen Geräusche, die aus der Wohnung drangen: ekstatisches weibliches Stöhnen und tumbes männliches Grunzen in Dolby-Surround. Ein Porno, wahrhaftig. Nichts wie weg! Hier war kein Geschäft zu machen, jedenfalls keines, das sie anbot.

Bei den Hoffmanns reagierte wie angekündigt niemand auf ihr Klingeln, und Gerlinde überlegte, dass es womöglich doch sinnvoll gewesen wäre, dem Mitteilungsdrang des Alten mehr Gehör zu schenken. Ein wenig gebremst in ihrem Optimismus, ließ sie deshalb den zweiten Stock links liegen und stieg weiter zum dritten hinauf, in der Hoffnung, endlich eine solvente Kundin zu finden. Als dort auf ihr Klingeln rasch geöffnet wurde, beglückwünschte sie sich im Stillen zu einem Volltreffer.

Während sie ihr übliches Begrüßungssprüchlein zwitscherte, unterzog Gerlinde die in einen aufsehenerregenden Hausmantel gehüllte Frau blitzschnell einer fachlichen Musterung: stark, aber gekonnt geschminkt – bis auf etwas zu viel Rouge, vielleicht; sehr gepflegte Gesamterscheinung. Außerdem war offensichtlich, dass diese Dame einem fachkundigen plastischen Chirurgen den Zweitwohnsitz auf Mallorca finanziert hatte.

»Eine Botschafterin der Schönheit?«, wiederholte Frau Adel Gerlindes Worte so genüsslich, als lutsche sie ein Sahnebonbon. »Sie machen mich neugierig. Kommen Sie doch herein, und erzählen mir mehr darüber.«

Gerlinde registrierte erstaunt, wie ihr beim Klang der männlich anmutenden Reibeisenstimme ein angenehmes Kribbeln über den Rücken kroch, und fasziniert folgte sie der Frau in ein elegant eingerichtetes Wohnzimmer.

Dort baute sie den Inhalt ihres Köfferchens auf dem Couchtisch auf, während die Hausherrin mit wiegenden Hüften in Richtung Küche verschwand. Kurz darauf vernahm Gerlinde das melodische Klirren von Eiswürfeln und Glas.

Im Geiste mit einer maßgeschneiderten Verkaufsstrategie

für die neue Luxus-Nachtcreme zu 149 Euro beschäftigt, bemerkte sie die Rückkehr der Frau erst, als diese zwei wohlgefüllte zylinderförmige Gläser auf dem freien Ende des Couchtischs abstellte. Lächelnd kam sie zu Gerlinde herüber und zog sie sanft, aber bestimmt neben sich auf das ausladende Sofa.

So viel körperliche Nähe zu dieser Unbekannten in fließender Seide und wogenden Federn wirkte auf Gerlinde ein wenig verunsichernd. War das intensive Moschusaroma, das ihr in die Nase stieg, Bestandteil eines zweifellos teuren Parfüms oder womöglich natürlichen Ursprungs?

»Also, was haben Sie mir Hübsches mitgebracht?«, fragte die Frau.

Sie hatte wirklich eine verruchte Stimme, fand Gerlinde, während ein kleiner Muskel an ihrem Hals anfing, nervös zu zucken. Nach einem weiß-goldenen Fläschchen greifend, versteckte sie ihre wachsende Unruhe hinter den erprobten Werbeslogans, die sie schon unzählige Male aufgesagt hatte.

»Diese milde Reinigungslotion mit Aloe Vera und Mimosenextrakt ist das A und O jeder wirksamen Schönheitspflege«, referierte sie. »Nur wenn die Haut sanft und gründlich vorgereinigt wird, können die anschließend verwendeten Pflegepräparate ihre volle Wirkung entfalten.«

Frau Adel rutschte ein Stück näher heran, als wolle sie kein Wort dieses kleinen Vortrags verpassen, und in ihrem glatten Gesicht hatte sich ein geradezu gieriger Ausdruck eingenistet, den Gerlinde zuversichtlich als Interesse an ihren Ausführungen deutete.

Schwungvoll griff sie nach einem kleinen Pumpspender. »Dies ist einer unserer Verkaufsschlager: *Insomniac*, ein kühlendes, straffendes Serum, das am Morgen danach sämtliche Spuren einer wilden Partynacht aus Ihrem Gesicht verschwinden lässt.«

»Sehr gut«, die potenzielle Kundin rückte noch näher, und ihre Tonlage – wenn das überhaupt möglich war – sackte eine weitere Oktave nach unten, »ich liebe lange, wilde Nächte!«

Gerlinde versuchte angelegentlich, nicht nur die Zweideutigkeit dieser Aussage, sondern auch die Hitze zu ignorieren, die von dem fremden weiblichen Schenkel ausging, welcher sich deutlich gegen ihren grauen Wollrock drückte.

»Wie heißen Sie, Schätzchen?« Frau C. Adel hatte sich gerade eine unglaublich lange, unglaublich dünne Zigarette angezündet, und gleichzeitig mit ihren Worten strömte eine träge Rauchwolke aus den leicht geöffneten Lippen. Prompt blieb Gerlinde die Lobpreisung einer brandneuen Ampullen-Kur – reich an Antioxidantien, besonders wichtig für Raucherinnen! – im Hals stecken.

»Sand«, antwortete sie automatisch und bemühte sich krampfhaft, dem Schlafzimmerblick ihrer Gastgeberin standzuhalten.

Die Frau lachte heiser:

»Und? Verraten Sie mir auch Ihren Vornamen?«

»Gerlinde«, sagte Gerlinde leise. Nie war ihr dieser altjüngferliche Name peinlicher gewesen.

»Ah, Gerlinde …«

So wie *die* es aussprach, klang es fast wie ein Kosename. Frau Adel machte sie an, kein Zweifel. Gerlinde wurde immer verwirrter. Sie hatte keine Erfahrung mit solchen Situationen – die »längste Praline der Welt« zählte hier wohl nicht.

»Frau Adel«, begann sie steif, wurde von dieser jedoch beinahe zärtlich unterbrochen.

»Nicht doch, ich bin Charlotte.«

»Ja, also, Charlotte … Wenn ich Ihnen jetzt unsere große Auswahl an dekorativer Kosmetik vorstellen darf?«, rettete sich Gerlinde zurück in das Verkaufsgespräch, »Wie ich sehe, wissen Sie mit Make-up sehr gut umzugehen. Trotzdem würde ich Ihnen gern eine andere Lippenstiftfarbe empfehlen.«

Charlotte Adel lüpfte die perfekt nachgezeichneten Augenbrauen:

»Was stimmt denn nicht mit der, die ich trage?«

»Nun, dieses bläuliche Rosé passt nicht zu Ihrem Hautton. Es macht Sie ein wenig blass.« Gerlinde fühlte sich wieder auf sicherem Terrain. »Probieren Sie doch einmal den hier aus. Ihr Teint wird viel frischer wirken!« Sie zog die elegante Goldhülse von einem Lippenstift und hielt ihn der Frau hin. »Bitte schön!«

»O nein«, antwortete diese und lächelte hintergründig, »darin sind Sie sicherlich viel besser als ich.« Sie deutete einen Schmollmund an, und schon im nächsten Augenblick fand Gerlinde sich dabei wieder, wie sie ihrem Gegenüber mit einem Kosmetiktuch behutsam den pinkfarbenen Gloss abtupfte. Dann beugte sie sich mit dem Lippenpinsel hinüber.

Charlotte Adel richtete sich ein wenig auf, dabei verrutschte ihr Morgenrock und enthüllte weit mehr als nur den Ansatz ihres Ehrfurcht gebietenden Busens, so dass Gerlinde sich unerwartet zwei großen, steil aufragenden, blassrosa Brustwarzen gegenüber sah, die sie förmlich anzustarren schienen. Ihre Hand zitterte plötzlich, sie hatte

Schwierigkeiten, das feine Pinselchen mit der tiefroten Farbe sauber an den dargebotenen Lippenkonturen entlangzuführen. Eine Frau … Diese Erfahrung fehlte noch auf ihrer ganz persönlichen Liste!

Als Gerlinde fertig war, überprüfte Charlotte Adel mit sichtlichem Wohlgefallen ihr Gesicht in einem kleinen Handspiegel.

»Sie haben ein *sehr* gutes Auge, Gerlinde«, sagte sie, und die dicht getuschten Wimpern verschleierten ihren Blick wie Schlafzimmergardinen. Dann schien sie sich an die vorbereiteten Getränke zu erinnern, griff nach den beiden Gläsern, in denen die Eiswürfel bereits vor sich hin schmolzen, und reichte eines davon Gerlinde. Diese schnupperte vorsichtig an der hellgrünen, milchigen Flüssigkeit.

»O nein, danke!«, lehnte sie automatisch ab. »Ich trinke eigentlich keinen Alkohol.«

Doch Frau Adel antwortete mit einem kehligen Lachen:

»Schätzchen!«, gurrte sie, »Pernod ist kein Alkohol, sondern ein Aphrodisiakum.«

J'adore elle! Oh, wie sehr ich sie begehre! Käme doch endlich die Nacht, so dass ich zu ihrem Fenster hinaufflattern und sie ansehen könnte!

Ein Blick auf die digitale Leuchtanzeige des in meinen neuen Sarg eingebauten, funkgesteuerten Sonnenuntergang-Weckers sagt mir jedoch, dass ich mich noch viele Stunden gedulden muss. Und wieder einmal finde ich keine Ruhe. Diese Schlafstörungen zehren mich bald auf! Dabei kann ich nicht einmal hinaus, um mich abzulenken. – Das Tageslicht … Sie verstehen!

Hoffentlich bringe ich bald den Mut auf, mich meiner

Herzensdame bemerkbar zu machen, denn lange ertrage ich das alles nicht mehr.

Es gibt da nämlich noch etwas, das Sie nicht über mich wissen und das sich keinesfalls herumsprechen darf: Neben meiner Höhenangst leide ich obendrein unter Klaustrophobie! Im Normalfall kann ich damit recht gut umgehen, denn in Särgen schlummert es sich für gewöhnlich vorzüglich, doch nun, da ich vor lauter Liebe kaum ein Auge zu bekomme, scheinen die samtgepolsterten Wände meiner Schlafstatt immer näher zu rücken, mir fällt das Atmen schwer … Aber ich bin wie gefangen in diesem verdammten Sarg!

Dürfte ich wenigstens ein geräumiges Mausoleum mein Eigen nennen, das wäre schon eine große Erleichterung – andererseits reist es sich damit natürlich schlecht.

Oft frage ich mich, ob ich meinem jämmerlichen Dasein nicht durch eigene Hand ein Ende bereiten soll. Sie erinnern sich, mit der Unsterblichkeit habe ich ohnehin nichts am Hut, und beinahe noch schlimmer ist, dass mir BLUT als einziges Nahrungsmittel bald zu den Ohren herauskommt! Ich meine, was ist dieser körperwarme Proteindrink denn schon gegen ein gutes Glas Wein, einen feurigen Schnaps … oder kühles, klares Quellwasser!? Ganz zu schweigen von köstlichem Braten, knackigen Äpfeln, schlüpfrigen Austern!

Nein, ich will diese Existenz nicht mehr!

Das Problem ist nur, dass es keine Erfahrungsberichte von Zu-Staub-Zerfallenen gibt, wie Sie sich denken können. Niemand weiß, ob womöglich entsetzliche Schmerzen zu erleiden sind, so man sich in die gefürchtete Schusslinie eines Sonnenstrahls begibt! *Non*, selbst wenn dahinter das

Paradies des ewigen Seelenfriedens liegen mag, den Mut zu dieser Selbsttötung könnte ich niemals aufbringen.

Ich bin ein Versager. *Vraiment*, eine Schande für meinesgleichen! Ein Vampir ohne die geringste Standesehre. Ein Feigling. Einer, der als Fledermaus mit Höhenangst zu kämpfen hat und in seinem Luxussarg Panikattacken bekommt!

Dabei war das nicht immer so. Meine geliebte Helène – wo immer sie nun sein mag – verfügte über eine solche *Courage*, dass genug davon auf mich abfärbte, um über all diese Schwächen nur zu lachen. Leider hatte sie jedoch ein wenig zu viel *Courage* …

Es ist im Urlaub passiert. Wir wollten uns ein wenig den Wind um die Nase wehen lassen, etwas Neues sehen. Wissen Sie, nach sechshundertachtundvierzig Jahren kann auch die harmonischste Zweisamkeit etwas eintönig werden.

So reisten wir nach Ibiza, das war damals *très chic* und geradezu berühmt unter Nachtschwärmern – für uns demnach genau das Richtige. Schon nach kurzer Zeit stellte sich indes heraus, dass Helène völlig andere Vorstellungen von diesem Urlaub hegte als ich …

Mir eine Hand voll Touristen unterschiedlichster Kulturkreise für ein abwechslungsreiches Mahl auszuwählen und danach stundenlang unter dem nächtlichen Sternenhimmel am Meer zu sitzen, zu philosophieren, mit meiner Liebsten die eine oder andere *petite mort* zu erleben … so hätten für mich gelungene Ferien ausgesehen. Nicht aber für Helène! Sie wollte feiern, tanzen, sich amüsieren, und das tat sie. In skandalöser Garderobe, die diese Bezeichnung kaum verdiente, war sie Gast auf unzähligen ausschweifenden Partys, denen jene hispanische Insel mittlerweile wohl einen recht zweifelhaften Ruf verdankt. Ich selber begleitete sie nur zwei- oder dreimal, denn als ich mich bei einem solchen Anlass an einem Mädchen labte, welches zuvor sehr viel Alkohol konsumiert hatte, zog ich mir einen so grauenhaften Brummschädel zu, dass mir auch das letzte Quäntchen Lust auf Zerstreuungen dieser Art verging. Helène hingegen schreckte dergleichen nicht. Sie war regelrecht süchtig geworden, blieb immer länger und länger fort. Bis sie eines Nachts nicht mehr zurückkehrte.

Als am nächsten Abend endlich der Mond am Himmel stand, machte ich mich sofort auf die Suche nach ihr und fand bald meine schlimmsten Befürchtungen bestätigt.

Eine »tolle Nummer« sei Helène gewesen, auf dieser wirklich »duften« Party am Strand, so wurde mir berichtet. Ein langhaariger Geck in Glitzerhemd und Satinhosen erinnerte sich genau: Im einen Moment habe man sie noch auf einem der riesigen, dröhnenden Lautsprecher tanzen gesehen, und im nächsten sei sie wie vom Erdboden verschluckt gewesen – just als die ersten Sonnenstrahlen die Nacht vertrieben hatten.

»*Cool*«, sagte der junge Mann und machte ein seltsames Zeichen mit gespreiztem Zeige- und Mittelfinger.

Da wusste ich, was ihr widerfahren war, doch die Augenzeugen hatten natürlich keine Ahnung! Ebenso wenig wie der Barbar, der sich vermutlich kurz darauf Helènes staubige Überreste mit einem Fünftausend-Peseten-Schein in die Nase gezogen hat!

Und nun liege ich hier, in diesem elenden Sarg, seit dreißig Jahren … allein! Manchmal frage ich mich, ob meine Sehnsucht nach dieser fremden Frau aus der dritten Etage nicht nur meiner Einsamkeit entspringt. Oder der Tatsache, dass mein Stoßdegen schon allzu lange kein Futteral mehr von innen gesehen hat. Kann diese *femme fatale* wirklich eine adäquate Partnerin für die Ewigkeit sein?

Mon dieu! Welch schwarze Gedanken suchen mich heim, nur weil ich nicht in Morpheus' Arme sinken darf? Jeden Tag ist es dasselbe! Außerdem ist mir der Fuß eingeschlafen, *sacre bleu!*, und ich kann nicht einmal aufstehen …

Noch geraume Zeit später sollte Gerlinde sich nicht darüber im Klaren sein, ob es wirklich eine aphrodisische oder eben doch nur die ungewohnte Wirkung des Alkohols gewesen war, die den letzten Funken überspringen ließ. Allerdings klebte der frisch aufgetragene, dunkelrote Lippenstift schon kurz darauf nicht nur an einem der klassischen Pernod-Gläser, sondern war auch weitläufig um die Münder der beiden Frauen verschmiert.

Einmal damit angefangen, konnte Gerlinde gar nicht mehr aufhören, an Frau Adels – Charlottes – weicher Zunge zu saugen oder der ihren für verheißungsvolle Spielchen Platz zu machen. Unter diesen heißblütigen Küssen schwang sich ihre Erregungskurve zu ungeahnten Höhen auf, und weil sie keinesfalls unerfahren wirken wollte, betastete sie den verlockend weiblichen Körper vor sich besonders stürmisch.

Die einzigen Brüste, die sie bislang angefasst hatte, waren schließlich ihre eigenen gewesen, und auch der feine, blond gefärbte Busch, der unter Charlottes seidenem Mantel zum Vorschein kam, versprach eine aufregende Expedition in fremde Welten. Ungestüm durchpflügte Gerlinde mit dem Mittelfinger die hellen Löckchen, doch bevor sie in geheimere Tiefen vorstoßen konnte, wurde sie liebevoll gebremst.

»Schätzchen, mach' langsam!«, verlangte die Frau und dirigierte die aufgeregte Kosmetikberaterin in eine liegende Position.

Gerlinde sah zu, wie Charlotte Adel ihr Knopf für Knopf die Bluse öffnete. Der unerotische Büstenhalter, der darunter zum Vorschein kam, schien sie nicht weiter zu stören, vielmehr neigte sie den Kopf, um sich voller Genuss an dessen hautfarbener Nylonkante entlangzulecken. Dann hakte sie ihrer heftig atmenden Besucherin den züchtigen, wadenlangen Rock auf und schob ihn herunter. Gerlinde bedauerte erstmals, dass sie nie halterlose Strümpfe trug, aber auch das war dieser Frau offenbar egal, denn sie rollte ihr die langweiligen Feinstrumpfhosen kurzerhand die Beine hinunter, bis sie, zusammen mit den Schnürschuhen, als Knäuel auf den Teppich fielen. Es folgten der BH und zuletzt ein geblümter Baumwollschlüpfer aus dem Dreierpack zu 4,95.

Auch wenn Charlotte Adel leicht belustigt aussah, ihre langen, in schimmerndem Perlmutt lackierten Fingernägel kratzten Gerlinde bei alldem so aufreizend über die Haut, dass diese sich nicht damit aufhalten konnte, peinlich berührt zu sein, sondern mit halb geöffnetem Mund und heftig klopfendem Herzen ungeduldig der Fortsetzung harrte.

Die Frau warf ihren Morgenrock von sich, dass die Federn nur so flatterten, und enthüllte einen wahrhaft spektakulären Körper – der Schönheitschirurg hatte sich seine Residenz auf Mallorca redlich verdient –, bevor sie nach einer der Flaschen auf dem Couchtisch griff, aus der sie sich einen großen Klecks sündhaft teurer Bodylotion in die Hand spritzte. Die erlesenen Düfte von Mandarinen und Jasmin vermischten sich mit dem Geruch ihrer Körper, der in einer schwülen Dunstglocke über dem Sofa hing.

»Dreh dich um!«, verlangte Charlotte, worauf Gerlinde sich widerstrebend mit dem Gesicht voraus in die weichen Polster kuschelte. Ihr Körper prickelte, als sprudle statt Blut Johannisbeerbrause durch ihre Adern, und sie wollte im Grunde viel lieber die pralle Nacktheit neben sich erkunden und herausfinden, wie ein fremder Schoß schmeckte, anstatt passiv auf dem Bauch herumzuliegen.

Da jedoch begann Charlotte, ihr mit langen, sinnlichen Strichen den Rücken zu massieren, ließ die Hände dabei immer wieder verlockend über den seitlichen Ansatz von Gerlindes Brust gleiten, bis diese nur noch wohlig seufzen konnte. All ihre Nervosität und Ungeduld löste sich in nichts auf, und sie wurde buchstäblich weich und feucht wie eine Kaktusfeige, die man aus ihrem stacheligen Panzer befreit.

Dann bearbeiteten die geschickten Finger aufreizend Gerlindes Beine und Pobacken, walkten und streichelten, kneteten und rieben sie, bis Gerlinde abwechselnd sehnsüchtig den Hintern in die Höhe reckte oder ihr feuchtes Geschlecht gegen das Sofakissen presste, auf dem sie lag. Unfähig, noch länger zu warten, wälzte sie sich herum und küsste Charlotte mit einem Heißhunger, der eine fleischfressende Pflanze vor Neid hätte erblassen lassen.

Die beiden Frauen lagen Haut an Haut, formvollendetes Silikon presste sich an schwere, weiche Hügel, ein platinblonder Venusberg traf auf einen dunklen Busch, und zwei Kitzler spielten Haschmich.

Charlotte stöhnte genussvoll, was sich anhörte wie das Knurren eines Pumas kurz vor dem Angriff. Eine kleine

Weile erlaubte sie der *Botschafterin der Schönheit*, an ihren erigierten Brustwarzen zu saugen, bevor sie zielstrebig höher kroch, wo sie langsam die Hüften auf Gerlindes Gesicht herabsenkte und diese in der hohen Kunst unterwies, eine Muschi zu lecken. Charlotte war schließlich die geborene *Botschafterin der Liebe.*

Heute Nacht ist es so weit, heute wird meine Einsamkeit ein Ende finden! Ich hoffe nur, dass das Glück mir hold und *sie* nicht abermals anderweitig beschäftigt ist. Nahm ich doch bereits gestern all meinen Mut zusammen, flog zu ihrem Balkon hinauf und erblickte dort meine Auserwählte, wie sie sich ein weiteres Mal dem Laster hingab. Mein kühner Plan kam somit recht ungelegen, aber dennoch harrte ich vor ihrem Fenster aus, vergaß sogar die schwindelerregende Höhe, in der ich mich befand, denn mit dem geschärften Blick der Fledermaus erkannte ich sofort, dass es ein Weib war, mit dem sie sich dort vergnügte.

Welch erbaulicher Anblick, *bien sur*, ich bin schließlich auch nur ein Mann! Und wie viel Kraft noch in meinen weißen Lenden steckt, durfte ich umgehend feststellen, als sämtliches Blut, welches ich gerade einem zuvorkommenden Taxifahrer abgezapft hatte, sich in meinem Gemächt zu versammeln schien, um es in einen stoßbereiten Rammbock zu verwandeln. Aber würde es Sie nicht entflammen, wenn zwei Evastöchter Ihnen freigiebige Blicke auf ihre intimsten Schatzkästchen gewährten, einladend geöffnet, mit Perlen, die ganz prall und nass sind vor Lust? Es war ein herrlicher *Pas de deux*, in dem sich mein blonder Engel mit der anderen schlängelte, beider Gesichter immer wieder aufs Neue in höchstem Entzücken verzerrt.

Wie Sie sich vorstellen können, bescherte mir diese Darbietung abermals einen schlaflosen Tag, auch wenn es diesmal nicht düstere Gedanken waren, die mich quälten, sondern ein Anfall akuter Erotomanie. Dem nachzugeben verbot ich mir indes standhaft, immerhin habe ich heute Nacht eine Schlacht zu schlagen.

Meinen abendlichen Blutdurst werde ich zunächst andernorts stillen, *ma chére*, um deinen Leib mit meinen Bissen nicht über Gebühr zu schwächen, und danach beginnt unsere gemeinsame Reise in die Unendlichkeit …

Charlotte Adel war nicht zufrieden. Oder treffender formuliert: Sie war unbefriedigt. Das süße Intermezzo mit der Kosmetikberaterin lag schon über 24 Stunden zurück, und seit dem – nichts! Nicht mal der niedliche Staubsaugervertreter hatte sich wieder blicken lassen. Derart lange Pausen schätzte ihre Libido überhaupt nicht!

Zwar waren am Spätnachmittag die Zeugen Jehovas vor Charlottes Tür aufgetaucht und hatten sie über ihre Wachtürme hinweg salbungsvoll angelächelt, aber offenbar rangierte *Spaß* für diese Leute gleich hinter dem Brudermord! Den beiden – Männlein und Weiblein – war nämlich augenblicklich jegliche Verbindlichkeit aus den Gesichtern gebröckelt, als Charlotte sie mit bildhaften Worten zu einem netten Dreier animieren wollte. Nicht minder anschaulich hatte das freudlose Paar ihr daraufhin das Fegefeuer prophezeit und empört das Weite gesucht.

Jetzt tigerte Charlotte durch ihre Wohnung.

Musste sie etwa in eine Bar gehen, um jemanden zu finden? Ausgeschlossen, das war eindeutig unter ihrem Niveau! Sie entzündete eine Zigarette, inhalierte tief und betrachtete sich nachdenklich im Garderobenspiegel. Dann ließ sie einige dicke, weiße Rauchkringel aus ihrem Mund schlüpfen. Das sah aus wie Fellatio an einem Unsichtbaren; Charlotte seufzte.

Vielleicht sollte sie einfach den Schlüter aus dem ersten Stock heraufbitten. Da würde sie sogar noch ein gutes Werk tun, denn der hatte von seinen allseits bekannten Porno-Marathons bestimmt schon ganz schwielige Hände. Gerade noch rechtzeitig erinnerte sich Charlotte jedoch an den ersten Besuch dieses Herrn. Du lieber Himmel, der Kerl hatte ihr hinterher das Negligé nass geheult weil er sich noch immer nicht damit abfinden konnte, dass seine Frau mit ihrer Reiki-Meisterin durchgebrannt war. Davon abgesehen ließen seine bescheidenen Fähigkeiten als Liebhaber sich bestenfalls mit denen eines überfütterten Stallhasen vergleichen. Schweren Herzens entschied Charlotte, dass Herr Schlüter selbst als Lückenbüßer nicht taugte, da ertönte aus Richtung des Balkons ein lautes, flatterndes Geräusch, gefolgt von einem merkwürdigen Stöhnen.

Sie lief ins Wohnzimmer hinüber, schob mit einem Ruck den Vorhang des großen Fensters zurück, und dort stand, wie herbeigezaubert, ein in elegantes Schwarz gekleideter Mann auf ihrem schmalen Balkon, der sich krampfhaft an die niedrige, schmiedeeiserne Brüstung klammerte.

Der Gute war zugegebenermaßen etwas blass um die aristokratisch anmutende Nase, aber dennoch witterte Charlotte in ihm sofort das potente Prachtexemplar, weshalb sie sich nicht mit langwieriger Verblüffung oder lästigem Erschrecken aufhielt, sondern einladend die Glastür öffnete.

»Kommen Sie doch herein, mein Lieber«, lockte sie, »hier

drin ist es viel gemütlicher« – woraufhin der Mann hastig ins Wohnzimmer trat. Er richtete sich zu beachtlicher Größe auf und sah sich forschend um.

»Sind Sie allein?«, fragte er, einen französischen Akzent enthüllend, der vielversprechend an ihren Ohrmuscheln leckte.

»Jetzt nicht mehr«, schnurrte sie. »Was führt Sie denn zu mir, so spät am Abend?«

Nicht, dass Charlotte das wirklich interessiert hätte; eigentlich ging es nur noch darum, die Zeit bis zum ersten Hautkontakt zu überbrücken.

Er warf ihr einen feurigen Blick zu:

»Mein Name ist Arthur de Armagnac, und ich bin gekommen, Ihnen ewiges Leben zu schenken!«

Diese Aussage ließ sie nun doch aufhorchen.

»Oh, das klingt gut! – Sie sind aber hoffentlich nicht von irgendeiner Sekte, oder?«

Sich langsam auf sie zu bewegend, schüttelte er den Kopf.

»*Mais non!*«

Charlotte trat ihm einen verheißungsvollen Schritt entgegen.

»Dann wollen Sie mir wohl eine Lebensversicherung verkaufen?«, neckte sie ihn, während ihre Augen bereits an seinen Knöpfen knabberten.

Abermals schüttelte Arthur den Kopf. Er stand nun direkt vor ihr, verschlang sie mit Blicken, kostete die letzten atemlosen Sekunden der Vorfreude aus ... bevor er seine Angebetete endlich verlangend an sich riss. Entzückt belohnte Charlotte seine Leidenschaft, indem sie ihm ihre hungrigen Lippen anbot, aber er neigte den Kopf und wühlte sich mit dem Gesicht durch die Federn an ihrem Hals.

»Was tun Sie denn da?«, ächzte sie erregt. »Sie beißen mich? Ah! Oh! Das ist ja ganz wunderbar.«

Erst danach küsste er sie, und sein Mund schmeckte leicht metallisch nach ihrem Blut. Charlotte stand in Flammen; *sie* zu überraschen, das hatte schon lange keiner mehr geschafft!

Arthur streifte ihr wortlos das Negligé von den Schultern. Er berührte bewundernd ihre Brüste, zwirbelte sacht die harten Knospen und streichelte sich abwärts zu ihrem weichen Bauch.

Seine Finger – kalt wie Eis, aber auf Charlottes Haut die reinsten Flammenwerfer – liebkosten ihr feines Schamhaar und den gewölbten Venushügel, tasteten sich tiefer. Ihre Schenkel klappten auf wie ein Springmesser, und vorgewärmt wie sie war, rieb Charlotte sich an seiner Hand direkt genüsslich zu einem ersten, saftigen Orgasmus.

Danach befreite sie Arthur endlich aus dem störenden Anzug, nestelte ungeduldig an den antiquierten Sockenhaltern und erforschte dabei Zentimeter für Zentimeter seiner weißen Haut. Ganz zuletzt enthüllte sie die bemerkenswerteste Erektion, die sie je gesehen hatte: Hart, glänzend und unerwartet kühl ragte sie in die Höhe wie ein schneeweißer Marmor-Dildo. Charlotte war entzückt. Als sie mit feuchter Zungenspitze verheißungsvoll daran herumspielte, stöhnte Arthur laut auf und stammelte mit belegter Stimme Unzusammenhängendes von Liebe, Sehnsucht oder wie schön sie als Fledermaus aussehen würde.

Da konnte Charlotte seinen Worten allerdings schon nicht mehr folgen, weil sein überaus erotisierender französischer Akzent vorübergehend ihr zerebrales Verständnis lahmgelegt hatte.

Viele Stunden später, sie gönnten sich gerade eine kleine Ruhepause auf dem Wohnzimmerteppich, stellte Arthur fest, dass er glücklich war. Mit dieser Frau an seiner Seite erschien ihm der Gedanke an die Ewigkeit nicht mehr ganz so erschreckend. Sie hatte seinem siebenhundertundsechzehn Jahre alten Körper das Gefühl von Leben zurückgegeben – und ein Ende schien nicht in Sicht, denn just in diesem Augenblick machte sie sich schon wieder so geschickt an ihm zu schaffen, dass sein strapaziertes Zepter stolz in die Höhe wuchs – zum wievielten Mal konnte er nicht sagen, denn irgendwann im Lauf der Nacht hatte er aufgehört zu zählen.

Erregt betrachtete er die beiden frischen Wunden an Charlottes Hals. Nur noch ein Biss, dann würden sie vereint sein. Für immer und ewig!

Arthur hatte sicherheitshalber beschlossen, ihr erst *hinterher* die Wahrheit zu enthüllen, und falls sie das wütend machte … nun ja, er hatte schließlich endlos Zeit, um sie wieder zu versöhnen.

Ihr warmer Atem kitzelte sein Ohr.

»Du bist wirklich unglaublich«, raunte Charlotte, während sie kräftig sein erstarktes Glied massierte, »der Beste, den ich je hatte!«

Mit diesen Worten grub die Ahnungslose inspiriert ihre Zähne in seinen Hals und saugte sich dort fest. Lang vergessen geglaubte, bittersüße Empfindungen raubten Arthur die Sinne – endlich, nach all diesen Jahren, durfte sein Leib sich wieder unter dem berauschenden Gefühl eines solchen Bisses aufbäumen!

Charlotte, die seine ekstatischen Wallungen ausschließlich auf ihre unermüdliche Handarbeit zurückführte, erhöhte die Drehzahl derselben und presste sich dabei lüstern an ihn. Sie hatte nicht übertrieben, dieser seltsame Kerl mit der ungesunden Hautfarbe entpuppte sich als Stehaufmännchen, wie sie es noch nicht erlebt hatte.

Ein weiteres Kondom wurde seiner freudvollen Bestimmung zugeführt, bevor Charlotte sich über Arthur hockte, seine fleischgewordene Marmorsäule packte und sie erneut in ihre gefräßige Spalte gleiten ließ. Ganz langsam kreiste zuerst nur ihr Becken, dann bewegte sie sich in immer schärferem Tempo auf und ab, bis Arthur keuchend die halb geschlossenen Augen verdrehte, so dass nur noch das Weiße zu sehen war. Breitbeinig kniete sie über ihm, ihr ganzer Körper war in wilder Bewegung, selbst die Brüste hüpften wie Rettungsbojen in stürmischer See, und mit ihr gemeinsam trieb Arthur auf den einzigen Gipfel zu, auf dem seine Höhenangst ihm keine Probleme bereitete.

Sein Eiszapfen hatte sich in eine Stange Dynamit verwandelt, doch jetzt musste er sich vorsehen, dass die Lunte nicht zu früh abbrannte, denn den kostbaren dritten Biss wollte er ihr auf dem Höhepunkt der Lust angedeihen lassen – die perfekte Verschmelzung! Zielstrebig zog er deshalb Charlottes Oberkörper zu sich herab, bis ihre Kehle sich unmittelbar vor seinem Mund befand, während sein Unterleib weiter in heftigem Stakkato gegen den ihren klatschte. Sie stieß kleine, brünstige Laute aus, die schnell lauter wurden, bevor sie sich unvermittelt in heisere Schreie verwandelten.

Jetzt … jetzt … Das erste heiße Zucken seines eigenen Orgasmus überwältigte ihn, die blutroten Male an ihrem Hals tanzten vor seinen weit aufgerissenen Augen, und er fletschte die Fangzähne, um sie zum letzten Mal in Charlottes zarte Haut zu schlagen, als der Kronleuchter an der

Decke unter seinem markerschütternden, wolfsähnlichen Geheul erzitterte.

Der erste milchige Strahl einer müden Wintersonne war über das Fenstersims gekrochen.

»Kompliment, Schätzchen, du hast mich wirklich geschafft!« Charlotte schob sich den zerwühlten Haarvorhang aus dem Gesicht, um zu erkennen, ob ihr Liebhaber endlich genug hatte, und musste konsterniert feststellen, dass Arthur nicht mehr da war. Während sie einer kleinen, orgasmusbedingten Schwäche unterlag, hatte Monsieur sich offenbar auf Französisch – ha! – verabschiedet. Eine Ungezogenheit, die sie kaum fassen konnte!

Als Charlotte, die immer noch auf allen vieren gelegen hatte, vorsichtig aufstand und sich die schmerzenden Knie rieb, entdeckte sie unter sich ein rätselhaftes Häufchen Staub – gekrönt von einem benutzten Präservativ.

Ebenso ratlos wie befremdet besah sie sich diesen seltsamen Abschiedsgruß ihres desertierten Liebhabers und wunderte sich ausgiebig über seine schlechten Manieren, bevor sie kopfschüttelnd nach dem Kondom griff, dessen zahlreiche, überall verstreut liegende Brüder gleich mit einsammelte, um sie allesamt wehmütig im Mülleimer zu versenken.

Nachdem sie den Rest der Wohnung in Ordnung gebracht hatte, erinnerte Charlotte sich schließlich an den praktischen *Staubdestruktor Deluxe* und saugte damit gedankenverloren das Staubhäuflein vom Teppich. Irgendwie spürte sie, dass sie diesen sonderbaren Arthur nie wiedersehen würde.

Schade.

Lieblingsblau II

Von: Sonja <sonja@heavenlymails.com>
Gesendet: Mittwoch, 25. Juli, 18:13:37
Betreff: Lieblingsblau …

Hallo Süße,

wie gut, dass es mittlerweile überall Internet-Cafés gibt, denn ich muss dir SOFORT erzählen, was mir heute passiert ist! Und zwar in allen strengvertraulichen, schmutzigen Details!!!

Aber eins nach dem anderen.

Wie ich auf der versprochenen Postkarte bereits geschrieben habe (wenn die überhaupt jemals ankommt …), bin ich absolut hin und weg. Du hast Recht gehabt – hier ist es wirklich wahnsinnig schön!

Frank gefällt es wohl auch ganz gut, obwohl er eigentlich noch nicht viel gesehen hat. Leider stellte sich nämlich raus, dass er völlig damit zufrieden ist, faul an unserem Hotelpool rumzuliegen, anstatt etwas zu unternehmen. Seit wir angekommen sind, gab es deshalb Zoff. Dabei habe ich doch schon zu Hause davon geträumt, jeden Tag unter freiem Himmel mit ihm zu poppen.

Diese Idee (an der du mit deinen ewigen Geschichten ja

nicht ganz unschuldig bist!), hat mich total angemacht, und ich konnte es kaum abwarten, dass mein zahmer Frank hier endlich mal den Tiger aus dem Tank lässt. Allerdings hatte ich als Schauplatz für unsere Schweinigeleien bestimmt keinen Plastikliegestuhl mit hoteleigenem Schweißschutz im Sinn – eingekeilt zwischen dem Kinderplanschbecken, einem kreuzworträtselnden Ehepaar aus Kierspe und den Animateuren, die versuchen, mit schwitzenden Hotelgästen »Macarena« zu tanzen. Mir schwebte da eher irgendein Strand vor, der Schatten eines Feigenbaums (... Mandelbaums, Orangenbaums, Johannisbrotbaums ...), eine felsige Bucht, die Dünen(!), oder von mir aus ein verlassener Feldweg in der Mittagshitze! Davon kann man in unseren heimischen Breitengraden ja sonst nur träumen – oder sich zum Vollzug im Freien ein taktisches Loch in die Angoraunterwäsche schnippeln, ohne die man dabei die meiste Zeit des Jahres aufgeschmissen wäre.

Na ja, jedenfalls kennst du jetzt den Grund, weshalb ich bisher nur solo unterwegs war, um mir all die Dinge anzuschauen, von denen du regelmäßig geschwärmt hast, wenn du aus dem Urlaub kamst.

Ich gebe zu, dass ich deine Begeisterung immer für etwas übertrieben hielt: tolle Strände, tolles Wasser, tolle Natur, tolles Ambiente, tolle Partys, tolle Menschen, ... und *natürlich* toller Sex. Alles toll, toll, toll. Jedes Jahr aufs Neue! Für uns arme Daheimgebliebene klang das schon ziemlich dick aufgetragen. Als du zum Beispiel letztes Mal einen Dreier an deinem (korrigiere: unserem!) Lieblingsstrand erlebt hast, wollte ich insgeheim nicht wahrhaben, dass einem so was tatsächlich passieren kann.

Ich fange heute noch an zu sabbern, wenn ich mich an

deine anschauliche Schilderung dieser heißen Nummer mit einem wildfremden Pärchen in den Dünen erinnere. – Wobei einem dein Erzählstil auch echt die Tränen in die Augen treibt: *Die laue Brise vom Meer wehte den Duft der Rosmarin- und Wachholdersträucher herüber, und dieser Mordsständer vor meiner Nase roch so lecker nach Sex, dass ich gar nicht anders konnte, als ihn in den Mund zu nehmen …* O Mann, Erektion im Kräutermantel, oder was?! Ich konnte mir damals so richtig vorstellen, wie das Ding geschmeckt hat!

Lang und breit hast du dich über all die beneidenswerten Dinge ausgelassen, die du mit ihm, sie mit dir, er mit ihr, sie mit ihm, er mit dir … also ihr mit euch angestellt habt, bis ich ganz grün war vor Neid: *Ich lag mit meiner Muschi über dem Gesicht des Mädchens auf allen vieren, er vögelte mich von hinten, so tief, dass sein Busch mich in der Poritze kitzelte, während sie mit ihrer Katzenzunge meine Klit leckte und mir die Sonne auf den nackten Hintern brannte …*

Also bitte, ist das vielleicht etwas, das deine arme beste Freundin hören sollte, die zur gleichen Zeit vermutlich in ihrer dunklen Zweieinhalb-Zimmer-Wohnung gehockt und darauf gewartet hat, dass draußen der Dauerregen nachlässt; wenigstens lange genug um trockenen Fußes die Videothek oder das nächstgelegene Solarium zu erreichen?!

Und dann dein »Lieblingsblau« … Jedes Mal, wenn dieses Wort fiel, habe ich gedacht: Mein Gott, ein blauer Himmel ist eben ein blauer Himmel. Von wegen! Jetzt weiß ich, was du meinst. Dieses Blau, besonders über den silbrig grün bewachsenen Dünen am Meer, ist wirklich speziell. Es macht richtig süchtig!

Aus diesem Grund habe ich Frank heute auch endgültig

in seinem All-Inclusive-Traum sitzen lassen, nachdem ich mir zuvor mal wieder vergeblich Mühe gegeben hatte, ihn für deinen (*unseren* :)) Lieblingsstrand zu begeistern …

Dem war echt nicht mehr zu helfen: Weder der feine Sand noch das kristallklare Wasser, die hotelburgenfreie Natur oder die verschwiegenen kleinen Buchten konnten ihn locken. Ich habe ihm lecker gegrillte Sardinen an der Strandbude sowie die schönsten nackten Brüste der Welt in Aussicht gestellt und sogar angedeutet, dass in den benachbarten Dünen nicht nur seltene Vogelarten nisten, sondern auch anderes Gevögel an der Tagesordnung ist(!) – alles zwecklos.

Frank, der schon wieder breit in einem Liegestuhl fläzte (welchen er selbstredend noch vor dem Frühstück mittels Handtuch reserviert hatte! Manchmal frage ich mich, warum er nicht einfach draufpinkelt, um sein Revier zu markieren …), fing mit einem Blick wie das Leiden Christi an, mir zum wiederholten Male die Vorzüge eines ruhigen Tages im Hotel aufzuzählen. Währenddessen hampelte ein Stückchen weiter die von den Gute-Laune-Profis animierte Hobby-Tanzgruppe zu einem Song der »Gipsy Kings« herum wie eine Horde Nilpferde auf Speed, und im Pool brüllte ein Mädchen das hohe C, weil sein kleiner Bruder offenbar versuchte, es zu ertränken.

Da reichte es mir. Ich hatte keinen Bock mehr, mir von Frank unseren kostbaren Urlaub ruinieren zu lassen, und bin abgerauscht. Stinksauer, versteht sich, wobei er mir aus seiner weiß verschmierten Sonnenmilch-Visage ziemlich verdattert hinterherglotzte. Damit hatte er eindeutig nicht gerechnet!

Am Strand bekam ich prompt bessere Laune, denn ganz vorne hingen gleich einige Surfertypen rum, die so knackig waren, dass ich schamlos versuchte, mit meinen Blicken ihre nassen Shorts zu röntgen. Zwar konnte ich bei all diesem Stoffgewurschtel nicht viel erkennen, aber schon ihre gebräunte Haut, auf der die Wassertropfen funkelten, und besonders ihre salzig feuchten Brustwarzen, die sich in der Meeresbrise aufstellten wie kleine Seeigel, brachten mich auf überaus sportliche Gedanken. Frank und ich hatten in diesen Ferien schließlich erst ein einziges Mal ..., gleich am ersten Abend, als die Stimmung zwischen uns noch gut war und wir aufgeheizt von der ungewohnten Sonne lüstern auf die weißen Hotellaken krabbelten, wo wir dann kichernd unsere Körper nach ersten Bikini- bzw. Badehosenstreifen abgesucht haben ...

Als ich jetzt barfüßig durch den nassen Sand am Wassersaum entlangpatschte, sah ich zu, wie meine Fußabdrücke weichgezeichnet wurden, sobald die sanften Wellen darüberschwappten, und beschloss endgültig, dass der Tag viel zu schön war, um sich noch länger zu ärgern. Außerdem erinnerte mich ringsum natürlich alles an deine diversen blumigen Geschichten, und ich fand es richtig schade, dich nicht dabeizuhaben!

Als Nächstes führte mich mein Spaziergang – ich wollte mir ja ein ruhiges Plätzchen in einer der angrenzenden Mini-Buchten suchen – erst mal durch den »Luxus-Zoo«, wie du diesen Teil des Strandes nennst.

Mensch, da hätten wir so richtig was zum Lästern gehabt, denn tatsächlich: Auf weichgepolsterten Sonnenbetten grillten dort Rolex-behängte, selbstzufriedene Herren reiferen Datums ihre Wohlstandsschwarte, während die dazugehörigen Damen vor allem durch unverhältnismäßige Jugend bestachen. Und natürlich durch ihre Louis-Vuitton-Täschchen, Dolce&Gabanna-Handys, Silikonbrüste oder Dior-Sonnenbrillen.

Da soll mir mal einer was von Liebe und inneren Werten erzählen. Im Bestfalle haben diese Mädels einen Vater-Komplex, aber wahrscheinlicher ist wohl, dass sie es schlicht geil finden, sich die Bärchen vergolden zu lassen ... Bäh, ich kriege schon Ekelpusteln, wenn ich nur daran *denke*, wie mich die alte, faltige Hand von so einem Kerl betatscht!

Ein Stück weiter wurde es deutlich lustiger und lauter: Sehr viele auf »hip« getrimmte junge Leute, denen man ansah, dass sie den Rest des Jahres überwiegend ein kreuzbraves Leben als Bankkaufmann oder Zahnarzthelferin fristen und fleißig gespart haben, um hier, während ihrer tariflich festgelegten 21 Tage Urlaub, mal die Socken fliegen zu lassen. Und alle waren sie natürlich kreuz und quer am baggern, dass kein Höschen trocken blieb.

Das ist ja eigentlich nicht so meins, aber ich kam trotzdem in Versuchung, mir dort ein Plätzchen zu suchen, weil einer der Kellner, die an den Liegestühlen servieren, unheimlich schnuckelig aussah. So ein braun gebrannter Sunnyboy mit supersüßem Grinsen von der Sorte, die im Kreis lachen würden, wenn sie keine Ohren hätten! Ich glaube, ich habe ihn ziemlich offensichtlich angestarrt, denn er zwinkerte mir frech zu und deutete einladend auf eine freie Liege. Das war mir so peinlich, dass ich mich schnell aus dem Staub gemacht habe. – Womöglich hielt der mich für eine untervögelte Touristin, die es mal wieder nötig hat ...

Ha! Du schadenfrohes Aas, ich weiß genau, was du jetzt denkst, aber lies einfach weiter und warte ab!

Mittlerweile hatte ich den Strandabschnitt mit den Nackedeis erreicht und bestaunte bei einigen von ihnen die Abwesenheit jeglichen Schamgefühls. Ich meine, FKK ist ja kein Thema, aber warum müssen die vermeintlichen Herren der Schöpfung sich sogar ungeniert am Sack kratzen, wenn der in vollfleischiger Pracht vor aller Augen baumelt? Und ist es unbedingt nötig, dass manche Frauen beim Sonnenbaden eine Haltung einnehmen, als wollten sie ihren Gebärmutterhals bräunen?

Im Vorbeigehen hörte ich eine gemischte Gruppe dieser Freizeit-Exhibitionisten zu allem Übel auch noch über eine Swinger-Disco sprechen, in der sie gestern Abend offenbar zugange waren.

»Da hab ich et der Schantall ma so richtich besorgt!«, verkündete dröhnend ein vierschrötiger, haariger Kerl mit Doppelkinn. »Ihr Mann, der Günther, war nur noch Bauklötze am Staunen!« Bei diesen Worten kratzte er sich genüsslich – rat mal, wo!

Die Frau neben ihm (seine Frau???) piddelte sich ein Fetzchen vertrocknetes Seegras vom UV-gegerbten Busen und lächelte verträumt, als sie anfügte: »Klar, aber wat meinze, wie der mich dann rangenommen hat!«

Noch Fragen?

Bilder von Männern mit hängenden Pobacken, die im Takt wummernder Disco-Beats Fußpflegerinnen aus Ennepetal begatten, suchten mich heim, und um mein ästhetisches Gleichgewicht wiederzufinden, stapfte ich schleunigst von dannen.

Aus der letzten Strandbude – deinem Favoriten – blubberten schon erste sphärische Klänge elektronischer Musik zu mir herüber. Im seichten Wasser schräg neben mir tanzte dazu ein Mädchen mit wunderschönen langen, roten Haaren. Über ihrem knappen Bikinihöschen trug sie eine weiße Baumwolltunika, die nass und durchsichtig an ihren kleinen, hochangesetzten Brüsten klebte. Mit weit über den Kopf erhobenen Armen wiegte sie sich in trägen Schlangenbewegungen. Sie wirkte, als sei sie in Trance, es war beinahe hypnotisierend, ihr zuzusehen, und tatsächlich passierte etwas Merkwürdiges: Als hätte jemand eine Schutzfolie von meinen Augen gezogen, wurden die Bilder auf meiner Netzhaut schärfer, die Farben leuchtender … Plötzlich nahm ich meine Umgebung viel intensiver wahr.

Diesen traumhaften, kilometerlangen Sandstrand, gesäumt vom sonnenglitzernden Meer, das in satten Blau- und Grüntönen schillerte. Und auf der anderen Seite die sanfte Hügellandschaft der Dünen – wo sich, verborgen zwischen üppigem Strandwacholder und Rosmarin, wahrscheinlich gerade irgendwelche Menschen in kosmischen Orgasmen wälzten, die eigentlich mir zugestanden hätten!

Auf einmal kribbelte es von meinem Scheitel bis zu den Zehenspitzen.

Vor mir erhob sich ein bildschöner Schwarzer aus einem Liegestuhl. Er begann, seinen muskulösen Körper mit dickflüssigem Öl einzureiben, bis Schultern, Arme, Brust, Sixpack und die haarlosen, athletischen Beine glänzten wie lackiert. Enge Schwimmshorts, die sich um seine Hüften schmiegten, als wären sie aufgemalt, ließen die Umrisse einer wahrhaft jugendgefährdenden Ausstattung erkennen, und ich bekam angesichts dieser kostenlosen Peepshow einen trockenen Mund. Obwohl ich doch gar nicht an dem dicken Joint gezogen hatte, den er sich mit seinen Freunden teilte.

Nur wenige Meter weiter lag auf einem bunten Strandtuch ein nacktes Pärchen, das aussah, als sei es frisch aus dem Ei geschlüpft. Der blond gelockte Typ spielte seiner Begleiterin verliebt am Bauchnabel herum, um den eine filigrane Sonne tätowiert war, während sie seinen Oberschenkel kraulte, innen, da wo die Härchen ganz flaumig sind. Seine Hand glitt ein Stück nach oben, folgte der Kurve ihres Brustansatzes, und sofort zogen sich die rosigen Knospen des Mädchens zusammen. Lächelnd schloss sie die Augen. Ihre Finger tasteten sich höher, streichelten zärtlich an seinem krausen, gold schimmernden Nest entlang, in dem sich prompt etwas regte. Der Junge drehte sich hastig auf den Bauch.

Ich stellte mir vor, wie er jetzt mit seinem verräterischen, jugendlichen Ständer eine Mulde in den heißen Sand drückte, obwohl er ihn viel lieber in das saftige Pfläumchen seiner kleinen Freundin gesteckt hätte. Die machte es ihm unterdessen nicht leichter, weil sie sich bäuchlings auf ihn legte, ihre Brüste an seinen Rücken kuschelte und ihr Pelzchen gegen seinen Po drückte.

Als Spanner könnte man echt ein Zelt an diesem Strand aufschlagen und hätte bis ans Ende seiner Tage was zu gucken, dachte ich, denn dieser visuelle Overkill ging so weiter, bis ich die letzte Liege, den letzten Sonnenschirm, die letzte Gruppe Selbstdarsteller in einer Duftwolke aus erhitzter Haut, Sonnenmilch und Marihuana hinter mir gelassen hatte. Es war ziemlich … stimulierend. Aber wem sage ich das!

Nachdem ich noch eine Weile weiter die ansteigende, immer einsamer werdende Küste in Richtung des alten Piratenturms entlanggelaufen bin, entdeckte ich wahrhaftig eine kleine Privatbucht für mich. Von oben kaum einsehbar, keine Menschenseele dort, und ein Anblick wie aus dem Reiseprospekt: Das glasklare Wasser lockte mit unzähligen Schattierung von Türkis, ringsum geschützt durch schroffe, zu bizarren Formen ausgewaschene Felsen, an denen sich die Wellen brachen, und dazwischen ein winziger Halbmond aus vanillefarbenem Sand. Auf diesem breitete ich mein Handtuch aus, nachdem ich entzückt die wenigen Meter durch die Klippen hinuntergestiegen war.

Ich riss mir förmlich die Klamotten vom Leib, und deinem lasterhaften Vorbild folgend, ließ ich nicht mal mein Bikinihöschen an, so dass die gnadenlosen Sonnenstrahlen mir in jede Pore kriechen konnten. Sogar die Beine spreizte ich weit – *mich* sah schließlich niemand –, denn dazwischen fühlte es sich in der Tat besonders schön an.

Dann ging ich eine Runde schwimmen, das war paradiesisch, sage ich dir! Als würde ich in einem Meer aus kühler Seide baden, streichelte mich das Wasser überall und ließ winzige Luftblasen an meinem nackten Körper nach oben perlen. Bald konzentrierte ich mich nur noch auf die Empfindungen zwischen meinen Schenkeln, weil da bei jeder Bewegung eine nasse, sanfte Zunge durch die verborgensten Fältchen meiner Muschel zu lecken schien … Ich vollführte so was wie mein eigenes erotisches Wasserballett und planschte und tauchte, bis mir fast Schwimmhäute wuchsen. O ja, *das* war Urlaub!

Zurück auf meinem Handtuch, schob ich mir mit meinem breiten schwarzen Haarband die tropfenden Strähnen aus dem Gesicht, ließ mich von der Sonne und einer lauen Meeresbrise trocknen und sah zu, wie die feinen Härchen auf meiner gebräunten Haut vom zurückbleibenden Salz ganz weiß wurden. Mittlerweile war ich angeheizt, als hätte mich eine Feuerqualle geknutscht, und einmal mehr verfluchte ich Frank, der sich lieber dem Pauschaltourismus hingab als mir.

Ist es verwunderlich, dass mich da die Erinnerung an den süßen, breit grinsenden Kellner heimsuchte wie das Verlangen nach einer Doppelportion Tiramisu während einer Kohlsuppendiät?

Groß und braun gebrannt war er, mit langen Beinen und schmalen Hüften, die zusammen mit seinen schönen Schultern ein perfektes »V« bildeten. Im Geiste küsste ich mich eines seiner Beine hinauf, fing ganz unten an. Erst knabberte ich ein bisschen an seiner Achillessehne und leckte mich über die Waden Richtung Kniekehle, wo seine Haut so zart war, dass er unter meiner Berührung zitterte. Die Haare an seinem Oberschenkel kribbelten auf meiner Zunge, und seine appetitlichen Pofalten schmeckten ein bisschen salzig. Ich biss ihn in die runden Arschbacken, saugte und lutschte daran, bis er immer unruhiger wurde. Über die Schulter warf er mir einen Blick zu, aus dem seine Erregung längst das jungenhafte Lachen vertrieben hatte. Als ich den Kellner im Geiste allerdings auf den Rücken drehte, um mich seiner Vorderseite zu widmen, verpasste ihm meine Fantasie plötzlich eine andere Hautfarbe – er wurde zu dem attraktiven, dunkelhäutigen Herkules mit dem eingeölten Körper.

In Großaufnahme zoomte mein inneres Auge auf eine senkrecht gewachsene, störrische Haarlinie, die vom flachen

Nabel des Schwarzen aus abwärts führte, geradewegs zu der enormen Ausbuchtung, die soeben in seinen strammen Shorts zum Leben erwachte. Er hakte die Daumen in den elastischen Bund, dehnte ihn gerade so weit, dass ein dunkler Streifen krausen Schamhaars sichtbar wurde, und zog die Hose langsam runter. Im Zeitlupentempo enthüllte sich ein halberigiertes Prachtstück, das aussah wie eine überdimensionale Schokobanane mit rosa Marzipanverzierung an der Spitze. Direkt aus der Flasche goss Herkules reichlich Öl darauf, packte seinen Schwanz fest mit einer großen Hand und rieb ihn, bis er richtig hart war. Dann fuhr seine Faust träge den glitschigen Schaft entlang, ruhig und methodisch schob er die glänzende Vorhaut über die pralle Kuppe und zog sie wieder zurück. Ich sah erste Lusttröpfchen glitzern, ließ ihn mit Genuss wichsen, und diese imaginäre Vorführung im gleißenden Sonnenlicht machte mich erst so richtig heiß.

Weil ich dieses Gefühl aber noch ein bisschen auskosten wollte, besorgte ich es mir an diesem Punkt nicht etwa selbst, sondern setzte mich auf. Ich tauschte das Bild des Schwarzen gegen das »Lieblingsblau« ein und nahm damit meiner Erregung ihre scharfen Kanten. Sie schmolz zu wohliger Lüsternheit, die angenehm sinnlich in meinen Adern vor sich hin pulsierte.

So saß ich da und hörte dem Meer beim Rauschen zu, als jäh der Schatten einer maskulinen Gestalt über mein Handtuch fiel, die mich von hinten so fest packte, dass ich mich nicht mehr rühren konnte. Gleichzeitig wurde mir schwarz vor Augen: Der Angreifer hatte mit einem Griff mein Haarband nach vorn geschoben. Es saß so straff über meinen Lidern, dass ich unvermittelt vollkommen blind war!

Ich schrie in die Hand, die sich über meinen Mund legte, und kämpfte gegen den unnachgiebigen Arm, der mich umklammert hielt, aber trotz meiner Panik entging mir nicht, wie angenehm trocken und sonnenwarm die Berührung an meinem Rücken sich anfühlte und wie das unbekannte Gesicht mit einem Anflug von Bartstoppeln meine Wange kitzelte.

Der Mann wiegte seinen Oberkörper ganz sacht mit mir hin und her, als wolle er mich beruhigen; dabei rieben seine steifen Brustwarzen über meine Schulterblätter. Ich spürte sogar, wie wild sein Herz schlug!

Du bist wahrscheinlich die Einzige, der ich erzählen kann, dass in diesem Moment meine Angst einen sehr lustvollen Beigeschmack bekam … Möglicherweise hatten meine schwülen Fantasien ja telepathisch irgendwie den schönen Schwarzen in natura zu mir gelockt? Oder den niedlichen Kellner, der gerade Pause machte, mich entdeckt hatte und mir – der armen untervögelten Touristin – spontan »Erste Hilfe« leisten wollte …

Verstehst du, es hätte *jeder* sein können, der sich da an mich presste und überraschend zärtlich an meinem Nacken herumknabberte, das war schon verdammt aufregend! Andererseits … JEDER? Argh, das schloss natürlich ebenfalls Typen wie die präpotenten Geldsäcke oder den nackten, sich am Gemächt kratzenden, partnertauschenden Orang-Utan mit ein; eine Horrorvision, die mich kurzfristig erstarren ließ.

Schnellstens versuchte ich, die anatomischen Indizien zu entschlüsseln, die nach wie vor im Vollkontakt an meiner Kehrseite klebten, und stellte erleichtert fest, dass der Bauch des Fremden immerhin nicht schwammig zu sein schien, sondern flach, straff und weitgehend haarlos. Gut!

Als der Mann merkte, dass meine Gegenwehr nachließ, lockerte er den Schraubstockgriff, mit dem er mir bis dahin den Busen plattgequetscht hatte. Sanft begann er mich zu streicheln, seine Hände fühlten sich fest und überraschend kühl an, und meine Nippel standen längst auf halb acht, signalisierten unverkennbar die Einladung weiterzumachen.

Ja, du liest richtig! Ich habe den Kerl nicht etwa mit einem Stück Treibholz k.o. geschlagen, sein Ding mit Seeigeln gepierct und ihn der örtlichen Polizei übergeben, sondern ich habe mich auf Sex mit ihm eingelassen! Und erzähl mir nicht, du hättest dich anders verhalten, denn spätestens wenn seine Finger zu *deiner* Muschi gekrabbelt wären, hätte sich dein Verstand genauso verabschiedet wie meiner.

Ich spreizte also auffordernd die Beine, und während die linke Hand des Unbekannten sich weiter mit meinen Brüsten beschäftigte, kurvte seine flache Rechte an meiner Flanke abwärts, rieb meinen Schenkel, wanderte über meine Leistenbeuge. Nie wusste ich, wo er mich als Nächstes anfassen würde, und als er schließlich anfing, meine Muschi zu erforschen, war ich schon ziemlich nass und ungeduldig. Durch das schwarze Haarband vor meinen Augen konnte ich nicht das Geringste sehen, und außerdem führte mich der kräftige Geruch nach Meer, Tang und Hitze sprichwörtlich an der Nase herum, so dass ich keinerlei weiteren Hinweis auf die Person meines Liebhabers erhaschen konnte. Nicht mal seine Stimme bekam ich zu hören, denn alles, was er von sich gab, waren heftige, unregelmäßige Atemzüge.

Ich fragte mich, welche Farbe wohl die Arme hatten, die mich hielten, dachte an den Schwarzen. Stellte mir vor, es wäre sein Mund, der weiche Küsse in meiner Halsbeuge verstreute, seine Finger, die mich streichelten, meine Spalte öffneten … Dann tauchte wie eine Fata Morgana wieder der Kellner vor mir auf, die durchtrainierten Surfer mischten sich ein, genauso wie unzählige andere Typen, die ich am Strand gesehen hatte. Es war ein irrer Kick, und wer von ihnen jetzt auch immer bei mir war, kroch neben mich und bettete mich so, dass ich ausgestreckt auf dem Handtuch lag. Jeder Nerv an meinem Körper schien eine winzige Antenne auszufahren, sobald die fremden Hände mich im Wettstreit mit den Sonnenstrahlen berührten, und ich ließ mich einfach fallen …

Da rieselte etwas auf meinen Busen. Es war Sand, den der Mann mit seinen Fingerspitzen in meine Haut rieb. Die feinen Körnchen kratzten, reizten, kribbelten, scheuerten über meine empfindlichen Brustwarzen, und er ließ erst von mir ab, als ich hemmungslos stöhnte. Einige atemlose Sekunden später schrie ich erschrocken auf, denn eine eiskalte Wasserkaskade ergoss sich auf mich, die meine gereizten Brüste sauber wusch und in breiten Strömen sternförmig über meinen Oberkörper floss; er musste die große Flasche Mineralwasser in meiner Strandtasche entdeckt haben.

Einzelne Rinnsale liefen mir über den Bauch, suchten ihren Weg durch meinen salzverkrusteten Pelz und sickerten zwischen meine Schamlippen, wo eine flache, kräftige Zunge sie aufleckte. Das war der Moment, in dem ich wirklich laut wurde, denn inzwischen hatte dieser gierige Mund meine Klitoris entdeckt. Er lutschte daran und brachte sie gleichzeitig irgendwie zum Vibrieren, eine unglaubliche Technik, sage ich dir! – Glücklicherweise stand der Wind so, dass mein Seufzen und Jammern nicht in Richtung Strand wehte, sonst hätten wir hinterher vermutlich mit dem Hut rumgehen können.

Weil ich davon ausging, dass der Kerl mich sowieso nicht versteht, habe ich die obszönsten Sachen von mir gegeben. So was wie: *Du machst mich unheimlich geil*, oder: *Los, lutsch mich aus …* Obwohl das ja sonst überhaupt nicht meine Art ist, aber mir war echt alles egal! Irgendwann bettelte ich sogar darum, dass er mich endlich *ficken* soll, und das hat der Fremdling sehr wohl verstanden! Bis dahin habe ich mich nur bedienen lassen, ohne selbst einen Finger zu rühren, ich habe ihn nicht mal angefasst, als er endlich seine Hose auszog, und trotzdem ging er total ab!

Weil ich nicht die Pille nehme, mal ganz davon abgesehen, dass man sich bei einer derart leichtsinnigen Aktion ja sonst was einfangen kann, wäre nun definitiv der Zeitpunkt für einen lichten Gedanken gewesen. Der kam auch, allerdings nicht mir, sondern *ihm*. Ich konnte meinen Dusel kaum fassen, als ich ihn mit etwas knistern hörte. Kurz darauf griff er sich meine Finger und führte sie, um ein Kondom abzurollen! Blind wie ich war, fühlte sein Schwanz sich ziemlich groß an. Und gut! So gut, dass ich ihn mit festen Strichen rieb und mit der anderen Hand zwischen die Beine meines namenlosen Liebhabers tastete. Als ich ihm die Eier kraulte, fing er an zu keuchen, obwohl er sich vorher eindeutig bemüht hatte, möglichst wenig Geräusche von sich zu geben.

Ich krallte mich in seine Hüften und zerrte ihn über mich, weil ich nicht länger warten wollte. Einige Atemzüge lang spürte und hörte ich nichts von ihm und malte mir aus, wie er jetzt vor mir kniete, um das Bild zu genießen, das sich ihm bot: Eine unbekannte Frau mit verbundenen

Augen, die sich wie eine läufige Hündin mit weit gespreizten Schenkeln und geschwollenem, feucht glänzendem Geschlecht schwitzend auf einem sandigen Handtuch wand … Da schob er sich mit aufgestützten Armen über mich, die pralle Spitze seiner Rute drückte leicht gegen den Eingang meiner Möse, und sofort drang er ganz tief in mich ein, um mich im gleichen machtvollen Rhythmus zu vögeln, in dem sich die Wellen an den Felsen brachen. Ich flippte völlig aus! Es war, als brächte er das Meer zum Kochen, denn bei jedem Stoß schien mich brodelnd heiße Gischt zu überschwemmen.

:) Na, bist du neidisch???

Ich verlor jedes Zeitgefühl, weiß nur noch, dass er uns irgendwann herummanövrierte, bis ich über ihm, auf seinem Schwanz, zu sitzen kam, und ich kann dir sagen, diesen Mann zu reiten, die brennende Sonne auf meinen Brüsten zu spüren, den blauen Himmel über mir zu wissen, ohne all das zu *sehen*, knallte besser als jede Droge.

Erst bewegte ich mich langsam, beinahe lässig, ließ mich schwer auf ihn sinken, behielt ihn tief in mir, um ihn dann Stück für Stück freizugeben. Das war wirklich sexy, bloß hielt ich dieses Spiel selber nicht lange durch und legte an Tempo zu. Ich fickte ihn immer gieriger, hörte sein unterdrücktes Stöhnen. Plötzlich spürte ich seine Finger, die sich zwischen meine Schamlippen schoben. Fiebrig tastete er nach meinem Kitzler, rieb ihn kreisend, während er versuchte, sein Becken ruhig zu halten, das mir in ruckhaften Stößen entgegenkommen wollte. Vermutlich zögerte er damit seinen Orgasmus hinaus, aber obwohl er sich echt Mühe gab, merkte ich, dass *ich* nicht kommen würde. Ich war kurz davor, nur den letzten, winzigen Schritt konnte ich – verdammt noch mal – in dieser anonymen Situation nicht gehen.

Zudem machte ich allmählich schlapp, deshalb beschloss ich schweren Herzens, diesen Himmelsritt zu Ende zu bringen. Ich umklammerte sozusagen mit letzter Kraft den startbereiten Knüppel in mir, schaltete runter und gab richtig Gas! Weil ich diesem begnadeten Unbekannten allerdings durchaus zugetraut hätte, sich zurückzuhalten, bis die Sonne unterging, wollte ich ihm eine Art verbaler Absolution erteilen, deshalb keuchte ich: *Komm, komm!*, in der Hoffnung auf den internationalen Klang dieser Worte.

Wenn mir nur alle Männer so gehorchen würden! Dieser gab unversehens gurgelnde Geräusche von sich, als müsse er einen Schrei unterdrücken, und ging beinahe sofort durchs Ziel. Ich konnte jede Zuckung seines Schwanzes in meinem Inneren spüren.

In diesem Moment fühlte ich mich ihm seltsam nah – gar nicht mehr fremd – und hätte ihn gern angesehen. Das habe ich mich aber doch nicht getraut, deshalb kuschelte ich mich einfach neben ihn. Die Augenbinde blieb, wo sie war.

Kurz darauf richtete er sich auf, zog geräuschvoll seine Hose wieder an, küsste mich zum ersten und einzigen Mal auf den Mund, und verschwand so überraschend, wie er aufgetaucht war.

Tja, da lag ich nun also mit einem bengalischen Feuer im Schoß, das sich nur sehr unwillig in die mollige Lüsternheit zurückverwandelte, in die ich mich vor diesem Abenteuer eingelullt hatte.

»Hallo!« Eine weibliche Stimme, viel zu nah für meinen Geschmack, ließ mich hochfahren. Hastig schob ich das

Haarband zurück, und nach der künstlichen Schwärze tat mir die gleißende Helligkeit in den Augen weh.

»Hey, Sonja!« Die Besitzerin der Stimme ließ sich neben mich in den Sand fallen. Ich blinzelte, um etwas erkennen zu können, und mich traf fast der Schlag! Da saß Verena, eine Frau, die im selben Hotel wohnt wie Frank und ich. Wir haben uns sogar schon ein paar Mal mit ihr unterhalten, weil sie neben all den Neckermännern wirkt wie ein weißer Seidenslip, der versehentlich bei Woolworth auf einem Wühltisch mit Frotteeunterhosen gelandet ist. – Mensch, es gibt hier massenhaft Strände, warum musste die sich unbedingt an diesen verirren? Und die viel wichtigere Frage: Was hatte sie gesehen?

»Ich habe euch zugeschaut«, erklärte da auch schon Verena mit vielsagendem Lächeln, während sie es sich auf einem großen, afrikanisch gemusterten Tuch gemütlich machte.

»Oh«, war alles, was ich heraus bekam.

»Da oben hinter den Klippen«, fuhr sie fort und wies auf eine zerklüftete Felsnase nahe dem Trampelpfad, der in die Bucht hinunterführte. »Entschuldige, aber das konnte ich mir nicht entgehen lassen!«

Ungerührt schlüpfte sie aus ihrem Sommerkleidchen, unter dem sie nackt war, drehte ihre hellblonde Mähne zu einem Nest auf und fing an, sich mit Sonnenmilch einzureiben. Sie hatte ganz zarte, glatte Haut und fast keine Körperbehaarung, außer einem winzigen goldlockigen Dreieck auf ihrem Venushügel.

In meinem Kopf herrschte roter Alarm: Würde sie Frank erzählen, dass ich es am Strand mit einem anderen Kerl getrieben hatte?

Als könne sie Gedanken lesen, bemerkte Verena grinsend: »Dein Freund muss ja nicht unbedingt erfahren, dass ich etwas gesehen habe.«

Sie wirkte aufrichtig, und außerdem dachte ich mir trotzig: Wenn Frank nicht so ein Stoffel wäre, dann hätte ich mich mit *ihm* auf dem Handtuch gewälzt!

Verena betrachtete mich prüfend.

»Willst du Sonnenmilch?«, fragte sie. »Du bist schon ganz rot!« Ohne meine Antwort abzuwarten, spritzte sie mir – Punkt, Punkt, Komma, Strich – je einen duftenden Klecks auf die Schlüsselbeine, eine Linie zwischen die Brüste und einen weiten Halbkreis um meinen Bauchnabel, so dass mein Oberkörper ein fröhlicheres Gesicht machte als ich.

Als sie sich ungefragt zu mir herüberlehnte, um mit geschmeidigen Fingern die Lotion in meine Schultern einzumassieren, blieb mein Blick an ihrem runden Busen hängen, auf dem sich die Form des Bikinioberteils verewigt hat, das sie am Hotelpool immer trägt. In scharf umrissenem Weiß hob es sich von ihrer ansonsten gebräunten Haut ab, und die dunklen, vorspringenden Brustwarzen sahen darauf aus wie Schokocrossies auf Sahnepudding.

Ihre Hände glitten zu meinem Bauch, wo sie liebevoll den lächelnden Creme-Mund verrieben. Ich spürte, wie mein armer, unbefriedigter Körper unter kleinen Hitzeschocks zu zittern begann, und hoffte, sie würde es nicht bemerken – die Idee, dass sie eine bestimmte Absicht verfolgen könnte, kam mir gar nicht.

»Es war aufregend, euch zu beobachten«, sagte Verena, ohne ihre kleine Massage zu unterbrechen oder den Blick zu heben.

Das konnte ich mir gut vorstellen. In ihrem Versteck hatte sie eindeutig einen Logenplatz gehabt, und mir wurde plötzlich klar, dass *sie* wusste, wie mein unbekannter Besucher aussah. Wollte *ich* es wissen? Ich kämpfte noch mit meiner Neugier, als …

»Du bist nicht gekommen, oder?« Das war weniger eine Frage als vielmehr eine ruhige Feststellung von Verena, just in dem Augenblick, als ihre Finger mit der kühlen Lotion meinen Busen erreichten. Meine Nippel stellten sich auf.

»N-nein«, bestätigte ich zögernd, etwas schockiert, *wie intim* ihre Beobachtungen gewesen waren.

»Möchtest du gern kommen?«, erkundigte sie sich raunend, dicht an meinem Ohr, und ließ eine Hand an mir herabgleiten, um sie sacht auf meine Muschel zu legen.

»Ja«, antwortete ich heiser, fast überfordert von diesen zwei Buchstaben. Ich kam mir vor wie Alice im Erotik-Wunderland. Da küsste sie mich.

Verenas Mund war ganz weich und süß, und sie hatte eine unruhige kleine Zunge, die nach Sommer schmeckte. Während wir schnäbelten, teilte ihre Hand meine Schamlippen, glitt behutsam dazwischen.

Ich wollte sie ebenfalls anfassen und ließ meine Hände über ihre Samthaut wandern. Die Stelle, an der ihre schmale Taille sich zu den Hüften hin rundete … Ihren Po, der sich so viel üppiger und sinnlicher anfühlte als ein Männerhintern … Das kleine, blasse Dreieck, das sie sonst unter ihrem Bikinihöschen versteckte … Sie zu spüren war ungewohnt und überraschend, aber wunderschön.

Verena berührte mich, wie ich mich selber berührt hätte, nur fühlte es sich viel besser an. Immer wieder benetzte sie ihre Fingerspitzen mit meinen Säften, die sie mit langen, zärtlichen Strichen in meiner Spalte verteilte. Sie war unheimlich sanft, und jede Faser in meinem Körper pulsierte unter ihren Liebkosungen.

Dann war ihre Hand plötzlich an meinem Mund, fütterte mich mit meinem eigenen Geschmack. Sie schob mir zwei Finger zwischen die Lippen, ließ mich daran saugen, bis ich sie nass gelutscht hatte, und führte sie zurück zwischen meine Beine. Punktgenau malte sie kleine, glitschige Kreise um meine Klit. Ich krümmte mich, streckte mich, presste die Schenkel zusammen … und kam sofort. Meine angestaute Lust riss mich einfach weg wie ein wilder Wasserstrudel, so dass ich noch nach Luft schnappte, als ich langsam wieder festen Boden unter mir spürte.

Über mir erkannte ich Verenas Gesicht, ihre hellgrünen Augen sahen mich amüsiert an.

»Das ging aber schnell«, neckte sie mich. »Dabei habe ich noch nicht mal richtig angefangen.«

»Na ja, da hat schließlich jemand echt gute Vorarbeit geleistet«, erinnerte ich sie grinsend und noch immer etwas atemlos.

»Das ist natürlich wahr.« Genüsslich rieb sie sich an mir.

Meine Lippen schlossen sich um eine ihrer Brustwarzen, züngelten sie hart. Die Sonnenmilch schmeckte besser als erwartet. Dann streichelte ich über ihren feinen, blonden Busch. Er war feucht, und ihre Muschi platzte unter meiner Berührung auf wie eine reife Frucht.

»Sag mal, passiert dir das eigentlich öfter?«, murmelte Verena. »Dass du nicht kommst, wenn du mit Frank schläfst, meine ich?«

Der Rhythmus meiner Finger geriet ins Stolpern.

»Was?«, fragte ich entgeistert, als die Bedeutung ihrer Worte zähflüssig in mein Bewusstsein tropfte.

»Ach, vergiss es.« Sie legte ihre Hand auf meine, um sie wieder in Bewegung zu bringen. »Ich habe mich nur gewundert, dass ihr so eine scharfe Nummer abzieht und er es dann nicht schafft, dich zum Orgasmus zu bringen.«

Mit einem Mal erinnerte ich mich lebhaft an die seltsam vertrauten Gefühle, die der »Fremde« in mir ausgelöst hatte. Kein Wunder!

»Manche Träume verwirklichen sich eben anders, als man denkt«, entgegnete ich orakelhaft, während ich langsam einen Finger in Verenas feuchtwarme, dunkle Höhle schob.

»Weißt du was?«, schnurrte sie und spreizte die Schenkel. »Ich hab es gern mit der Zunge!«

Ich musste lachen, leckte mir die Lippen, und mein Blick wanderte hinauf in den überirdisch blauen Himmel. Lieblingsblau … Wahrhaftig!

Da bist du platt, oder? Dieses Erlebnis kann es ja wohl locker mit deinen diversen Schandtaten aufnehmen!

Mein Urlaub ist jedenfalls gerettet.

Allerdings sollte ich jetzt endlich zurück ins Hotel gehen, um Frank zu erzählen, dass ich *natürlich* die ganze Zeit über wusste, wer der unbekannte Liebhaber war – sonst kommt er womöglich noch auf komische Gedanken.

Falls wir übrigens in vier Tagen unseren Heimflug verpassen, treiben wir uns bestimmt in den Dünen rum. Oder auf irgendeinem Feldweg … :)

Eine Tüte Sonne, ein Stück blauen Himmel und einen Kuss schickt dir

Deine Sonja